古典文學研究輯刊

十 二 編

曾 永 義 主編

第**11**冊

明代嘉隆間戲曲三論（上）

林 立 仁 著

國家圖書館出版品預行編目資料

明代嘉隆間戲曲三論（上）／林立仁 著 -- 初版 -- 新北市：花
木蘭文化出版社，2015〔民 104〕
目 6+152 面；19×26 公分
（古典文學研究輯刊 十二編；第 11 冊）
ISBN 978-986-404-409-2（精裝）
1. 明代戲曲 2. 戲曲評論
820.8   104014984

ISBN- 978-986-404-409-2

9 789864 044092

古典文學研究輯刊
十二編　第十一冊   ISBN：978-986-404-409-2

明代嘉隆間戲曲三論（上）

作　　　者　林立仁
主　　　編　曾永義
總　編　輯　杜潔祥
副總編輯　楊嘉樂
編　　　輯　許郁翎
出　　　版　花木蘭文化出版社
社　　　長　高小娟
聯絡地址　235 新北市中和區中安街七二號十三樓
　　　　　　電話：02-2923-1455／傳真：02-2923-1452
網　　　址　http://www.huamulan.tw 信箱 hml 810518@gmail.com
印　　　刷　普羅文化出版廣告事業
初　　　版　2015 年 9 月
全書字數　479640 字
定　　　價　十二編 26 冊（精裝）新台幣 48,000 元

明代嘉隆間戲曲三論（上）

林立仁　著

作者簡介

　　林立仁，女，中華民國臺灣省新北市人，輔仁大學中國文學系學士，輔仁大學中國文學研究所碩士，輔仁大學中國文學系博士。

　　現任：明志科技大學通識教育中心專任副教授，用心於教學，曾獲明志科技大學 98 年度優良教師教學獎、101 年度優良教師教學獎，中華民國私立教育事業學會模範教師 (中華民國 99 年)。

　　在研究上，除了教學類之論文，則以明代戲曲為研究重心，著有論文：〈論明代宮廷演劇——以《脈望館鈔校本古今雜劇》教坊劇為討論範圍〉、〈論沈璟《博笑記》之創作旨趣與藝術成就〉、〈明嘉隆間雜劇所呈現之士人形象及其生命情懷〉、〈論張鳳翼《陽春六集》之文士化〉、〈論傳奇徵實風氣之興起——從《浣紗記》、《鳴鳳記》加以探討〉……等。

提　　要

　　本書《明代嘉隆間戲曲三論》，文分三編：上編　明代的社會背景及戲曲環境、中編　嘉隆年間南戲四大聲腔考述、下編　嘉隆年間雜劇研究，此即題目「三論」之意。

　　明代中葉，世宗嘉靖、穆宗隆慶年間，不論在政治經濟、哲學思想、文學思潮及社會風尚等方面，都與明初有著顯著的不同。此時劇壇盡除明初沉悶之象，且南戲四大聲腔已經形成，並流播四方。無論是流行於民間的餘姚腔、弋陽腔，或是受文人士夫喜愛的海鹽腔、崑山腔，它們都為戲曲發展帶來了蓬勃的生氣，尤其弋陽腔、崑山腔在音樂上的成就，更對後來戲曲的發展有極大的影響。

　　至於雜劇，在南戲諸腔盛行、北曲日趨衰微的影響下，其面貌早已不同於元雜劇，而有「南雜劇」、「短劇」，乃至「套劇」的產生。此時劇作家多為文人士夫，一改南曲戲文及元雜劇質樸自然的語言風格，取而代之的是典雅綺麗、形式工整、用典使事……等「文士化」的現象，劇作漸由場上走向案頭，終成「文人之曲」，其影響直至清代。

　　總之，嘉隆時期劇壇之發展，既改明初劇壇沉悶之氣，又啟晚期萬曆鼎盛之端，實居過渡時期的關鍵地位，故取之為題。書中所述，就文獻及劇本所見，具體呈現嘉隆時期的戲曲環境、聲腔發展與流播及雜劇之蛻變與特色，同時釐清諸多因名義混淆而產生之紛爭，足供學者參閱。

目

次

上　冊
緒　論……………………………………………………… 1
　一、研究動機、範圍……………………………………… 1
　二、相關研究成果略述…………………………………… 5
　三、研究方法……………………………………………… 7
【上編】明代的社會背景及戲曲環境…………………… 9
第壹章　明代的社會背景………………………………… 11
　第一節　政治狀況……………………………………… 11
　　一、中央集權，高壓統治……………………………… 11
　　二、朝綱廢弛，奸佞當道……………………………… 16
　　三、權臣誤國，忠良受戮……………………………… 18
　　四、北虜南倭，外患頻仍……………………………… 23
　第二節　經濟發展……………………………………… 27
　　一、作物改變，帶動商業繁榮………………………… 27
　　二、世風奢靡，競以浮華相誇………………………… 31
　第三節　學術思想……………………………………… 39
　　一、程朱理學…………………………………………… 39
　　二、陽明心學…………………………………………… 41
　　三、泰州學派…………………………………………… 42

　　第四節　文學理論 …………………………………………… 45
　　　一、雍容典雅：臺閣體 ………………………………… 45
　　　二、復古擬古：前後七子唐宋派 …………………… 49
　　　三、一空依傍：徐文長 ………………………………… 50
　　　四、獨抒性靈：公安派 ………………………………… 52
第貳章　明代的戲曲環境 ………………………………………… 55
　第一節　帝王與戲曲 …………………………………………… 55
　　　一、宮廷演戲的單位 …………………………………… 55
　　　二、帝王與戲曲 ………………………………………… 57
　　　三、禁演榜文對戲曲發展的影響 …………………… 66
　第二節　文人士夫與戲曲 …………………………………… 69
　　　一、文人士夫對戲曲之熱衷 ………………………… 69
　　　二、文人士夫家樂的設置 …………………………… 73
　　　三、家樂演出與聲腔流變 …………………………… 79
　第三節　樂戶興起與戲曲發展 …………………………… 82
　　　一、樂戶的來源 ………………………………………… 82
　　　二、樂戶興起與戲曲發展 …………………………… 85
第參章　嘉隆年間的戲曲演出概況 ………………………… 89
　第一節　通俗文學擡頭 ……………………………………… 90
　　　一、民歌小曲盛行 ……………………………………… 90
　　　二、小說日趨繁榮 ……………………………………… 97
　第二節　賽社演劇 …………………………………………… 101
　　　一、賽社演劇淵源久遠 ……………………………… 101
　　　二、嘉隆年間賽社演劇之盛況 …………………… 105
　第三節　堂會演劇 …………………………………………… 116
　第四節　勾欄演劇 …………………………………………… 124
【中編】嘉隆年間南戲四大聲腔考述 …………………… 129
第壹章　明代南戲四大聲腔發展概述 …………………… 131
　第一節　「腔調」、「聲腔」、「唱腔」與「劇種」
　　　　　之關係 ……………………………………………… 133
　　　一、「腔調」、「聲腔」、「唱腔」之命義 ………… 134
　　　二、「劇種」之命義 ………………………………… 141
　　　三、「腔調」、「聲腔」、「唱腔」與「劇種」
　　　　　之關係 ……………………………………………… 143
　第二節　明代南戲四大聲腔演變略述 ………………… 146

中　冊

第貳章　海鹽腔考述…………………………………… 153

　第一節　海鹽腔的淵源及形成年代…………………… 153

　　一、起源於南宋中葉張鎡家樂………………… 154

　　二、起源於元代楊梓………………………… 158

　　三、宋元南戲流播各地，產生地方化 ………… 161

　第二節　海鹽腔的流播………………………………… 163

　　一、憲宗成化年間所見情況………………… 163

　　二、世宗嘉靖年間的發展…………………… 164

　　三、宜黃腔的興起………………………… 166

　第三節　海鹽腔的演唱特色及使用樂器……………… 171

　　一、徒歌乾唱，不被管絃…………………… 171

　　一、清柔婉折，體局靜好…………………… 176

第參章　餘姚腔考述…………………………………… 179

　第一節　餘姚腔的形成年代…………………………… 179

　　一、形成於宋代…………………………… 181

　　二、形成於元末明初………………………… 182

　　三、形成於成化、弘治年間………………… 182

　第二節　餘姚腔的流播………………………………… 183

　第三節　餘姚腔之演唱特色及使用樂器……………… 185

　　一、雜白混唱，以曲代言…………………… 185

　　二、不被管絃，鑼鼓幫襯…………………… 187

　　三、一唱眾和，接和幫腔…………………… 188

　第四節　餘姚腔與越調、調腔之關係………………… 189

　　一、餘姚腔又稱越調………………………… 189

　　二、餘姚腔與調腔之關係…………………… 192

第肆章　弋陽腔考述…………………………………… 199

　第一節　弋陽腔的淵源與形成年代…………………… 200

　　一、弋陽腔的淵源………………………… 200

　　二、弋陽腔的形成年代……………………… 208

　第二節　弋陽腔的流播及其腔系……………………… 211

　　一、弋陽腔的流播概況……………………… 211

　　二、弋陽腔系略述………………………… 213

　　三、「至嘉靖而弋陽之調絕」辨…………… 220

　第三節　弋陽腔的演唱特色及使用樂器……………… 225

一、徒歌乾唱，鑼鼓節拍 …………………… 226

二、錯用鄉語，改調歌之 …………………… 228

三、向無曲譜，隨心入腔 …………………… 228

四、一唱眾和，曲高調喧 …………………… 240

五、發展滾調，靈活用滾 …………………… 245

第伍章　崑山腔考述 ……………………………… 269

第一節　崑山腔的形成 ………………………… 269

一、蘇州戲曲環境略述 …………………… 269

二、崑山腔的形成 ………………………… 275

第二節　魏良輔與崑山水磨調 ………………… 286

一、何謂水磨調 …………………………… 286

二、魏良輔的籍貫及時代 ………………… 288

三、魏良輔改革崑山腔的基礎 …………… 292

四、梁辰魚對水磨調之影響 ……………… 300

第三節　崑山水磨調的音樂成就 ……………… 305

一、演唱技巧的提昇 ……………………… 305

二、伴奏樂器的改良 ……………………… 307

三、聯套技巧的精進 ……………………… 308

四、北曲的大量運用 ……………………… 311

五、集曲的廣泛使用 ……………………… 315

下　冊

【下編】嘉隆年間雜劇研究 ……………………… 317

第壹章　嘉隆年間雜劇之演進情勢及體製規律 …… 319

第一節　嘉隆年間雜劇之演進情勢 …………… 319

一、洪武到弘治、正德年間雜劇之演進情勢 319

二、嘉靖、隆慶年間雜劇之演進情勢 …… 324

三、南雜劇、短劇釋名 …………………… 329

第二節　嘉隆年間雜劇體製規律的突破 ……… 340

一、折數 …………………………………… 342

二、楔子、開場、題目正名及下場詩 …… 348

三、曲牌聯套的運用 ……………………… 354

四、演唱方式的多樣性 …………………… 361

五、賓白的文士化 ………………………… 364

六、科介與砌末的講究 …………………… 377

七、腳色行當的發展 ……………………… 384

　　八、插曲歌舞及劇中劇的運用 ………………… 404
第貳章　嘉隆年間雜劇之特色 ………………………… 409
　第一節　嘉隆年間雜劇之主題意識 ………………… 409
　　一、諷刺世俗炎涼百態 ……………………………… 412
　　二、批判科舉不公與官場黑暗 …………………… 418
　　三、抒懷寫憤寄寓心志 …………………………… 423
　　四、及時行樂的生命態度 ………………………… 427
　　五、宗教意識的呈現 ……………………………… 431
　　六、宣揚倫常教化 ………………………………… 436
　　七、歌頌真情至愛 ………………………………… 438
　　八、稱揚有才之女 ………………………………… 441
　第二節　嘉隆年間雜劇的特色 …………………… 443
　　一、題材來源及運用 ……………………………… 443
　　二、情節與關目 …………………………………… 453
　　三、曲文與賓白 …………………………………… 461
　第三節　嘉隆年間雜劇複雜多樣化的人物類型 … 478
　　一、士人形象 ……………………………………… 478
　　二、婦女形象 ……………………………………… 480
　　三、官員形象 ……………………………………… 486
　　四、寺僧道人 ……………………………………… 489
　　五、市井百姓 ……………………………………… 492
第參章　嘉隆年間雜劇呈現之時代意義 …………… 497
　第一節　人情世態的摹寫 ………………………… 497
　　一、縱欲享樂，道德淪喪 ………………………… 497
　　二、科舉不公，官場黑暗 ………………………… 501
　　三、佛道盛行，度人離苦 ………………………… 503
　第二節　自我意識的突顯 ………………………… 504
　　一、不平則鳴的批判精神 ………………………… 504
　　二、出處之際的形神衝突 ………………………… 506
　　三、消極避世的悟道冥想 ………………………… 507
　第三節　含蓄蘊藉的文人審美特質 ……………… 508
　　一、風流自賞的浪漫情懷 ………………………… 508
　　二、含蓄蘊藉的審美意境 ………………………… 509
餘　論 ………………………………………………… 513
參考書目 ……………………………………………… 527

緒　論

一、研究動機、範圍

　　元代北曲雜劇，以宋金雜劇院本爲基礎，進而汲取講唱文學之滋長，使得中國戲劇發展完成，也進入了所謂「大戲」的時代。但元蒙以異族入主中土，南人、漢人同遭鄙夷，士人失其仕宦之階，青雲無路，有志難伸，滿腔不平之氣，遂藉創作雜劇以抒發之，它眞實地反映當代的社會百態，是庶民文學之典型，也是中國戲曲史上的第一個黃金時期。

　　及至入明，初期劇壇，雜劇、戲文同時流行，但以北曲雜劇爲主，重要的作家僅明初十六子、寧憲王朱權、周憲王朱有燉及一些無名氏，劇作不多。南曲戲文，除了成於元末明初的《荆》、《劉》、《拜》、《殺》及《琵琶》外，幾無名作。究其原因，除了禁演榜文的影響，大抵如何良俊所言：「祖宗開國，尊崇儒術，士大夫恥留心詞曲，雜劇與舊戲文本皆不傳，世人不得盡見。」

　　到了明中葉，世宗嘉靖、穆宗隆慶年間，李開先、徐渭等人肯定民間文學的價值，李贄〈童心說〉更以絕假純眞之「童心」爲品評至文的準則，肯定一代有一代之文學特色，甚至標舉傳奇亦有興觀群怨之功能，使得久被摒棄於廟堂文學之外的戲曲得到重視，進而發展。

　　此時南戲四大聲腔已經形成，且流播四方。其中海鹽腔因用官話演唱，加上風格靜好，深受文人士夫所喜。餘姚腔、弋陽腔則流行於民間；弋陽腔更以其「向無曲譜」、「改調歌之」、「錯用鄉語」的強大適應力，迅速流傳各地，並與當地之語言、藝術結合，形成弋陽腔聲腔系統，尤其在舞臺藝術上

創造了「滾調」、「幫腔」等新的表現方式，更是弋陽諸腔在音樂發展上的可觀成就。崑山腔流行於吳中一帶，元末顧堅已有一次改良，到嘉靖年間，又在魏良輔等人的努力下，使「功深熔琢，氣無煙火，啓口輕圓，收音純細」的水磨調正式改良成功。這種流麗悠遠的腔調，很快地得到文人士夫的認同，並以實際的創作演出於舞臺之上，其中以梁辰魚《浣紗記》最負盛名，中國戲曲也從「南戲」蛻變爲「傳奇」，爲中國戲曲史上另一個黃金時期——萬曆劇壇，奠定了良好的基礎。

　　嘉隆時期的雜劇，在南戲諸腔盛行、北曲日趨衰微的影響下，元雜劇嚴謹的體製規律，漸遭破壞，其面貌早已不同於元雜劇，遂有「南雜劇」、「短劇」產生。此時劇作家多爲文人士夫，他們以創作劇本爲賞心樂事，於是題材丕變，曲風亦變；加上劇作不以營利爲目的，只在文人雅集的紅氍毹上演出，成爲侍宴侑觴的風雅之具，或是置諸案頭成爲抒懷遣興的憑藉，因此雜劇日趨「文士化」，漸由場上走向案頭，其影響直至清代。

　　筆者此文取嘉隆年間爲研究範圍，因此時期劇壇之發展，既改前期沉悶之氣，又啓後期萬曆鼎盛之端，實居過渡時期的關鍵地位。因此，學界前賢多有以嘉隆時期爲一獨立之階段，而論其戲劇成就者。就雜劇之發展而言，曾師永義《明雜劇概論》〈明代雜劇演進的情勢〉中說：

> 孝宗弘治以迄世宗嘉靖（西元 1488～1566 年）約八十年間爲中期。……中期在整個明代的雜劇，是屬於過渡的時期。其中有繼承初期而更予以向前擴展的，如體製規律的破壞；有由此轉變而另成的格局，如文人劇之走上紅氍毹，趨向案頭。……明雜劇，實在應當以南雜劇與短劇爲代表才是。短劇發軔於中期，至後期而朝氣蓬勃，降及滿清更登峰造極，只是逐漸古典化，終至脫離氍毹、登上案頭，而變成辭賦的別體了。〔註1〕

〔註 1〕 詳見曾師永義《明雜劇概論》第一章〈總論〉第六節〈明代雜劇演進的情勢〉（臺北：學海出版社，民國 68 年 4 月初版），頁 73、80、83。
　　　　游宗蓉《元明雜劇之比較研究——以題材爲核心之探討》〈緒論〉第二節〈元明雜劇的分期〉，亦主明雜劇分三期，以「孝宗弘治至嘉靖末年」爲中期。（國立臺灣大學中國文學研究所博士論文，民國 88 年 1 月），頁 34。
　　　　曾師永義《明雜劇概論》以「弘正嘉三朝約八十年爲期」爲中期雜劇，第四章〈中期雜劇〉論述極詳。以「弘正嘉三朝約八十年爲期」，其中孝宗弘治（1488～1505）在位十八年，武宗正德（1506～1521）在位十六年，世宗嘉靖（1522～1566）在位四十五年，穆宗隆慶（1567～1572）在位六年，嘉、

徐子方《明雜劇研究》〈文人南雜劇（上）‧一、問題的提出和確立〉中說：

> 文人劇的興起，應當在明中葉以後，嘉靖間的徐渭、汪道崑是其代
> 表作家。就創作成就和當時及以後的影響而言，這種看法是對
> 的。……但如果單從創作來看，較早進行文人劇創作的倒是活動在
> 弘治、正德年間的王九思和康海。〔註2〕

王安祈《明代戲曲五論》之〈明雜劇的演出場合〉中說：

> 明雜劇的演出場合，大致可以嘉靖爲界，分前後兩期敘述。前期非
> 但劇本體製仍承元雜劇餘緒，甚至演員來源與演出場合也都與元代
> 相近。這點在明初雜劇劇本中有充分的反應。……至明代中期以後，
> 雜劇受傳奇影響，不但體製隨之而變，甚至演員及演出場合也都因
> 時代風氣之變遷而與前期有所不同。〔註3〕

可見就明雜劇的發展來看，界定嘉隆年間的雜劇爲中期雜劇，且爲前、後期
雜劇發展的過渡關鍵期，是沒有問題的。

　　至於整體劇學之發展，陳芳英《明代劇學研究》〈古典戲劇批評初期的劇
論〉中說：

> 明代嘉靖年間，我國戲劇評論才出現轉機。〔註4〕

隆二朝，僅五十一年，許多作家生存年代皆跨越此二帝，但嘉隆年間皆爲其
活動時期則是無庸置疑的。因此曾師雖以弘正嘉三朝爲一期，實則書中所列
作家仍可視爲嘉隆年間之劇作家。至於陳與郊生於世宗嘉靖二十三年（西元
1544 年），卒於神宗萬曆三十九年（西元 1611 年）；徐復祚生於世宗嘉靖三十
九年（西元 1560 年），卒年約在思宗崇禎三年（西元 1630 年）……等人，雖
生於嘉靖年間，但其活動時期多在萬曆年間，曾師永義將之歸爲「後期雜劇」
之作家。因此，這類作家，筆者此文不列入討論。
　　至於文中引用之相關典籍，如：王驥德（約西元 1558～1623 年）《曲律》；馮
夢龍（西元 1574～1646 年）所編《童癡一弄》、《童癡二弄》；沈德符（西元
1578～1642 年）《萬曆野獲編》；呂天成（西元 1580～1618 年）《曲品》；凌濛
初（西元 1580～1644 年）《譚曲雜箚》……等，他們都生活於萬曆年間，書
中所論自爲萬曆年間所見之現象；然大環境風氣之形成，絕非一朝一夕所可
致，因此，以之往前論嘉隆時期之種種戲曲現象，就情理而言，應是可行的。
故此，這類典籍亦見於筆者此文之中，特此說明。
〔註 2〕 詳見徐子方《明雜劇研究》上編〈論明雜劇〉第三章〈文人南雜劇（上）‧
　　　　一、問題的提出和確立〉（臺北：文津出版社有限公司，1998 年 1 月初版），
　　　　頁 39。
〔註 3〕 詳見王安祈《明代戲曲五論》〈四、明雜劇的演出場合與舞臺藝術〉之〈一、明
　　　　雜劇的演出場合〉（臺北：大安出版社，1990 年 5 月第 1 版），頁 102、106。
〔註 4〕 詳見陳芳英《明代劇學研究》下編〈諸家劇論述評〉第二章〈古典戲劇批評

葉長海《中國戲劇學史稿》〈嘉靖、隆慶時期戲劇學的新轉折〉中說：

> 十六世紀，亦即嘉靖、隆慶時期，中國戲劇又遇到了發展的轉機……
> 不僅民間戲劇活動結束了前期受壓抑或緩慢的狀態，出現了蓬勃發
> 展的轉機，文人的戲劇活動也在經歷了一百多年的沉默後又得到了
> 復甦。徐渭的《四聲猿》代表了明代雜劇創作的成就，《寶劍記》、
> 《鳴鳳記》、《浣紗記》等傳奇作品，以其突出的鬥爭精神一改明前
> 期文人劇作的舊面目。這些戲曲創作已開了明後期創作高潮到來的
> 先聲。在戲曲理論批評方面，則開拓了一個全新的局面。……在戲
> 劇界，嘉靖期間的另一令人矚目的現象是崑山腔改革運動的展開暨
> 崑山腔的崛起。〔註5〕

俞為民、孫蓉蓉《中國古代戲曲理論史通論》〈中國古典戲曲理論的發展·明
代嘉、隆間戲曲理論概況〉中說：

> 明初在封建統治者的干預下，無論是戲曲創作，還是戲曲理論，都
> 受到了嚴重的影響，在一百五十多年的時間裏，曲壇上沉寂無生
> 氣。直到明代嘉靖、隆慶年間，這種局面纔開始打破，在戲曲創作
> 和戲曲理論上，都出現了新的氣象。原來作為南戲四大唱腔之一的
> 崑山腔經過魏良輔改革後，以其婉轉圓潤的聲情吸引了一大批文人
> 學士，紛紛拈筆抽毫，編寫傳奇，一時作家與作品大量出現。……
> 戲曲創作的活躍，一掃明初以來沉悶迂腐的空氣，這也使得元代開
> 始成熟的戲曲理論有了新的發展。在這一時期裏，不僅戲曲論著增
> 多，而且理論成分大為增強，曲論家們提出了一些較有影響的理論
> 觀點，如何良俊的音律論、徐渭的本色論、李贄的「童心說」和
> 「化工說」，這些理論觀點對後世的戲曲理論都產生了很大的影
> 響。〔註6〕

綜合以上所舉學界前賢之說，可知，嘉隆時期，雖然不是明代劇壇的黃

初期的劇論〉第一節〈魏良輔、李開先及其他〉（國立臺灣大學中國文學研究
所博士論文，民國72年），頁221。

〔註5〕 詳見葉長海《中國戲劇學史稿》第四章〈明中期戲劇學的轉機〉第一節〈嘉
靖、隆慶時期戲劇學的新轉折〉（板橋：駱駝出版社，民國76年8月出版），
頁113～114。

〔註6〕 詳見俞為民、孫蓉蓉《中國古代戲曲理論史通論》第四章〈中國古典戲曲理
論的發展·明代嘉、隆間戲曲理論概況〉（臺北：華正書局有限公司，民國87
年5月版），頁141～142。

金時期，但它居於承前啟後的關鍵時期，自有其重要性，亦為筆者設定此時期為研究範圍之因。

二、相關研究成果略述

　　明代戲劇之發展，除了傳統以南戲、傳奇為研究主流之外，亦有專注於雜劇之研究者，略舉數家說明如下。如：傅大興《明雜劇考》此書以著錄、考證為主。曾師永義《明雜劇概論》是第一本針對明雜劇作全面性之論述，分初期、中期、後期論述各時期作家之作品內容、特色及成就，其中第一章〈總論〉，則從明代戲劇發達的原因、戲劇的搬演，到雜劇作家、雜劇資料、體製提要、體製演進情勢等面向進行論述，最後論整體特色及對清代雜劇的影響。徐子方《明雜劇研究》分上編〈論明雜劇〉、下編〈明雜劇存本考〉兩大部分，上編以明雜劇的歷史分期、作家及劇場演變、作品內容及其體製特徵，作相關之論述，而以宮廷北雜劇及文人南雜劇為前、後期截然不同之內容與風格，作為論述之兩大重心；下編考述，包括劇情概要、版本源流、作家生平、作品時代及演出體製，資料收羅詳細。戚世雋《明代雜劇研究》從明雜劇之發展歷史、主題取向、總體風格、創作觀念等方面做主題式之探討，另立第七章專論朱有燉、康海、王九思、徐渭及孟稱舜等人之作品。王安祈《明代戲曲五論》中〈明代雜劇的演出場合與舞臺藝術〉一文，以嘉靖為界，分前、後期論明代雜劇的演出場合，至於舞臺藝術，則從角色、扮相、音樂科介與砌末等四方面，論其發展、運用都較元雜劇進步許多，對後來的戲曲有相當大之影響。此外，游宗蓉《元明雜劇之比較研究——以題材為核心之探討》，雖以元明雜劇為範圍，其中關於明雜劇之部分，亦見研究成果，該書先將雜劇之發展作分期，之後將作品內容歸類、比較，進而論其反映之時代意義。

　　關於聲腔的研究，近年來也逐漸受重視，較早期者，如：葉德均〈明代南戲五大腔調及其源流〉，除了人們熟悉之海鹽腔等四大聲腔之外，首列「溫州腔」，將各聲腔之源流、發展、特色皆做論述。錢南揚《戲文概論》〈原委第二〉第四章〈三大聲腔的變化〉中以「海鹽腔到崑山腔」、「餘姚腔到青陽腔」、「弋陽腔及其支裔」三節論聲腔之演變，從其標目亦可見其對聲腔淵源關係的看法。

　　近年來以專書呈現著作者之聲腔研究成果者，如：廖奔《中國戲曲聲腔

源流史》，此書論聲腔發展之脈絡，以「南曲和北曲」（宋、元──明中葉）、
「南曲單腔變體勃興」（明中葉──末葉）、「北方絃索腔種崛起」（明末──
清初）、「南北複合腔種形成」（清初──中葉）、「地方劇種的繁榮」（清中葉
──民國）等五章論述聲腔之發展。余從《戲曲聲腔劇種研究》，書中專立〈戲
曲聲腔〉一節論述聲腔劇種之觀念，及南北曲聲腔之簡單發展歷史，其建立
劇種之觀念，是爲可貴，但惜僅以聲腔觀念分析劇種，未有體製劇種之觀念，
不免有混淆之感。流沙《明代南戲諸腔源流考辨》，此書除了文獻資料，又以
實際田野調查所得與資料相互印證、補充、說明，從弋陽腔寫到泉州腔，集
合作者所寫二十三篇論文而成書，就各聲腔之考述而言，實爲詳盡。林鶴宜
《晚明戲曲及聲腔劇種研究》，此書分〈上編　晚明戲曲劇種研究〉先就中國
現存三百多個地方戲曲劇種作考釋，再論時代背景、地域因素、劇種本身之
發展等因素對劇種發展之影響，最後從劇本刊行見晚明劇壇之盛況；〈下編
晚明戲曲聲腔考述〉深入探討南戲諸腔、崑山腔、弋陽腔、梆子腔等腔系的
結構內涵，並論其音樂特色與成就，此書結合聲腔與劇種之觀念，開拓聲腔
研究之新輪廓。曾師永義《從腔調說到崑劇》，此書含括〈論說「腔調」〉、〈從
崑腔說到崑劇〉、〈崑腔曲劇在臺灣〉等三部份。〈論說「腔調」〉，此篇考釋「腔
調」之基礎命義，爲「語言旋律」，而自然語言旋律和人工語言旋律則是前人
體會腔調的認知歷程，接著論及腔調之載體、唱腔與腔調變化、流播等問題，
從不同的角度思考腔調的相關論題。〈從崑腔說到崑劇〉，此文釐清「崑山土
腔」、「崑山腔」、「崑山水磨調」的改革歷程，進而說明在魏良輔、梁辰魚等
人的努力下，南戲完成北曲化、文士化、水磨調化，而蛻變成爲傳奇，成爲
中國戲劇藝術中最精緻的瑰寶。〈崑腔曲劇在臺灣〉，此部份爲有關臺灣崑劇
發展之現況的各種報刊文章。前兩篇爲糾葛的腔調、崑腔、崑劇等問題作極
清楚的釐清，有助於讀者建構清晰之概念而免去糾纏之苦。

　　專書中立一單元或單篇論文討論聲腔者，如：張庚、郭漢城《中國戲曲
通史》第二冊〈第三編　崑山腔與弋陽諸腔戲〉，先論兩腔之發展概況，再論
作家與作品，其特別之處則是另立專章討論「崑山腔與弋陽諸腔戲的舞臺藝
術」，使戲曲的研究從劇本沿伸至舞臺藝術之上，更合戲劇之本質。王安祈
《明代傳奇劇場及其藝術》下編第五章〈音樂與賓白〉，論述海鹽腔演變爲宜
黃腔之過程，及崑山腔、弋陽腔之音樂成就。曾師永義《戲曲本質與腔調新
論》，此書除第一篇〈戲曲的本質〉專論戲曲的美學基礎、表演藝術的基本原

理、藝術的本質等論題之外，其餘七篇皆論戲曲的腔調，分別是〈溫州腔新探〉、〈海鹽腔新探〉、〈餘姚腔新探〉、〈弋陽腔及其流派考述〉、〈梆子腔系新探〉、〈皮黃腔系考述〉及〈四平腔的名義〉，不僅涵括南戲四大聲腔（論崑山腔的部分，見於《從腔調說到崑劇》），更往前探討溫州腔，及明清以來最大腔系——梆子腔的名義、源流及流播等問題。皮黃腔則為近代京劇的主要腔調，其名義、來源及形成，亦是眾說紛紜，此篇則有清楚的釐清。至於四平腔，與弋陽腔有密切的關係，其特質也雷同，卻不以府縣命名，因此產生各種揣測與爭執，此文則正其名實。李殿魁〈「滾調」再探〉一文，略述從傅芸子以來的學者對滾調之研究成果，再就其所見的一些現象加以觀察而得出結論：「滾是戲曲中帶有補充性、說明性、誇張性、抒發性的文詞語言」，以達雅俗共賞、老少咸宜的怡悅。

三、研究方法

　　上述前賢諸作，皆有其學術地位，筆者期望在各說的基礎上，能做更多層面的探討，如此將更清楚地看出嘉隆時期在戲曲發展史上之地位。文分三編，上編　明代的社會背景及戲曲環境、中編　嘉隆年間南戲四大聲腔考述、下編　嘉隆年間雜劇研究，此即題目「三論」之意。

　　上編　明代的社會背景及戲曲環境。《文心雕龍》〈時序篇〉：「文變染乎世情，興廢繫乎時序」，作品與作家之生活環境必相化合，亦可反映作家主觀之情感與社會之普遍現象，尤其以民間藝術為然。此部份第壹章從大環境，包括政治、經濟、學術思想、文學理論等四方面看影響明代戲劇發展的因素。第貳章明代的戲曲環境，論述與戲劇發展有直接關係之因素，如帝王、文人士夫、樂戶等對戲曲發展之影響。第參章嘉隆年間的戲曲演出概況，大環境之影響已於前二章論述，此章扣住嘉隆年間所見，如：通俗文學的擡頭、賽社演劇的盛況及堂會、勾欄的演出等現象來說明嘉隆年間的戲曲演出概況。

　　中編　嘉隆年間南戲四大聲腔考述。此章先就腔調、聲腔、唱腔與劇種之名義做清楚之定義。接著就南戲四大聲腔依序述考。筆者嘗試從探討聲腔源流的紛紜眾說中，先整理、歸納各家之說，進而以己見評其得失，再作出合理的說明。其中對於弋陽腔及崑山腔之音樂特色，除了前賢研究成果，更以劇本所見相互印證，從而具體得出二腔之演唱特色、音樂風格與成就。

下編　嘉隆年間雜劇研究。北曲雜劇嚴謹的體製規律，在此時期受到嚴重之破壞，進而產生變化，形成所謂的「南雜劇」、「短劇」。此部份針對劇本所見作具體之分析，除了探討體製規律，還論述其寫作特色，藉此更清楚地看出雜劇文人化的現象及其反映之時代面貌。

嘉隆年間，不論在政治經濟、哲學思想、文學思潮及社會風尚等方面，都與明初有著顯著的不同。此時劇壇盡除明初沉悶之象，諸腔競奏帶來戲曲蓬勃發展的生氣，尤其弋陽腔、崑山腔在音樂上的成就，更對後來戲曲的發展影響極大。雜劇蛻變爲「南雜劇」、「短劇」，此時期亦爲轉捩點。因此，嘉隆時期之劇壇是值得關注的。然筆者學淺才疏，僅就明代的社會背景及戲曲環境、嘉隆年間南戲四大聲腔考述、嘉隆年間雜劇等三方面論述之，其餘全面性之探討，則待他日續成。

【上編】
明代的社會背景及戲曲環境

第壹章　明代的社會背景

第一節　政治狀況

　　每個時代的戲劇藝術各有不同風采，無論場上演出或案頭清賞，它都從各個角度反映了時代面貌。尤其一個朝代的政治措施，更往往直接影響了藝術創作的傾向。明代是一個君權高漲的皇朝，在位者一方面有意地藉著廠衛、廷杖、文字獄等殘酷手段，箝制文人思想，折挫士氣；一方面又以科舉、功名籠絡讀書人，使之成為御用文人。這些因素，對明代戲劇的發展，有著莫大的影響。如前期士大夫恥留心於曲詞，故劇壇沉寂，或以時文創作戲曲，乃至以之為宣揚倫常教化之工具……等，這種種現象都是高壓政治氛圍下的產物。以下進一步論述明代的政治狀況，進而見其對戲曲創作之影響。

一、中央集權，高壓統治

（一）誅戮功臣，分封諸子

　　元末，朱元璋掃滅群雄，建立明朝，天下歸於一統。早在元順帝至正二十四年（西元 1364 年）朱元璋自立為吳王時，就已開始建立整個制度的藍圖。在甲辰（西元 1364 年）春正月丙寅，建百司官屬，置中書省，設左、右丞相，平章政事和左右丞；以李善長為右相國，徐達為左相國，常遇春、俞通海為平章政事，汪廣洋為右司郎事，張昶為左司都事。同月戊辰日，更對左相國徐達等人說：

卿等爲生民計推戴予，然建國之初，當先立紀綱。元氏昏亂，紀綱
不立，主荒臣專，威福下移，由是法度不行，人心渙散，遂致天下
騷亂。……禮法國之紀綱，禮法立則人志定、上下安。建國之初，
此爲先務。〔註1〕

可見建立紀綱是太祖急於處理的問題，又爲了防止權臣專政、威福下移，更
採取了一連串集權中央的措施。〔註2〕

　　洪武六年（西元1373年），淮西定遠人胡惟庸爲右丞相，十年（西元1377
年）升爲左丞相，專斷獨行，權勢既重進而結黨營私，淮籍功臣宿將多集其
門下，導致皇權與相權的衝突日益加劇，終於在洪武十三年（西元1380年），
太祖以謀反之罪誅殺胡惟庸及其黨人，抄家滅族，持續十餘年，株連者達三
萬餘人。〔註3〕在胡惟庸案後，太祖廢中書省，不設丞相，並提高吏、戶、禮、
兵、刑、工六部之地位，使分任朝政，各部尚書直接對皇帝負責，中央極權

〔註1〕　此段所述太祖建百司官屬及其對徐達等人說話，俱見《明太祖實錄》卷14，
　　　　（臺北：中央研究院歷史語言研究所，民國55年9月初版），頁175～176。

〔註2〕　關於明初之政治制度及特色，可參見：李光璧《明朝史略》第一章〈明朝的
　　　　建立、社會經濟的恢復與中央集權政治的高度發展〉（臺北：弘文館出版，民
　　　　國75年初版）。《中華文明史》（第八卷明代）第一章〈君主極權政治的最後
　　　　形成〉（河北：河北教育出版社，1994年6月初版）。毛佩琦、張自成著《中
　　　　國明代政治史》〈二、開國奠基〉，收於《中國全史》（北京：人民出版社，1994
　　　　年第1版）。楊國楨、陳支平《明史新編》第二章〈明初政治的由亂入治〉（臺
　　　　北：雲龍出版社，1995年8月初版）。關文發、顏廣文《明代政治制度研究》
　　　　第一章〈明代內閣制度的形成與發展〉（北京：中國社會科學出版社，1996
　　　　年5月第2版）。

〔註3〕　詳見清‧張廷玉等撰《明史》卷308〈列傳第一百九十六奸臣‧胡惟庸〉：「胡
　　　　惟庸，定遠人。帝以惟庸爲才，寵任之，惟庸亦自勵，嘗以曲謹當上意，寵
　　　　遇日盛。獨相數歲，生殺黜陟，或不奏徑行。內外諸司上封事，必先取閱，
　　　　害己者輒匿不以聞。四方躁進之徒及功臣武夫失職者，爭走其門，饋遺金帛、
　　　　名馬、玩好，不可勝數。……其定遠舊宅井中，忽生石筍，出水數尺，諛者
　　　　爭引符瑞。又言其祖父三世塚上，皆夜有火光燭天。惟庸益喜自負，有異謀
　　　　焉。吉安侯陸仲亨自陝西歸，擅乘傳，帝怒責之。……平涼侯費聚奉命撫蘇
　　　　州軍民，日嗜酒色，帝怒。……二人大懼，惟庸乃告以己意，令在外收集兵
　　　　馬。……會惟庸子馳馬於市，墜死車下，惟庸殺輓車者。帝怒，命償其死。
　　　　惟庸懼，乃與御史大夫陳寧、中丞涂節等謀起事，陰告四方及武臣從己者。……
　　　　明年正月，涂節遂上變，告惟庸。御史中丞商暠時謫爲中書省吏，亦以惟庸
　　　　陰事告。帝大怒，乃誅惟庸。……肅清逆黨，詞所連及坐誅者三萬餘人。乃
　　　　爲《昭示奸黨錄》，布告天下。株連蔓引，迄數年未靖云。」（臺北：鼎文書
　　　　局，民國64年6月初版），頁7906～7908。

的專制制度於焉形成。在《明太祖實錄》「洪武二十八年六月己丑」條中，太祖說：

> 自古三公論道，六卿分職。自秦始置丞相，不旋踵而亡。漢、唐、宋因之，雖有賢相，然其間所用者，多有小人專權亂政。今我朝罷相，設五府、六部、都察院、通政司、大理寺等衙門，分理天下庶務，彼此頡頏，不敢相壓，事皆朝廷總之，所以穩當。〔註4〕

其所謂「事皆朝廷總之」，正是君王掌握一切權力之同義詞。

在胡惟庸案之後，最大的殺功臣事件當屬藍玉案。藍玉，定遠人，常遇春妻弟，封為涼國公，恃其功高，專橫之態，全無遮掩：

> 驕蹇自恣，多蓄莊奴、假子，乘勢暴橫，嘗占東昌民田，御史按問，玉怒，逐御史。北征還，夜扣喜峰關，關吏不時納，縱兵毀關入。……在軍擅黜陟將校，進止自專。……西征還，命為太子太傅，曰：「我不堪太師邪？」〔註5〕

藍玉此舉豈是處心積慮欲行集權中央的太祖所可容忍？洪武二十六年（西元1393年）春，錦衣衛指揮蔣瓛告藍玉謀反，太祖乘機下令逮捕藍玉及其親黨，族誅，又以「藍黨」罪名株連一萬五千餘人，至此功臣宿將相繼亡矣。太祖這些作為無非是為了鞏固君權，而達集權之目的。

太祖一方面誅殺功臣宿將，一方面加強分封諸子的宗藩制度。封諸子為藩王之目的，一為抵禦外患，一為夾輔王室。因此太祖從洪武三年（西元1370年）起便廣封諸子為王，更諭廷臣：此為「上衛國家，下安生民」、「久安長治之計」〔註6〕。當時邊防的重點在防止北方蒙古的入侵，因此在長城沿線建立軍事據點，擇其險要之地分封諸子，如寧王（權）駐大寧、遼王（植）駐廣寧，燕王（棣）駐北平……〔註7〕，藉以鞏固王朝勢力。

〔註4〕 詳見《明太祖實錄》卷239「洪武二十八年六月己丑」條，前揭書，頁3478。

〔註5〕 詳見清‧張廷玉等撰《明史》卷132〈列傳第二十‧藍玉〉，前揭書，頁3863～3866。

〔註6〕 詳見《明太祖實錄》卷51「洪武三年夏四月辛酉」條：「封建諸王告太廟禮成，宴群臣于奉天門及文華殿，上諭廷臣曰：『……天下之大，必建藩屏，上衛國家，下安生民。今諸子既長，宜各有爵封，分鎮諸國，……為久安長治之計。』」前揭書，頁999。

〔註7〕 太祖分封諸子事及其影響，詳見李光璧《明朝史略》第一章〈明朝的建立、社會經濟的恢復與中央集權政治的高度發展‧軍權的集中與軍事制度的特點〉，前揭書，頁27～29。

（二）廠衛、廷杖和文字獄

太祖的高壓統治又可從其設立「錦衣衛」一事看出，起初，太祖爲防止官民不軌，先後任用親信充當「檢校」，專門「察聽在京大小衙門官吏不公不法，及風聞之事，無不奏聞太祖知之。」〔註8〕在洪武十五年（西元1382年）設立「錦衣衛」，專掌緝捕、刑獄和侍衛之事，直屬皇帝指揮。太祖殺功臣之事，許多就是由錦衣衛執行的，除了錦衣衛，還有東廠，合稱「廠衛」，替皇帝執行恐怖的特務統治。在《明史》〈志第七十一·刑法三〉開首即說：

> 刑法有創之自明，不衷古制者，廷杖、東西廠、錦衣衛、鎮撫司獄
> 是已。是數者，殺人至慘，而不麗於法。踵而行之，至末造而極。
> 舉朝野命，一聽之武夫、宦豎之手，良可歎也。〔註9〕

廠衛的制度，一直沿用至明末，成爲明代的政治特色之一。簡而言之，廠指由宦官掌管之東廠、西廠及內行廠；衛即是錦衣衛。二者相倚成爲橫行朝野的皇帝私人偵探、法庭和監獄，對朝政、世風之影響皆非小可。《明史》同篇對廠衛的形成、發展有清楚的敘述：

> 東廠之設，始於成祖，錦衣衛之獄，太祖嘗用之，後已禁止，其之
> 復用亦自永樂時。廠與衛相倚，故言者並稱廠衛。初，成祖起北平，
> 刺探宮中事，多以建文帝左右爲耳目，故即位後，專倚宦官，立東
> 廠於安東門北，令嬖暱者提督之，緝訪謀逆、妖言、大奸惡等，與
> 錦衣衛均權勢。

到了憲宗，寵信宦官汪直，在成化十三年（西元1477年），又設「西廠」，以汪直督之，所領緹騎倍於東廠。武宗時期更設「內行廠」，由宦官劉瑾直接指揮，更加酷烈。廠衛橫行，士大夫爲求自保而多諂媚之舉，如憲宗成化年間吏科給事中李俊上疏陳時弊，即言：

> 今之弊政，最大且急者，曰近倖干紀也……司錢穀則法外取財，貢
> 方物則多方責賄，兵民坐困，官吏蒙殃。……今之大臣，非夤緣內

〔註8〕 詳見明·劉辰《國初事蹟》：「太祖用高見賢爲檢校，嘗察聽在京大小衙門官吏不公不法，及風聞之事，無不奏聞太祖知之。又與簽事夏煜惟務劾人，李善長等畏之。……又凌說、楊憲執法不阿。太祖嘗曰：『有此數人，譬如惡犬，則人怕。』」此書收於《叢書集成初編》（3959～62），（北京：中華書局，1991年北京第1版），頁19。

〔註9〕 詳見清·張廷玉等撰《明史》卷95〈志第七十一·刑法三〉，前揭書，頁2329。之後文中所述東、西廠之設立，同見此篇，頁2331；武宗設「內行廠」，見頁2332，不再作註。

臣則不得進，非依倚內臣則不得安，此以財貿官，彼以財鬻官，無
怪其受賄四方而計營三窟也。〔註10〕

「非夤緣內臣則不得進，非依倚內臣則不得安」，痛陳宦官權勢高漲，甚而掌
大臣黜陟之權，朝政如此，國家豈有寧日？

太祖更設「廷杖」之法，即在殿廷上杖責進諫觸怒或有過失的士大夫，
用刑殘酷，使群臣懾服，藉此提高皇帝的威權。在明代以廷杖折辱士大夫，
竟成尋常之事。如洪武九年（西元 1376 年）葉伯巨上書陳當時天下太過之事
有三，其一為「用刑太繁」，其言：

古之為士者，以登仕為榮，以罷職為辱。今之為士者，以溷跡無聞
為福，以受玷不錄為幸，以屯田工役為必獲之罪，以鞭笞捶楚為尋
常之辱。其始也，朝廷取天下之士，網羅捃摭，務無餘逸。有司敦
迫上道，如捕重囚。比到京師，而除官多以貌選，所學或非其所用，
所用或非其所學。洎乎居官，一有差跌，苟免誅戮，則必在屯田工
役之科，率是為常，不少顧惜。〔註11〕

「以鞭笞捶楚為尋常之辱」道出當時廷杖之嚴苛，動輒得咎的戒慎恐懼，更
是士子為官心情之寫照。趙翼言當時「京官每旦入朝，必與妻子訣，及暮無
事則相慶，以為又活一日。」〔註12〕可見當時官場氣氛之恐怖。

此外，太祖大興文字獄，洪武十七年（西元 1384 年）以後，屢興文字獄，
殘害士大夫，如趙翼《廿二史箚記》〈明初文字之禍〉中所記：

明祖通文義，固屬天縱，然其初學問未深，往往以文字疑誤殺人，
亦已不少。……當時以嫌疑見法者：浙江府學教授林元亮，為海門
衛作〈謝增俸表〉，以表內「作則垂憲」誅。北平府學訓導趙伯寧為
都司，作〈萬壽表〉，以「垂子孫而作則」誅……常州府學訓導蔣鎮
為本府作〈正旦賀表〉，以「睿性生知」誅……懷慶府學訓導呂睿為
本府作〈謝賜馬表〉，以「遙瞻帝扉」誅……蓋「則」音嫌於「賊」
也，「生」知嫌於「僧」也，「帝扉」嫌於「帝非」也……上由此覽

〔註10〕詳見清・夏燮《明通鑑》卷 35〈紀三十五・憲宗成化二十一年（西元 1458
年）〉（臺北：世界書局，民國 51 年 11 月初版），頁 1338。

〔註11〕詳見清・張廷玉等撰《明史》卷 139〈列傳第二十七・葉伯巨〉，前揭書，頁
3991～3992。

〔註12〕詳見清・趙翼《廿二史箚記》卷 32〈明祖晚年去嚴刑〉引《草木子》之說，（臺
北：樂天出版社，民國 62 年 2 月再版），頁 469。

天下奏章，動生疑忌，而文字之禍起云。〔註13〕

太祖以文字爲藉口，牽強附會，捕風捉影，往往釀成冤獄，如此高壓的統治手段，意在箝制文人思想，顯示其不可侵犯的威權。非太祖一朝如此，終明之世皆爲高壓統治之政權。

二、朝綱廢弛，奸佞當道

明太祖既定天下，鑒於前代之失，嘗鑴鐵牌置宮門曰「內臣不得干預政事，預者斬。」〔註14〕但由於成祖在爭奪皇位的過程中，曾得宦官相助，因此即位之後多所委任。《明史》〈列傳第一百九十二・宦官一〉寫道：

> 明世宦官出使、專征、監軍、分鎮、刺臣民隱事諸大權，皆自永樂間始。

宦官亂政，是明代王朝政治上的畸形發展。而錦衣衛、東廠等特務機構的大權，也都掌於宦官之手。（詳見前引《明史》〈志第七十一・刑法三〉）宦官干政，如英宗時的王振、憲宗時的汪直，其掌控西廠，權勢極大。在成化十五年（西元 1479 年），憲宗曾詔令汪直巡邊，意即授與指揮九邊軍隊之實權，《明史》〈列傳第一百九十二・宦官一・汪直〉記其威嚇之狀：

> 十五年秋，詔直巡邊，率飛騎日馳數百里，御史、主事等官迎拜馬首，箠撻守令。各邊都御史畏直，彙鞭，迎謁，供張百里外。至遼東，陳鉞郊迎蒲伏，廚傳尤盛，左右皆有賄。直大悅。惟淮河巡撫秦紘與直抗禮，而密奏直巡邊擾民。帝弗省。兵部侍郎馬文升方撫諭遼東，直至，不爲禮，又輕鉞，被陷坐戍。由是直威勢傾天下。〔註15〕

憲宗晚年開始疏遠汪直，成化十九年（西元 1483 年）六月，調汪直南京御馬監，八月降爲奉御，其黨羽亦先後罷黜。

孝宗繼位，設內行廠，由劉瑾直接指揮，《明史》〈列傳第一百九十二・宦官一・劉瑾〉中記載：

> 劉瑾，……武宗即位，掌鐘鼓司，與馬永成、高鳳、羅祥、魏彬、丘聚、谷大用、張永並以舊恩得幸，人號「八虎」，而瑾尤狡狠。

〔註13〕詳見清・趙翼《廿二史箚記》卷 32〈明初文字之禍〉，前揭書，頁 466。
〔註14〕詳見清・張廷玉等撰《明史》卷 304〈列傳第一百九十二・宦官一〉，前揭書，頁 7765；下段引文見頁 7766。
〔註15〕同前註，頁 7780。

嘗慕王振之爲人，日進鷹犬、歌舞、角觗之戲，導帝微行。帝大歡
樂之，漸信用瑾，進內官監，總督團營。……瑾權擅天下，威福
任情。……公侯勳戚以下，莫敢鈞禮，每私謁，相率跪拜。章奏
先具紅揭投瑾，號紅本，然後上通政司，號白本，皆稱劉太監而不
名。〔註16〕

　　到了熹宗時期，魏忠賢亂政，使天啓年間的黨爭進入東林黨人與魏東賢
爲首的閹黨相互攻訐對立之局面。史載魏忠賢與熹宗乳母客氏勾結，極得熹
宗寵任，引導熹宗終日嬉戲玩樂：

魏忠賢……光宗崩，長孫嗣立，是爲熹宗。忠賢、客氏並有寵。……
客氏淫而狠。忠賢不知書，頗強記，猜忍陰毒，好諛。帝深信任此
兩人，兩人勢益張。……忠賢乃勸帝選武閹、煉火器爲內操，……
又日引帝爲倡優聲伎，狗馬射獵，……帝性機巧，好親斧鋸髹漆之
事，積歲不倦。每引繩削墨時，忠賢輩輒奏事。帝厭之，謬曰：「朕
已悉矣，汝輩好爲之。」忠賢以是恣威福爲己意。……所過，士大
夫遮道拜伏，呼呼九千歲，忠賢顧盼未嘗及也。〔註17〕

於是君王荒於朝政，大權就落其手中，時人稱其「魏家閣老」：

魏忠賢不但掌握著朝權，秉筆紅批，干預朝政，從宰輔到百僚，都
由他任意升遷削奪，而且掌握著軍權隨意任免督府大臣。自內閣六
部四方總督巡撫，遍置死黨。……另外還握有經濟大權，魏忠賢派
他的親信太監總督京師與通州倉庫，搜括官庫，又派太監提督槽河
運道，派稅監到處搜括民財，終至「內外匱竭，遂至於亡」。魏忠賢
的暴虐專政，加速了明王朝的崩潰。〔註18〕

　　君主荒淫無道，致使朝綱廢弛，自予奸佞可趁之機，於是結黨營私之舉
層出不窮，忠良受害之事接踵而至；這情況令有志於經世濟民的劇作家憤

〔註16〕 詳見清・張廷玉等撰《明史》卷304〈列傳第一百九十二・宦官一・劉瑾〉：「時
　　　　東、西廠緝事人四出，道路惶懼。瑾復立內行廠，尤酷烈，中人以微訐，無
　　　　得全者。又悉逐京師客傭，令寡婦盡嫁，喪不葬者焚之。輦下洶洶幾致亂。」
　　　　文中所述「紅本」事，同出於此傳，前揭書，頁7786〜7790。
〔註17〕 詳見清・張廷玉等撰《明史》卷305〈列傳第一百九十三・宦官二・魏忠賢〉，
　　　　前揭書，頁7816〜7817、7824。
〔註18〕 詳見李光璧《明朝史略》第五章〈嘉靖至天啓時期統治階層的腐朽，黨派紛
　　　　爭、土地兼併、稅賦的增加和民變的新發展〉之〈魏忠賢專政和東林黨反閹
　　　　黨的行動〉，前揭書，頁153〜155。

蘯難平，援之以爲戲劇創作之題材，於是不同於才子佳人的「時事劇」遂應運而生〔註19〕。

三、權臣誤國，忠良受戮

太祖於洪武十五年（西元 1382 年）十一月，置殿閣大學士。據夏燮《明通鑒》〈紀七·太祖洪武十三年〉記載：

十一月，戊午，上既罷四輔官，欲仿宋制置殿閣大學士以備顧問，乃以禮部尚書劉仲質爲華蓋殿大學士，翰林學士宋訥爲文淵閣大學士，檢討吳伯宗爲武英殿大學士，典籍吳沉爲東閣大學士。又置文華殿大學士，徵耆儒鮑恂、余詮等爲之，輔導太子，秩皆五品。〔註20〕

殿閣大學士之設置既然只是「備顧問」，其作用與否，則取決於帝王之意，所以《明史》〈志第四十八·職官一序〉中言：「又倣宋制，置殿閣大學士，而其官不備，其人亦無所表見。燮理無聞，何關政本，視前代宰執，迥乎異矣。」〔註21〕君權之高亦由此可見。

至於內閣制度的進一步發展及閣臣職權、地位的提昇，則是在成祖永樂時期，在明代涂山所輯之《明政統宗》中記載：「初建內閣。……召戶科給事中金幼孜、桐城知縣胡儼爲檢討，皆以翰林院銜直文淵閣。」其下註曰：「時上（成祖）念機務殷重，欲廣聰明，措天下於理也，乃開內閣于東角門，簡諸臣爲耳目……諸六部大政，咸共平章，秩五品，恩禮賜賚，率與尚書並。

〔註19〕 關於「時事劇」之定義，據高美華《明代時事新劇》第二章〈明代時事新劇的產生〉第一節〈時事新劇的定義〉中所說：「時事劇就是取材於現實人生，編寫而成的劇作。而現實人生的材料，直接來自於作者的生活經驗，或間接來自作者所見、所聞及所傳聞。因此，時事劇必須是當代人所寫當代發生的事。……明代時事新劇，是指明代劇作家，用崑腔譜寫明代時事的劇作。這劇作取於明代社會、政治、經濟等各方面的題材，或是作者耳聞目睹，或是作者親身經驗，有些具史實可考的，有些借時事虛衍情節，除了提供我們了解明代的社會、政治、經濟、文化等面貌外，並可藉以探求明代新劇的內涵及影響。」至於當時時事劇之內容，可參看該論文第三章〈政治時事新劇〉、第四章〈社會時事新劇〉（國立政治大學中國文學系博士論文，民國 78 年），此處所引「時事劇」之定義見頁 52、55。

〔註20〕 詳見清·夏燮《明通鑒》卷 7〈紀七·太祖洪武十三年（西元 1380 年）〉，前揭書，頁 380、408～409。

〔註21〕 詳見清·張廷玉等撰《明史》卷 72〈志第四十八·職官一序〉，前揭書，頁 1729。

蓋內閣預機務，自此始。」〔註22〕到了仁、宣時期，內閣更由五品官銜躋身
公侯尚書之列，其權勢甚至超過了六部，《明史》〈表第十・宰輔年表一・序〉
即言：

> 仁宗而後，諸大學士歷晉尚書、保、傅，品位尊崇，地居近密，而
> 綸言批答，裁次機宜，悉由票擬，閣權之重儼然漢、唐宰輔，特不
> 居丞相名耳。諸輔之中，尤以首揆為重。〔註23〕

此時期，內閣權勢之大，表現在掌握了「票擬」權。所謂「票擬」，也叫做「票
旨」、「條旨」，它是閣臣對各部門所上奏章，在送呈皇帝批示以前，先由內閣
成員視其內容，提出處理意見，用小票墨書，貼各疏面以供皇帝採納。〔註24〕
這實際上就是掌握了代替皇帝起草批文的職權，等於直接參與處理國家政
事。而隨著閣臣權勢的提高，內閣體制漸有變化，尤其內閣首輔權勢極高，
也成為爭奪權勢炎手可熱的目標。

　　如世宗嘉靖年間，先後簡用閣臣二十八人，首輔八人。除楊廷和外，影
響較大的首輔為張璁、夏言、嚴嵩和徐階。張璁以大禮議起家〔註25〕，夏言、

〔註22〕詳見明・涂山輯《明政統宗》卷 7，此書收於《四庫禁燬書叢刊》史部第 2
　　　　冊，（北京出版社，現收於國家圖書館善本書室），頁 260。
〔註23〕詳見清・張廷玉等撰《明史》卷 109〈表第十・宰輔年表一〉，前揭書，頁
　　　　3305。
〔註24〕詳見《中華文明史》（第八卷明代）第一章〈君主極權政治的最後形成〉第二
　　　　節〈君主極權政治的進一步完善・一、內閣的建立〉：「內閣……主要是票擬
　　　　批答和起草詔令。票擬，又稱擬票、票旨、條旨。具體說，就是將各衙門送
　　　　給皇帝的奏章，視其內容，提出處理意見，並將所擬的批答之詞，用小票墨
　　　　書，貼於奏疏面上，以供皇帝採納。實際上是代皇擬好的御筆的稿本。……
　　　　在內閣設立以前，詔令一般都是又大臣奉命撰擬，內閣建立後，則專由內閣
　　　　代為起草。」前揭書，頁 18～19。
〔註25〕關於大禮議，詳見明・谷應泰《明史紀事本末》卷 50〈大禮議〉其始末略述
　　　　於下：正德十六年（西元 1521 年）班月武宗去世，因其無子，於是內閣首輔
　　　　楊廷和援引《皇明祖訓》，認為「兄終弟及，誰能瀆焉。興獻王長子，憲宗之
　　　　孫，孝宗之從子，大行皇帝之從弟，序當立。」力主由最近支湖廣安陸藩王
　　　　朱厚熜繼承皇位，慈壽張太后完全同意。四月朱厚熜由安陸至京師，即皇帝
　　　　位，年號嘉靖，是為世宗。世宗為武宗之堂弟，即位第五天，就下令禮官集
　　　　議崇祀其父興獻王的典禮。大學士楊廷和認為應效法漢定陶王入繼漢成帝和
　　　　宋濮王入繼宋仁宗的故事，「尊孝宗曰皇考，稱獻王為皇叔考興國大王，母妃
　　　　為皇叔母興國太妃，自稱侄皇帝名，別立益王次子崇仁王為興王，奉獻王
　　　　祀。」對於這種移易父母之作法，世宗自然不能接受。七月，觀政進士張璁
　　　　上〈大禮疏〉，提出不同於廷臣的看法，主張「入統不入嗣」，他認為漢定陶
　　　　王和宋濮王入繼漢成帝和宋仁宗，都是在漢成帝和宋仁宗在世之時，「皆預立

嚴嵩和徐階都以善撰青詞得寵。〔註 26〕其中又以嚴嵩任職時間最久，從嘉靖二十一年（西元 1542 年）八月以禮部尚書拜武英殿大學士，入直文淵閣開始掌握重權，至嘉靖四十一年（西元 1562 年）被令致仕，其間嘉靖二十四年（西元 1545 年），夏言再次入閣，從嚴嵩手中奪回首輔之位，卻於嘉靖二十七年（西元 1548 年），因曾銑議復河套事，被嚴嵩構陷下獄棄市，首輔之位又回到嚴嵩手中，其前後掌政十餘年，對整個政壇產生極大的影響。在《明史》〈列傳第一百九十六奸臣・嚴嵩〉中記載：

> 帝（世宗）將祀獻皇帝明堂……嵩與群臣議沮之，帝不悅……嵩惶恐，盡改前說，條畫禮儀甚備。禮成，賜金幣。自是，益務為佞悅。……子世蕃又數關說諸曹。南北給事、御史交章論貪污大臣，皆首嵩。嵩每被論，亟歸誠於帝，事輒已。……二十一年八月拜武英殿大學士，入直文淵閣，……朝夕直西苑板房，未嘗一歸洗沐，

為皇嗣，而養之於宮中，是明為人後者也。」而今上之情形不同，武宗在世時並沒有確定他為繼嗣，待到武宗死後，「廷臣遵祖訓，奉遺詔，迎取皇上入繼大統，遺詔直曰：『興獻王長子倫序當立。』初未嘗明著為孝宗後，比之預立為嗣，養之宮中者，較然不同。……今日之禮，宜別為興獻王立廟京師，使得隆尊親之孝，且使母以子貴，尊與父同，則興獻王不失其為父，聖母不失其為母矣。」張璁的疏議為世宗尊崇本生父母提供了理論依據，史載：帝「得璁疏大喜，曰：『此論出，吾父子獲全矣。』亟下廷臣議，廷臣大怪駭，交起擊之。」於是以楊廷和為首，由閣臣、六部、翰林、御史等朝臣所組成的「擁禮派」，和以張璁、桂萼為首的「議禮派」，便展開了一場沿續十餘年的議禮之爭。終於在嘉靖十七年（西元 1538 年）九月，又上獻皇帝廟號曰睿宗，遂奉睿宗神主祔太廟，躋武宗之上。至此大禮議事件終於以世宗的意願落幕。（臺北：華世出版社，民國 65 年 2 月初版），頁 508～531。
相關資料及評論，可參見：許大齡、王天有主編《明朝十六帝》〈十一、不可一世的明世宗・（一）大禮議，世宗集權〉（北京：紫禁城出版社，1991 年 3 月北京第 1 版），頁 214～224。毛佩琦、張自成著《中國明代政治史》〈五、武宗亂政和世宗議禮・（四）大禮議〉，前揭書，頁 118～123。周明初《晚明士人心態及文學個案》第一章〈晚明士人心態變化的時代背景・四、士心的嬗變〉，對於大禮議之評述。（北京：東方出版社，1997 年 8 月第 1 版），頁 51～59。鄭克晟《明清史探實》〈王陽明與嘉靖朝政治〉（北京：中國社會科學出版社，2001 年 11 月第 1 版），頁 157～178。

〔註 26〕嘉靖朝內閣首輔更迭之事，可參見：楊國楨、陳支平《明史新編》第六章〈從政歸內閣到朋黨樹立〉第一節〈內閣秉政與閣臣爭權・三、首輔專權與內閣紛爭〉，前揭書，頁 233～242。關文發、顏廣文《明代政治制度研究》第一章〈明代內閣制度的形成與發展〉之〈五、內閣制度的發展和內閣首輔的出現・（三）嘉靖、萬曆時期〉，前揭書，頁 34～38。

　　帝益謂嵩勤。……帝嘗賜嵩銀記，文曰：「忠勤敏達」……嵩無他才
略，惟一意媚上，竊權罔利。帝英察自信，果刑戮，頗護己短，嵩
以故得因事激帝怒，戕害人以成其私。……前後劾嵩、世蕃者，謝
瑜、葉經、童漢臣、趙錦、王宗茂、何維柏、王曄、陳塏、厲汝進、
沈鍊、徐學詩、楊繼盛、周鈇、吳時來、張翀、董傳策皆被遣。……
他所不悅，假遷除考察以斥者甚眾，皆未嘗有跡也。〔註27〕

嚴嵩阿諛媚上、專橫營私、爲除異己不惜殘害忠良，於此已見大略。

　　嚴嵩專政時期，貪污受賄、賣官鬻爵的情況日益嚴重，在忠良之士的奏
章中，每每可見糾核嚴嵩誤國之罪狀。如張翀言：「戶部歲發邊餉，本以贍
軍。自嵩輔政，朝出度支之門，暮入奸臣之府。輸邊者四，饋嵩者六。……
私藏充溢，半屬軍儲。邊卒凍餒，不保朝夕。而祖宗二百年豢養之軍盡耗
弱矣。」董傳策言：「吏、兵二部持選簿就嵩填註。文選郎萬寀、職方郎方祥
甘聽指使，不異皂隸。都門諺語至以『文武管家』目之。此其鬻官爵之罪
也。」〔註28〕各級官員爲求昇遷而曲意奉承嚴氏父子，爲達目的所費必鉅，
因之剋扣軍餉、剝削民脂亦爲司空見慣之事，如楊繼盛上書彈劾嚴嵩「十大
罪」中所說：「凡文武選擢，不論可否，但衡金之多寡而畀之。將弁惟賄嵩，
不得不朘削士卒；有司惟賄嵩，不得不掊剋百姓。士卒失所，百姓流離，毒
徧海內。……是失天下之人心。」〔註29〕流風所及，甚至敗壞風俗，「自嵩用
事，風俗大變。賄賂者薦及盜蹠，疏拙者黜逮夷、齊。守法度者爲迂疎，巧
彌縫者爲才能。勵節介者爲矯激，善奔走者爲練事。自古風俗之壞，未有甚
於今日者。蓋嵩好利，天下皆尚貪。嵩好諛，天下皆尚諂。源之弗潔，流何
以澄。是敝天下之風俗。」國庫空虛，生靈塗炭，再加上北虜南倭的侵擾，

〔註27〕詳見清・張廷玉等撰《明史》卷308〈列傳第一百九十六奸臣・嚴嵩〉，前揭
　　　書，頁7914～7916。此外，在明・谷應泰《明史紀事本末》卷54〈嚴嵩用事〉
　　　中亦記載了嚴嵩得寵專橫之態：「二十二年夏四月……嵩既入內閣，竊弄威
　　　柄，內外百執事有所建白，俱先白嵩許諾，然後上聞。……二十七年冬十月
　　　殺大學士夏言，言既死，大權悉歸嵩矣。……三十五年十二月，賜大學士嚴
　　　嵩免朝賀，惟入直西苑，仍賜腰輿，先是賜得乘馬入禁，至是，復加恩寵，
　　　爲異數云。」前揭書，頁564～584。
〔註28〕詳見清・張廷玉等撰《明史》卷210〈列傳第九十八・張翀・董傳策〉，前揭
　　　書，頁5566、5568。
〔註29〕此處及下段引文，俱見清・張廷玉等撰《明史》卷209〈列傳第九十七・楊繼
　　　盛〉，前揭書，頁5540。

都使得嘉隆時期的政治陷於不安的狀態之中。

　　大禮議之外，對嘉靖年間政壇影響至深的另一件事，就是世宗崇奉道教。在谷應泰《明史紀事本末》中說：「世宗起自藩服，入纘大統，累葉昇平，兵革衰息，毋亦富貴吾所已極，所不知者壽耳。以故因壽考而慕長生，緣長生而冀翀舉。惟備福於箕疇，乃希心於方外也。……蓋遊仙之志久而彌篤，未有若斯之甚者也。」〔註30〕自嘉靖二年（西元1523年）四月，世宗聽信太監崔文的話，在宮中各處廣建齋醮。嘉靖三年（西元1524年）龍虎山上清宮道士邵元節被召入京後，世宗更是日事齋醮，甚至不理朝政了。

　　邵元節是世宗最初寵信的道士，江西貴溪縣人，龍虎山上清宮道士，嘉靖三年（西元1524年）被召入京，專司禱祀，嘉靖五年（西元1526年）封為眞人，總領道教，從此屢得賞賜，嘉靖十五年（西元1536年）又封為禮部尚書賜一品服，嘉靖十八年（西元1539年）邵元節死，世宗又寵信道士陶仲文。陶仲文，黃岡縣人，與邵元節善，由其引薦入朝亦得世宗寵信，十八年（西元1539年）因預言火災果中，授神霄保國宣教高士，不久又進封神霄保國弘烈宣教振法通眞忠孝秉一眞人；十九年（西元1540年），世宗病，陶仲文日夜祈禱療疾有功，特授少保、禮部尚書，又加少傅、少師，仍兼少保，一人兼領三孤，終明之世，惟有陶仲文一人，可見寵信之深。除上述二人，世宗寵信的道士還有段朝用、藍道行、藍田玉、胡大順、王金……等人，他們以道術邀寵，甚至干預朝政，使得朝綱更為敗壞。〔註31〕

　　世宗的好齋醮及奢華的生活，更影響了國家財政之匱乏，在《明史》〈志第五十四・食貨二〉中記載：「世宗營建最繁，十五年以前，名為汰省，而經費已六七百萬。其後增十數倍，齋宮、秘殿並時而興。工場二三十處，役匠數萬人，軍稱之，歲費二三百萬。其時宗廟、萬壽宮災，帝之不省，營繕益急。經費不敷，乃令臣民獻助，獻助不已，復行開納。勞民耗財，視武宗過之。」〔註32〕由於世宗以醮禱為能事，數十年不理朝政，因此大權落於權臣之手，如以善撰青詞而得寵的嚴嵩，授內閣大學士，把持朝政二十年之久，

〔註30〕詳見明・谷應泰《明史紀事本末》卷52〈世宗崇道教〉，前揭書，頁557。

〔註31〕同前註，頁547～558。亦可參見《中華文明史》（第八卷明代）第十二章〈多元融合和民間化過程中的宗教〉第三節〈道教的世俗化與符籙派的榮盛・一、王室與道教〉，前揭書，頁588～590。

〔註32〕詳見清・張廷玉等撰《明史》卷78〈志第五十四・食貨二〉，前揭書，頁1907。

其子世蕃亦爲世宗信任，父子二人專權暴虐，朝臣與其意見相左者，非貶即杖，朝綱之亂實可想見。再加上政府財政的匱乏及北虜南倭的侵擾，這些都使得晚明王室走向風雨飄搖的憂患之中。

四、北虜南倭，外患頻仍

　　元朝退回北方之後，蒙古分爲韃靼、瓦喇二部，孝宗弘治年間，韃靼部的達延汗統一蒙古各部，勢力大增，不斷入侵內地，北方邊境幾無寧日。嘉靖初，達延汗死後，其孫俺答繼其勢力，連年寇邊，成爲嘉靖年間北方最大的外患。至於河套地區，土壤肥沃，接近榆林、寧夏等邊鎮，韃靼爲此地利不斷侵擾河套地區，時稱「套寇」。

　　嘉靖二十五年（西元 1546 年），陝西三邊總督曾銑上疏收復河套，以加強北方邊防，內閣首輔夏言亦表支持；但嚴嵩曾受夏言壓制，懷恨在心，又企圖奪夏言首輔之位，遂上奏，言曾銑輕開邊釁，誤國大計，世宗聽其言，既殺曾銑，又殺夏言，二人之死，天下冤之，後竟無人敢再議復河套。〔註33〕在谷應泰《明史紀事本末》〈議復河套〉中亦記載：

> （嘉靖）二十七年春正月，大學士夏言罷。初河套之議，言力主之。嚴嵩積憾言，且欲躪其首輔，於是因災異疏陳缺失，謂曾銑開邊啓釁誤國大計所致；夏言表裡雷同，淆亂國勢，當罪。遂罷言，逮銑詣京。……銑有機略……時論以爲才，比視西師，乃倡復套議，夏言好邊功，遂力主持之。時敵勢力熾，而我兵積弱，銑疏下部議，久之未覆，上亦危疑之，密以訊嚴嵩，嵩素與言不相能，欲因是陷言、銑，銑竟論死……并斬言。天下並冤之，自言、銑死，竟無一

〔註33〕詳見清・張廷玉等撰《明史》卷 204〈列傳第九十二・曾銑〉：「曾銑，嘉靖八年進士……二十五年夏，總督陝西三邊軍務，寇十萬餘騎由寧塞營入……念寇居河套，久爲中國患，上疏……條八議以進。詔報曰：『賊據套爲中國患久矣，朕宵旰念之，邊臣無分主憂者，今銑倡恢復議甚壯，其令銑與諸鎮臣悉心上方略，予修邊費二十萬。』銑乃益銳。……帝忽出手詔諭輔臣曰：『今逐套賊，師果有名否？兵食果有餘，成功可必否？一銑何足言，如生民荼毒何。』初，銑建議時，輔臣夏言欲倚以成大功，主之甚力。及是，大駭，請帝自裁斷。……時嚴嵩方與言有隙，欲因以傾言，乃極言套不可復。……兵部尚書王以旂會廷臣覆奏，遂盡反前說，言套不可復。帝乃遣官逮銑……（蘇綱）乃代鸞獄中草疏（按：仇鸞，鎮甘肅時爲銑所劾），誣銑掩敗不奏，剋軍餉鉅萬，帝怒……律斬。……銑既死，言亦坐斬，而鸞出獄。」前揭書，頁 5386～5388。

人議復河套者。〔註34〕

在上位者，為圖一時苟安，竟不惜殺邊將、戮首輔，除了突顯邊防勢力的薄弱，更給俺答入侵的機會。

俺答入侵明朝最嚴重的一次是在嘉靖二十九年（西元 1550 年），這年六月，俺答率部進犯大同，大同總兵仇鸞「持重賄賂俺答，令移寇他塞，勿犯大同。俺答受貨幣，遺之箭纛以為信，而與之盟，遂東去。」〔註35〕八月，俺答攻破古北口，經通州直抵北京城下，「京師震恐，急集諸營兵城守，少壯者已悉出邊埵，敗喪僅餘四五萬人，而老弱半之。」在這樣危急的情況下，嚴嵩竟告誡兵部尚書丁汝夔和大同總兵仇鸞：「敗於邊可隱，敗於郊不可隱。飽將自去，惟堅壁為上策。」於是明朝數十萬大軍就坐視俺答軍隊在北京城外大肆掠奪，然後從容地從古北口離開。嘉靖二十九年是庚戌年，故史家稱此為「庚戌之變」。

世宗專事齋醮，首輔嚴嵩為保權位，竟不顧國家、百姓安危，使京畿及北邊一帶的人們飽受摧殘，這正反映了當時朝政腐敗、邊備廢弛的真實情況。

倭寇侵擾，一直是明代東南海防的難題，尤以嘉靖年間為甚。嘉靖二十六年（西元 1547 年）朝廷任命朱紈為浙江巡撫，提督浙閩海防軍務。朱紈到任，屬行海禁政策，一方面加強練兵，一方面「革渡船，嚴保甲，搜捕奸民」，浙閩豪紳利益大受打擊，乃聯合朝廷官員群起而攻之，朱紈被迫自殺，從此「中外搖手，莫敢言海禁事。未幾，海寇大作，毒東南者十餘年。」〔註36〕嘉靖三十一年（西元 1552 年），倭寇巨魁汪直、徐海為患日甚，汪直勢力尤大，中外海商尊之為「五峰船主」〔註37〕。嘉靖三十三年（西元 1554 年），

〔註34〕 詳見明・谷應泰《明史紀事本末》卷58〈議復河套〉，前揭書，頁 624。

〔註35〕 此段所述三段引文，詳見明・谷應泰《明史紀事本末》卷59〈庚戌之變〉，前揭書，頁 627～635。

〔註36〕 詳見清・張廷玉等撰《明史》卷205〈列傳第九十三・朱紈〉，前揭書，頁 5403～5405。此事亦見於同書卷81〈志第五十七・食貨五〉中：「市舶既罷，日本海賈往來自如，海上姦豪與之交通，法禁無所施，轉為寇賊。（嘉靖）二十六年，倭寇百艘久泊寧、臺，數千人登岸焚劫。浙江巡撫朱紈訪知舶主皆貴官大姓，市番貨皆以虛直，轉鬻牟利，而直不時給，以是構亂。乃嚴海禁，毀餘皇。……而通番大猾，紈輒以便宜誅之。御史陳九德劾紈措致乖方，專殺啟釁。帝逮紈聽勘。紈既黜，姦徒益無所憚，外交內訌，釀成禍患。」前揭書，頁 1981。

〔註37〕 詳見清・傅維鱗《明書》卷162〈列傳二十・亂賊傳二・汪直〉（臺北：正大

朝廷以李天寵代之，又命南京兵部尚書張經總督浙閩南畿軍務，嘉靖三十四年（西元 1555 年），張經和俞大猷等大破倭寇於浙江嘉興的王江涇，「斬賊首一千九百餘級，焚溺死者甚眾，自軍興以來稱戰功第一。」〔註 38〕然而張經非但未受嘉獎，反被嚴嵩心腹強佔軍功，下獄論死，重挫抗倭士氣。其事除見張經本傳之外，在《明史》〈列傳第一百九十六奸臣・趙文華傳〉下亦見記載：

> （嘉靖三十三年）東南倭患棘，文華獻七事。……帝用嵩言即遣文華祭告海神，因察賊情。當時是，總督尚書張經方徵四方及狼土兵，議大舉，自以位文華之上，心輕之，文華不悅。……經慮文華輕淺淺師期，不以告，文華益怒，劾經養寇失機，疏方上，經大捷王江涇。文華攘其功，謂己與巡按胡宗憲督師所致，經竟論死。又劾浙江巡撫李大龍罪，薦宗憲代，天寵亦論死。……文華自此出總督上，益恣行無忌。……文武將吏爭輸貨其門，顛倒功罪，牽制兵機，紀律大乖，賊寇愈熾。〔註 39〕

嚴嵩黨羽趙文華非但不知用兵，反而顛倒功過，沿海生靈益無寧日，直到嘉靖四十一年（西元 1562 年），嚴嵩去位，禦倭戰爭在戚繼光率領的「戚家軍」和俞大猷率領的「俞家軍」歷經十餘年的努力，禍及東南各省的倭亂才告平定。但長期的征戰，巨大的軍費支出更使政府財政陷於困乏。倭寇的侵擾，也使得明朝政府體認海禁政策的失誤，於是穆宗隆慶元年（西元 1567 年），大開關禁，有條件地允許人民從事海上貿易活動，海外貿易的新局面從此展開。

　　印書館股份有限公司，民國 63 年 10 月臺 1 版），頁 7382。亦見於明・谷應泰《明史紀事本末》卷 55〈沿海倭亂〉，前揭書，頁 590～605。

〔註 38〕詳見清・張廷玉等撰《明史》卷 205〈列傳第九十三・張經〉：「張經……三十二年，其年十一月用兵科言改經右都御史兼兵部右侍郎，專辦討賊。……會侍郎趙文華以祭海至，……文華密疏經糜餉殃民，畏賊失機，欲俟倭飽颺，剿餘寇報功，宜亟治，以紓東南大禍。帝問嚴嵩，嵩對如文華指，且謂蘇、松人怨經。帝怒，即下詔逮經。三十四年五月也。方文華拜疏，……經遣參將盧鏜督保靖兵援，以大猷督永順兵由柳湖趨平望，以克寬引舟師由中路擊之，合戰於王江涇，斬賊首一千九百餘級，焚溺死者甚眾。自軍興以來稱戰功第一。給事中李用敬、閻望雲等言：『王師大捷，倭奪氣，不宜易帥。』……帝終不納，論死繫獄。其年十月，與巡撫李天寵俱斬。天下冤之。」前揭書，頁 5406～5408。

〔註 39〕詳見清・張廷玉等撰《明史》卷 308〈列傳第一百九十六奸臣・趙文華〉，前揭書，頁 7921～7922。

　　戲劇反映時代面貌，政治上的種種措施，更直接影響整個時代氛圍。明代現實世界的黑暗，劇作家眼見權奸當政，生靈塗炭，心中不能無慨，故藉劇抒懣，反映了動盪不安的時局。其中典型之例可以《鳴鳳記》為代表，此劇作家直接取材當世之政治事件而成劇，主演嚴嵩專政、陷害忠良，穿插復議河套，及倭寇入侵等事件，人物忠奸對立，壁壘分明。在第一齣〈家門大意〉末唱：

> 【西江月】秋月春花易老，賞心樂事難憑。蠅頭蝸角總非眞，唯有綱常一定。四友三仁作古，雙忠八義齊名。龍飛嘉靖明聖君，忠義賢良可慶。

其下場詩道：

> 前後同心八諫臣，朝陽丹鳳一齊鳴。除奸反正扶明主，留得功勳耀古今。

已將劇作主旨及時代背景都作了簡單的交代。〔註40〕《鳴鳳記》一出，寫時事劇者日多，於政治上，或寫權臣嚴嵩及其黨羽禍國之事，如《飛丸記》、李玉《一捧雪》；或寫魏忠賢及其閹黨，如范世彥《魏監磨忠記》，作者於目次之後寫道：

> 是編也，俱係魏監實錄，縱有粧點其間，前後相爲照應，無非共抒天下公憤之氣，如落一齣，便覺脈絡不相關合，演者勿以尋常視之。〔註41〕

又如李玉《清忠譜》前有吳偉業序言：

> 李子玄玉所作《清忠譜》……事俱按實，其言亦雅馴，雖云填詞，目之信史可也。〔註42〕

　　這類劇作，讓我們看到了明中葉以後政治與社會變遷的狀況，在傳統教忠教孝、才子佳人的題材之外，開創了新題材，不僅賦予戲劇更深刻的時代意義，更顯現了劇作家面對所處環境的種種困頓，發自內心的深沉慨歎，亦是一種不平之鳴！

〔註40〕《鳴鳳記》反映當代政治而寓批判之意，詳見拙文〈論傳奇徵實風氣之興起——從《浣紗記》、《鳴鳳記》加以探討〉，收於《輔仁國文學報》第 11 集，民國 84 年 5 月出版，頁 199～204。

〔註41〕明・范世彥《魏監磨忠記》，收於《全明傳奇》第 129 種，（臺北：天一出版社）。

〔註42〕明・李玉《清忠譜傳奇》，收於《全明傳奇》第 189 種。

第二節　經濟發展

　　每一個時代都有它各自的經濟特色，這些特色除了看出當時生產方式、經濟發展的狀況之外，更會影響整個社會的風俗民情、審美趣味及價值觀念的改變，進而呈現不同的文化風貌。對明代戲劇的發展而言，經濟繁榮、世風浮華，都有著推波助瀾的作用。

一、作物改變，帶動商業繁榮

　　元末明初，戰亂頻仍，形成人口銳減、土地荒蕪、經濟凋敝的現象。因此太祖建國之後，面對滿目瘡痍的天下，便積極恢復和鼓勵農業生產。為了加速土地的開墾，提高農作生產，太祖採取了屯田墾荒及興修水利等政策，以期經濟復甦早日實現。〔註43〕

　　除了增加糧食生產，太祖也大力鼓勵種植桑、麻、棉等經濟作物，早在建國之前，龍鳳十一年（西元 1365 年）他就下令：「凡農民田五至十畝者，栽桑、麻、木綿各半畝，十畝以上者倍之，其田多者率以是為差。有司親臨督勸，惰不如令者有罰，不種桑使出絹一疋，不種麻及木綿，使出麻布、綿布各一疋。」〔註44〕洪武元年（西元 1368 年）又把這一法令推廣到全國，制訂一系列獎罰措施，規定凡種桑、麻者，「四年始徵其稅，不種桑者輸絹，不種麻者輸布。」〔註45〕在這樣的政策下，經濟作物的生產迅速發展，為手工

〔註43〕關於明太祖屯田墾荒及興修水利等政策的內容及實施結果，可參見李光璧《明朝史略》第一章〈明朝的建立、社會經濟的恢復與中央集權政治的高度發展〉第二節〈洪武時期社會經濟的恢復〉，前揭書，頁 10～16。韓大成《明代城市研究》第一章〈農業發展是城市繁榮的基礎〉第一節〈明初恢復與發展農業的各項措施〉（北京：中國人民大學出版社，1991 年第 1 版），頁 1～19。許大齡、王天有《明朝十六帝》〈一、開國皇帝朱元璋‧（四）勸農桑安養生息〉，前揭書，頁 25～29。《中華文明史》（第八卷明代）第二章〈社會經濟的全面發展〉第一節〈農業生產的進步〉，前揭書，頁 58～69。楊國楨、陳支平《明史新編》第三章〈明初的經濟與社會風尚〉第一節〈明初的經濟政策‧二屯田墾荒〉，前揭書，頁 94～100。牛建強《明代中後期社會變遷研究》第一章〈引論〉第二節〈明代社會風尚取向由前期向中後期的歷史變換‧一、朱元璋再造明初自耕農的措施──明前期社會風尚基礎之奠定〉（臺北：文津出版社有限公司，1997 年 8 月），頁 17～21。

〔註44〕詳見《明太祖實錄》卷 17「乙巳年六月乙卯」條，前揭書，頁 231。

〔註45〕詳見清‧張廷玉等撰《明史》卷 138〈列傳第二十六‧楊思義〉：「太祖稱吳王……吳元年始設司農卿，以思義為之。……大亂之後，人多廢業，思義請令民間皆植桑麻，四年始徵其稅，不種桑者輸絹，不種麻者輸布，如《周官》

業提供了材料，也爲日後社會經濟的繁榮奠下基礎。

對手工業者，明代承襲元代的匠戶制度，把工匠另立匠籍，卻給他們更多的照顧。如洪武十一年（西元 1378 年）太祖「命工部凡在京工匠赴工者，月給薪米鹽蔬，休工者停給，聽其營生勿拘，時在京工匠凡五千餘人，皆便之。」〔註 46〕除了廢除元代匠戶長年服役的制度，又准許休工工匠自由營生。輪班工匠除了定期輪流應役之外，其餘時間可以自由支配，他們自製的手工業產品也可以在市場販售〔註 47〕。如此一來，對手工業技術的改進和發展，都有積極而正面的意義，其中紡織、陶瓷、開礦、冶鐵等行業尤爲突出，譬如江南絲綢織花、松江棉布織造、江西景德瓷器，皆爲馳名天下之產業代表。

明初的社會，因著農業的發展和手工業的興盛，使經濟由安定走向繁榮，爲日後商業經濟的榮景奠下基礎，也使得明中晚期社會風尚由純樸走向奢華，帶動樂戶的興盛，樂戶妓女又是主要的戲劇演員，更直接促進了戲劇的蓬勃發展。

明中葉嘉隆時期，在經濟發展上也由傳統的糧食作物如稻、麥、黍等，改爲經濟作物如棉花、甘蔗、花生、煙草等〔註 48〕。以棉花的種植爲例，早在洪武時期已受重視而有普遍的發展，憲宗成化、孝宗弘治之時，更是興盛，如邱濬所說：「自古中國布縷之征，惟絲枲二者而已，今世則又加以木棉焉。……至我朝，其種（按：木棉）乃遍布于天下，地無南北皆宜之，人無貧富皆賴之，其利視絲枲蓋百倍焉。」〔註 49〕棉花的種植遍布天下，尤以江

里布法。詔可。」前揭書，頁 3965～3966。

〔註46〕詳見《明太祖實錄》卷 118「洪武十一年五月壬午」條，前揭書，頁 1930。

〔註47〕以上所述明太祖對工匠實施的一連串措施，俱見明·李東陽、申明行《大明會典》卷 189〈工部九·工匠二〉（臺北：東南書報社印行，民國 52 年 9 月出版），頁 2567。

〔註48〕明中葉之後，農業之發展轉爲經濟型之作物，可參看：韓大成《明代社會經濟初探》〈明代商品經濟的發展與資本主義萌芽·二、商品經濟的發展·3、商業性農業的經營〉，前揭書，頁 251～260。林金樹、高壽仙、梁勇《中國明代經濟史》〈四、明後期社會經濟形態的新變化·（一）商業性農業的迅述發展〉，收於百卷本《中國全史》叢書，（北京：人民出版社，1994 年第 1 版），頁 149～160。楊國楨、陳支平《明史新編》第七章〈農村經濟的新變化〉第一節〈農業生產力的發展·一糧食新品種和經濟作物的推廣〉，前揭書，頁 303～309。

〔註49〕詳見明·徐光啓纂輯《農政全書》（三）卷 35 丘濬〈大學衍義補〉（臺北：新

南爲主要產區，也帶動了紡織業的發展，如松江便是有名的棉紡織業中心。在范濂《雲間據目抄》〈記風俗〉中記載松江手工業的發達：

> 松江舊無暑襪店，暑月間穿氈襪者甚眾。萬曆以來，用尤墩布爲單暑襪，極輕美，遠方爭來購之，故郡治西郊，廣開暑襪店百有餘家。
> 合郡男婦皆以做襪爲生，從店中給籌取值，亦便民新務。〔註50〕

「合郡男婦皆以做襪爲生」、「廣開暑襪店百有餘家」，都具體地描述了當時盛況。由於市場不斷的開拓，商業必隨之繁榮，更隨著商人的步履，帶動了社會風尚的變化，使得明中葉之後的文化環境與明初有著極大的不同。

除了棉紡織業，絲織業在明中葉之後也有長足的發展，尤其以江南的蘇、杭、嘉、湖爲重鎮。如蘇州在當時即是有名的紡織中心，張瀚《松窗夢語》〈商賈記〉中言：

> 余嘗總攬市利，大都東南之利，莫大於羅綺絹紵，而三吳爲最。即余先世，亦以機杼起，而今三吳之以機杼致富者尤眾。〔註51〕

其所言先世以機杼起，亦見同書卷之六。不僅蘇杭等大城有繁榮的絲織業，即其輻下之小鎮亦因絲織業而繁榮，如馮夢龍（西元 1574～1646 年）《醒世恆言》〈施潤澤灘闕遇友〉中即敘述了世宗嘉靖年間蘇州府吳江縣盛澤鎮上絲織業的繁盛及施復夫婦以紡織致富的故事，其言：

> 蘇州府吳江縣離城七十里，有箇鄉鎮，地名盛澤，鎮上居民稠廣，土俗淳樸，俱以蠶桑爲業。男女勤謹，絡緯機杼之聲，通宵徹夜。那市上兩岸紬絲牙行，約有千百餘家，遠近村坊織成紬疋，俱到此上市。四方商賈來收買的，蜂攢蟻集，挨擠不開，路途無佇足之際，乃出產錦繡之鄉，積聚綾羅之地。江南養蠶所在甚多，惟此鎮最盛。……且說嘉靖年間，這盛澤鎮上有一人，姓施名復……家中開張紬機，每年養幾筐蠶兒，妻絡夫織，甚好過活。這鎮上都是溫飽

文豐出版公司印行），頁 1876～1877。
〔註50〕詳見明・范濂《雲間據目抄》卷 2〈記風俗〉，收於《筆記小說大觀・二十二編》第 5 冊，（臺北：新興書局有限公司，民國 73 年 6 月再版），頁 2628。
〔註51〕詳見明・張瀚《松窗夢語》卷 4〈商賈記〉，又卷 6〈聞異紀〉中記其祖先以機杼發跡事：「毅菴祖家道中落，以沽酒爲業，成化末年值水災，時祖居傍河，水漲入室，所釀酒盡敗……因罷沽酒業，購機一張，織諸色紵幣，備極精工。每一下機，人爭購之，計獲利當五之一。積兩旬。復增一機，後增至二十餘。商賈所貨者，常滿戶外，尚不能應。」收於《元明史料筆記叢刊》（北京：中華書局，1985 年 5 月第 1 次印刷），頁 85、119。

之家，織下紬疋，必積至十來疋，最少也有五六疋，方纔上市。那
大戶人家積得多的便不上市，都是牙行引客商上門來買。〔註52〕

文中敘述嘉靖年間絲織業的盛況，還有「牙行」的出現。所謂「牙行」：是指
買賣過程中為買賣雙方說合的店鋪，簡稱為行。經營這種店鋪或單純從事買
賣的中介者，或稱之為經紀、牙郎、牙人、牙商，或稱之為牙儈、駔儈等。
明代中葉之後，由於市場的擴大與商業的發展，牙行的重要性隨之顯現出來；
而牙行的建立與不斷增多，則是商業發展蒸蒸日上的必然結果。〔註53〕

　　手工業的高度發展，促進了商業的繁榮，甚至在豐厚利潤的誘惑下，人
民多棄農從商，如嘉靖時人何良俊（西元1506～1573年）在其《四友齋叢說》
〈史九〉中即說：

> 余謂正德以前，百姓十一在官，十九在田。蓋因四民各有定業，百
> 姓安於農畝，無有他志，官府亦驅之就農，不加煩擾，故家家豐足，
> 人樂於為農。自四、五十年來，賦稅日增，徭役日重，民命不堪，
> 遂皆遷業。昔日鄉官家人亦不甚多，今去農而為鄉官家人者，已十
> 倍於前矣。昔日官府之人有限，今去農而蠶食於官府者，五倍於前
> 矣。昔日逐末之人尚少，今去農而改業為工商者，三倍於前矣。昔
> 日原無遊手之人，今去農而遊手趁食者，又十之二三矣。大抵以十
> 分百姓言之，已六七分去農。〔註54〕

可知當時賦稅徭役繁重，農民在無法負荷的情況下，不得不棄農而另謀生路，
整個社會因而呈現棄農就商的趨勢，甚至連士大夫亦無法抵擋這樣的時代潮
流，而以逐利積聚、營產謀利為事，同書〈正俗一〉記下了當時的情況：

> 憲孝兩朝以前，士大夫尚未積聚。……至正德間，諸公競營產謀
> 利，一時如宋大參愷、蘇御史恩……皆積至數十萬，自以為子孫數
> 百年之業矣。然不五六年間，而田宅皆已易主，子孫貧匱至不能自
> 存。……人見當時數家之事，有問於余者。余戲語曰：「此病已在膏

〔註52〕詳見魏同賢主編《馮夢龍全集‧醒世恆言》第18卷〈施潤澤灘闕遇友〉（上
　　　　海：上海古籍出版社，1993年6月第1版），頁965～966。
〔註53〕關於牙行的性質、日常活動及作用，可參見：韓大成《明代城市研究》第三
　　　　章〈商業的繁榮〉第三節〈牙行〉（北京：中國人民大學出版社，1991年9
　　　　月第1版），頁177～188。
〔註54〕詳見明‧何良俊《四友齋叢說》卷13〈史九〉，收於《元明史料筆記叢刊》（北
　　　　京：中華書局，1997年11月湖北第3次印刷），頁111～112。

育，非庸醫所了。吾昔飲上池水，或庶幾能知之。蓋吾松士大夫一中進士之後，則於平日同堂之友，謝去恐不速，里中雖有談文論道之士，非唯厭見其面，亦且惡聞其名；而日逐奔走於門下者，皆言利之徒也。……而可以坐收銀若干，則欣欣喜見於面，而待之唯恐不謹。蓋父兄之所交與而子弟之所習聞者，皆此輩也。未嘗接一善人，聞一善言，見一善行，夫一齊人之傳，尚不能勝眾楚人之咻，況又無一齊人之傳乎？……太史公所謂利令智昏，何異白日攫金於市中者耶！」〔註55〕

文人士夫不以談文論道為業，反以逐利為事，遂引太史公所謂「利令智昏」為喻，慨歎之意溢於言表。類似之說亦見於顧炎武《天下郡國利病書》〈歙志風土論〉：

國家厚澤深仁，重熙累洽，至於弘治，蓋基隆矣。……尋至正德末嘉靖初，則稍異矣。……迨至嘉靖末隆慶間，則尤異矣。末富居多，本富盡少，富者愈富，貧者愈貧，起者獨雄，落者辟易，資爰有屬，產自無恆，貿易紛紜，誅求刻覈，奸豪變亂，巨猾侵年，于是詐偽有鬼蜮矣，訐爭有戈矛矣，芬華有波流矣，靡汰有丘壑矣。〔註56〕

逐利之風的盛行，也改變了中國人傳統重農賤商的觀念，商人的地位日漸提高，如李贄《焚書》〈又與焦弱侯〉中即言：

且商賈亦何可鄙之有？挾數萬之貲，經風濤之險，受辱於關吏，忍訽於市易，辛勤萬狀，所挾者重，所得者末。〔註57〕

李贄文中一反從前將商人置於四民之末的觀念，還進一步設身處地說商人飽受奔波之苦，其所得與付出幾是不成正比的。

明代經濟繁榮最直接的反應便是社會風尚的轉變。

二、世風奢靡，競以浮華相誇

明朝中葉之後，社會經濟繁榮，人們開始追逐奢靡的生活。嘉靖時人何

〔註55〕詳見明・何良俊《四友齋叢說》卷34〈正俗一〉，前揭書，頁312～314。
〔註56〕詳見明・顧炎武《天下郡國利病書》〈原編第九冊鳳寧徽・歙志風土論〉，收於王雲五主編《四部叢刊續編》（臺北：臺灣商務印書館，民國55年10月臺1版），頁76。
〔註57〕詳見明・李贄《焚書》卷2〈又與焦弱侯〉（臺北：漢京文化事業有限公司，民國73年5月初版），頁49～50。

瑭曾經對此風尚之改變提出論述，他說，國初離亂，各種用度遵從節儉的原則，奢侈甚少，但經過一百多年的昇平發展，風俗便日益奢侈起來，其《何瑭集》〈奏議·民財空疏之弊議〉中說：

> 我太祖高皇帝於開國之初，凡官民房屋衣服器皿之類，即定有制度……立法之意，蓋甚嚴矣。彼時百姓初脫離亂之苦，凡百用度取給而止，奢僭甚少。……自國初至今百六十年，承平既久，風俗日侈，起自貴近之臣，延及富豪之民，一切皆以奢侈相向。一宮室臺榭之費，至用銀數百兩；一衣服燕享之費，至用銀數十兩；車馬器用，務極華靡。財有餘者以此相誇，財不足者亦相仿效，上下之分蕩然不知。風俗既成，民心迷惑，至使閭閻貧民，習見奢僭，婚姻喪葬之儀，燕會賻贈之禮，畏懼親友譏笑，亦竭力營辦，甚至稱貸爲之。〔註58〕

文中述嘉靖初年之社會風尚，上至貴近、富豪、財有餘者，以奢靡相誇；甚至連財不足者及閭閻貧民在這樣的風尚影響下，因恐遭人恥笑，竟不惜借貸以充門面。可見風氣既成，實難改變。

與此同時的松江府上海人陸楫，在面對江南奢華的社會風尚，不但不感到憂心，反而大爲鼓吹，認爲禁奢節財不足以使民富，反之，奢侈卻可以促進經濟的發達，在其《蒹葭堂雜著摘抄》中言：

> 論治者類欲禁奢，以爲節財則民可與富也。……吾未見奢之足以貧天下也。自一人言之，一人儉則一人或可免於貧；自一家言之，一家儉則一家或可免於貧；至於統論天下之勢則不然。治天下者，將欲使一家一人富乎？抑亦欲均天下而富之乎？予每博觀天下之勢，大抵其地奢，則其民必易爲生；其地儉，則其民必不易爲生者也。何者？勢使然也。今天下之財賦（筆者按：賦，似宜作「富」）在吳越，吳俗之奢，莫盛於蘇杭之民，有不耕寸土而口食膏粱，不操一杼而身衣文繡者，不知其幾何也，蓋俗奢而逐末者眾也。……不知所謂奢者，不過富商大賈、豪家巨族自侈其宮室、車馬、飲食、衣服之奉而已。彼以梁肉奢，則耕者、庖者分其利；彼以紈綺奢，則

〔註58〕 詳見明·何瑭著、王永寬校注《何瑭集》卷1〈奏議·民財空疏之弊議〉之〈一、風俗奢僭〉，（鄭州：中州古籍出版社，1999年9月初版），頁16～17。據注者考證：何瑭此文作於嘉靖八年（西元1529年）正月至三月間，時任戶部右侍郎，見同書頁20，注1。

鬻者、織者分其利；正孟子所謂通功易事，羨補不足者也。上之人
胡爲而禁之？若今寧紹金衢之俗，最號爲儉，儉則宜其民之富也，而
彼諸郡之民，至不能自給，半游食於四方，凡（筆者按：凡，似宜
作「反」）以其俗儉而民不能以相濟也。要之，先富而後奢，先貧而
後儉，奢儉之風起於俗之貧富。雖聖王復起，欲禁吳越之奢難矣。
或曰不然，蘇杭之境，爲天下南北之要衝，四方輻輳，百貨畢集，
故其民賴以市易爲生，非其俗之奢故也。噫！是有見於市易之利，
而不知所以市易者，正起於奢。使其相率爲儉，則逐末者歸農矣，
寧復以市易相高耶？……然吳越之易爲生者，其大要在俗奢，市易
之利，特因而濟之耳，固不專恃乎此也。長民者因俗以爲治，則上
不勞而下不擾，欲徒禁奢可乎？嗚乎！此可與智者道也。〔註59〕

陸楫此文表達了他對世風日益奢靡的正面看法，他認爲奢侈並不足以貧天
下，反而因爲這樣的消費習慣使其他的生產者有獲利的機會，至於俗儉之地
則反映了他們維生不易的現象。他從消費刺激經濟發展的角度，肯定了人們
追逐生活的享受，不同於時人感慨世風浮華的態度。

　　嘉靖之後，人們隨著經濟的發展而富裕，於是價值觀念及生活習慣一改
明初的儉約、質樸，開始追逐生活上的享受，甚至以此相誇。這種風尚很快
地普遍於社會各個階層，歸有光在〈論議說・莊氏二子字說〉中不禁慨歎：

聞之長老言，洪武間，民不粱肉，閭閻無文采，女至笄而不飾。市
不居異貨，宴客者不兼味，室無高垣，茅舍鄰比，強不暴弱。不及
二百年，其存者有幾也？予少之時，所聞所見，今又不知其幾變也！
大抵始於城市，而後及於郊外；始於衣冠之家，而後及於城市。人
之有慾，何所底止。相誇相勝，莫知其已。〔註60〕

其意奢侈之風的傳播有兩個方向，一是：城市→城郊；一是：城市衣冠之家
→城市一般市民→城郊農民。兩者之意是相同的，只不過一者以地區分，一
者以居民身份分；亦即由衣冠之家到城市一般市民，因爲士大夫階層生活的
考究，易於喚起一般商賈市民的奢靡慾念，進而效法，這種風氣在商人中流
行起來之後，自然波及其他階層的人們。於是以奢爲富，以富爲榮的觀念，

〔註59〕　詳見明・陸輯《蒹葭堂雜著摘抄》，此書收於嚴一萍選輯《百部叢書集成》（臺
　　　　　北：藝文印書館印行），收於國家圖書館善本書室。
〔註60〕　詳見明・歸有光《歸震川集》卷3〈論議說・莊氏二子字說〉（臺北：世界書
　　　　　局，民國49年11月初版），頁46。

反映在實際的生活上，便是爭豪比富的誇耀心態，更甚者逾越禮法，僭擬公侯。他在〈送昆山縣令朱侯序〉一文中亦記載了嘉靖年間江南生活之奢華：

> 江南諸郡縣，土田肥美，多粳稻，有江海陂湖之饒，……俗好逾靡，美衣鮮食，嫁娶葬埋，時節餽遺，飲酒燕會，竭力以飾觀美。富家豪民，兼百室之產，役財驕溢，婦女、玉帛、甲第、田園、音樂，擬於王侯。〔註61〕

此外，范濂《雲間據目抄》〈記風俗〉中對松江地區人們生活的變化，也充滿感慨：

> 風俗自淳而趨於薄也，猶江河之走下而不可返也，自古慨之矣。吾松素稱奢淫，黠傲之俗，已無還淳挽朴之機。兼以嘉、隆以來，豪門貴室，導奢導淫，博帶儒冠，長奸長傲，日有奇聞疊出，歲多新事百端。牧豎村翁，競為碩鼠，田姑野嫗，悉變妖狐。倫教蕩然，綱常已矣。〔註62〕

顧起元《客座贅語》〈建業風俗記〉亦見類似的情形：

> 嘉靖十年以前，富厚之家，多謹禮法，居室不敢淫，飲食不敢過。後遂肆然無忌，服飾器用，宮室車馬，僭擬不可言。……嘉靖末年，士大夫家不必言，至於百姓有三間客廳費千金者……園圃僭擬公侯。下至勾闌之中，亦多畫屋矣。它多感刺之言，不能具載。噫嘻！
>
> 先生所見，猶四十年前事也，今則又日異而月不同矣。〔註63〕

凡此皆可看出明代中期之後，社會風尚上自豪門貴室，下至牧豎村翁、田姑野嫗，乃至勾闌中人，無不競逐奢華，而其享受之層面，更是從日常衣食到餽贈宴飲，從嫁娶到喪葬……等，其程度早已僭越規範而擬於王侯，有心人自不免要慨歎「倫教蕩然，綱常已矣」了。

社會風俗的劇變，具體的表現在人們日常的食、衣、行、住等方面。在飲食方面，如：何良俊《四友齋叢說》〈正俗一〉中記其親身見聞：

> 余小時見人家請客，只是果五色、肴五品而已。惟大賓或新親過

〔註61〕 詳見明·歸有光《歸震川集》卷11〈贈送序·送昆山縣令朱侯序〉，前揭書，頁135。

〔註62〕 詳見明·范濂《雲間據目抄》卷2〈記風俗〉，前揭書，頁2625。

〔註63〕 詳見明·顧起元《客座贅語》卷5〈建業風俗記〉引王丹丘《建業風俗記》所記，收於《元明史料筆記叢刊》（北京：中華書局，1997年11月湖北第2次印刷），頁169～170。

門，則添蝦、蟹、蜆、蛤三四物，亦歲中不過一二次也。今尋常燕
會，動輒必用十肴，且水陸畢陳；獲覓遠方珍品，以求相勝。前有
一士夫請趙循齋，殺鵝三十餘頭，遂至形成奏牘。近一士夫請袁澤
門，聞肴品計百餘樣，鴿子、班鳩之類皆有。……當此末世，孰無
奵勝之心，人人求勝，漸已成俗矣。……嘗訪嘉興一友人，見其家
設客，用銀水火爐金滴嗉，是日客有二十餘人，每客皆金臺盤一
副，是雙螭虎大金杯，每副約有十五六兩。留宿齋中，次早用梅花
銀沙鑼洗面，其帷帳衾裯皆用錦綺，余終夕不能交睫。此是所目擊
者。聞其家亦有金香爐，此其富可甲於江南，而僭侈之極，幾於不
遜矣。〔註64〕

宴客之時，不僅殽品百樣，就連餐具亦極奢華之能事。謝肇淛在面對這樣的
風氣亦感歎道：

龍肝鳳髓、豹胎麟脯，世不可得，徒寓言耳。猩唇貛炙、象約駝峰，
雖間有之，非常膳之品也。今之富家巨室，窮山之珍，竭水之盡，
南方之蠣房，北方之熊掌，東海之鰒炙，西域之馬嬭，眞昔人所謂
富有小四海者，一筵之費，竭中產之家，不能辦也。以此明得意，
示豪舉，則可矣，習以爲常，不惟開子孫驕溢之門，亦恐折此生有
限之福。〔註65〕

富室巨豪，「窮山之珍，竭水之盡」的奢靡宴會，早非禮法所能禁，只好以此
舉驕溢太過，「恐折此生有限之福」而寓警惕之意了。

　　服飾是封建社會用以區別貴賤尊卑、身份地位的重要表徵之一。太祖在
洪武十三年（西元1380年）頒布《大明律》，其中「服舍違式」，即是對越級
僭用服飾、車輿、房舍、器用等的嚴懲條例〔註66〕。但隨著工商業的發展和
經濟的繁榮，社會風尚競誇奢華，人們的價值、倫理觀念都受到極大的衝擊，

〔註64〕詳見明・何良俊《四友齋叢說》卷34〈正俗一〉，前揭書，頁314、316。
〔註65〕詳見明・謝肇淛《五雜組》卷11〈物部三〉（臺北：偉文圖書出版社有限公司，
　　　　民國66年4月出版），頁275。
〔註66〕詳見《大明律集解附例》〈儀制・卷第十二〉「服舍違式」，其下言：「凡官民
　　　　房舍、車服、器物之類，各有等第。若違式僭用，有官者杖一百，罷職不敘；
　　　　無官者笞五十，罪坐家長；工匠並笞五十。若僭用龍鳳文者，官民各杖一百，
　　　　徒三年，工匠杖一百，連當房家小起發赴經籍充局匠，違禁物並入官。」可
　　　　見規定之謹嚴。此書收於《明代史籍彙刊》（臺北：臺灣學生書局，民國59
　　　　年12月景印初版），頁971。

反映在服飾上的便是打破禁令、追求新奇華麗。張瀚《松窗夢語》〈風俗紀〉中所述：

> 國朝士女服飾，皆有定制。洪武時律令嚴明，人遵畫一之法。代變風移，人皆志於尊崇富侈，不復知有明禁，群相蹈之。……今男子服錦綺，女子飾金珠，是皆僭擬無涯，踰國家之禁者也。〔註67〕

可見洪武時期，「律令嚴明」，所以人人遵守「畫一之法」。但明中葉之後，風氣丕變，競誇華服，甚至連寒素之家亦不免此習。如顧起元《客座贅語》〈民利〉：

> 俗尚日奢，婦女尤甚。家才儋石，已貿綺羅；積未錙銖，先營珠翠。〔註68〕

更有甚者則是「奴隸爭尚華麗」、「女裝皆踵娼妓」、「大家奴皆用三鑲官履，與士宦漫無分別」，無怪乎有志之士要慨歎「烏睹所謂仁厚之俗？」〔註69〕

至於交通工具，在何良俊《四友齋叢說》〈正俗二〉中說：

> 嘗聞長老言，祖宗朝，鄉官雖見任回家，只是步行。憲廟時，士夫始騎馬。至弘治、正德間，皆乘轎矣。……夫士君子既在仕途，已有命服，而與商賈之徒挨雜於市中，似爲不雅，則乘轎猶爲可通。今舉人無不乘轎者矣。……今監生無不乘轎者矣。大率秀才以十分言之，有三分乘轎者矣。其新進學秀才乘轎，則自隆慶四年始也。蓋因諸人皆士夫子弟或有力之家故也。〔註70〕

乘轎本是官員身份的表徵之一，但孝宗弘治之後，無論是居家的鄉官，或是還未當官的舉人、監生、秀才及士夫子弟，皆以轎代步了。范濂《雲間據目抄》〈記風俗〉中亦見類似情況：

> 春元用布圍轎，自嘉靖乙卯張德瑜起，此何元朗所致慨也。自後率以爲常。然士子既登鄉科，與眾迥別，則以肩輿加布圍，亦不爲過。獨近來監生生員通用，似覺太早耳。尤可笑者，紈袴子弟爲童生，

〔註67〕 詳見明・張瀚《松窗夢語》卷7〈風俗紀〉，前揭書，頁140。
〔註68〕 詳見明・顧起元《客座贅語》卷7〈民利〉，前揭書，頁67。
〔註69〕 詳見明・范濂《雲間據目抄》卷7〈記風俗〉：「范叔子曰：衣飾之制，特男婦與時高下之細節耳。但前人之飾，愈清愈雅，而祇爲導淫之資，識者無不感歎也。矧奴隸爭尚華麗，則難爲貴矣；女裝皆踵娼妓，則難爲良矣。良貴不分，烏睹所謂仁厚之俗哉？」「所可恨者，大家奴皆用三鑲官履，與士宦漫無分別，而士宦亦喜奴輩穿著。此俗之最可惡也。」前揭書，頁2627、2628。
〔註70〕 詳見明・何良俊《四友齋叢說》卷35〈正俗二〉，前揭書，頁320。

即乘此轎，帶領僕從，招搖街市，與元春一體，此獨微覘父兄無家
教，即子弟自己為地，原不宜如此。〔註71〕

謝肇淛《五雜組》中言：「國初進士皆步行，後稍騎驢，至弘、正間，有二三
人共僱一馬者，其後遂皆乘馬。余以萬曆壬辰登第，其時郎署及諸進士皆騎
也，遇大風雨時，間有乘輿者。迄今僅二十年，而乘馬者絕跡矣，亦人情所
趨，且京師衣食於此者殆萬餘人，非惟不能禁，亦不必禁也。」〔註72〕從步
行、騎驢、乘馬到乘輿，交通工具的變化，反映了經濟繁榮對人們生活的改
善，這也是難以抵擋的時代潮流。

　　在建築方面，明初法令亦有清楚而嚴格的規定，如《明史》〈志第四十四·
輿服四〉中說：

百官宅第。洪武二十六年定制……一品、二品廳堂五間，九架；……
三品至五品，廳堂五間，七架；……六品至九品廳堂三間，七架；……
更不許於宅前後左右多占地，構亭館，開池塘，以資遊眺。……庶
民廬舍，洪武二十六年定制，不過三間，五架，不許用斗栱，飾彩
色。〔註73〕

可知明初房舍之建築以儉樸實用為原則，在嚴格的規範下，人們不能逾其份
際。但中葉之後，情況大有改觀。沈德符《萬曆野獲編》〈工部〉「京師營造」
條記其所見：

余幼時曾游城外一花園，壯麗敞豁，侔於勳戚，管園蒼頭及司灑掃
者至數十人，問之乃車頭洪仁別業也。本推挽長夫，不十年即至
此。〔註74〕

一個匠頭的別墅，竟可以「侔於勳戚」，其之不合律令正反映了明初禁令至此

〔註71〕詳見明·范濂《雲間據目抄》卷2〈記風俗〉，前揭書，頁2637。
〔註72〕詳見明·謝肇淛《五雜組》卷14〈事部二〉，前揭書，頁362。
〔註73〕詳見清·張廷玉等撰《明史》卷68〈志第四十四·輿服四〉〈臣庶室屋制度〉，
　　　　前揭書，頁1671～1672。此部份亦可參見《中華文明史》（第八卷明代）第五
　　　　章〈明代建築的偉大成就〉第六節〈住宅與園林·一、住宅建築〉，前揭書，
　　　　頁309～310。陳寶良《飄搖的傳統——明代城市生活長卷》〈甲編·三、宮風
　　　　士韻民用〉中「房舍等第」、「居宅壯麗」部份，（長沙：湖南出版社，1996
　　　　年9月第1版），頁89～92。
〔註74〕詳見明·沈德符《萬曆野獲編》（下）卷19〈工部〉「京師營造」條、卷26〈玩
　　　　具〉「好事家」條，（北京：文化藝術出版社，1998年6月北京第1次印刷），
　　　　頁520、700。

已名存實亡的事實。同書〈玩具〉「好事家」條亦有類似之說：

> 嘉靖末年，海內宴安。士大夫富厚者，以治園亭、教歌舞之際，間
> 及古玩。

除了建築的華麗，明中葉之後，士大夫建園也成為一時的風尚，當時園林建築更是奢華至極，所費不貲。據王春瑜研究指出：明代江南園林出現過兩個高潮，一是成化、弘治、正德年間，一是嘉靖、萬曆年間，而後一個時期較諸前者，更顯得一浪高過一浪。〔註75〕范濂《雲間據目抄》〈記土木〉亦言：

> 土木之事，在在有之，而吾松獨甚。予年十五，避倭入城，城多荊
> 榛草莽。迄今四十年來，士宦富民，競為興作，朱門華屋，峻宇雕
> 牆，下逮橋梁禪觀牌坊，悉甲他郡。比之舊誌所載，奚啻徑庭。
> 〔註76〕

除了江南，北京亦多園林。大略言之，南北園林，各具特色。北京的園林多屬戚畹勳臣及中貴所有，大抵氣象軒豁，多廊廟氣，而無山林味。江南園林多為致仕或歸隱的士大夫所建，即使是由商人所造，也因仰慕清雅，處處效法士大夫的雅致。士夫文人的雅趣決定了他們園林的特色，雖是假山假水，卻更多地模擬或接近自然，體現山林隱幽的風格，而無廟堂繁華的景象。因此在明人的文集中常可看到他們描述購置園林、經營園林的作品，以此休閒自娛，恐是明中葉以後文人流行的生活方式。

文人士夫們酷愛園林和山水的自然之美，對於他們的創作必有積極的影響，就戲劇的創作而言，更是如此，因為園林不僅是文人雅集、吟詩作畫之處，更是戲劇演出的場所。文人們赴宴觀劇或是由自己的家樂戲班演出，甚至親自粉墨登場，這些活動既是他們追求閒適生活的具體表現，更因此提昇了戲劇的藝術層次，戲劇的社會地位也因文人的參與而提高，這些都對戲劇的發展與繁榮有極大的影響。因此明人劇作之中便不乏文人雅會的故事和及

〔註75〕 詳見王春瑜〈論明代江南園林〉，《中國史研究》，1987年第3期，頁157～166。
　　　　關於園林的修建、經營及特色，尚可參見：陳寶良《飄搖的傳統——明代城市生活長卷》〈甲編·三、宮風士韻民用〉中「園林：冶游的好去處」部份，前揭書，頁101～107。邵曼珣《明代中期蘇州文人生活研究》第七章〈明代蘇州文人生活論述——休閒生活〉第三節〈園林宅第的經營·參、治園以消閒〉（東吳大學中國文學系博士論文，民國90年6月），頁234～238。
〔註76〕 詳見明·范濂《雲間據目抄》卷5〈記土木〉，前揭書，頁2586。

時行樂的思想，如許潮《太和記八種》除卻《武陵春》、《寫風情》二劇，其餘六劇《蘭亭會》、《午日吟》、《南樓月》、《赤壁遊》、《龍山宴》、《同甲會》，皆是此類題材。

第三節　學術思想

一、程朱理學

太祖朱元璋在建立明朝後，立即下令恢復唐代衣冠，使「百有餘年胡俗，悉復中國之舊」〔註77〕，洪武年間，解縉曾上萬言書，建議「上沂唐、虞、夏、商、周、孔，下及關、閩、濂、洛」，「隨事類別，勒成一經」，作為「太平制作之一端」。〔註78〕關、閩、濂、洛，指宋代程朱理學，解縉之意在樹立程朱理學的正統地位。太祖朱元璋接受此建議，並和劉基沿襲元朝皇慶科舉條例〔註79〕，規定以朱熹《四書集註》為科舉考試之內容，《明史》〈志第四十六・選舉二〉清楚寫道：

> 科目者，沿唐宋之舊，而稍變其試士之法，專取四子書及《易》、《書》、《詩》、《春秋》、《禮記》五經命題試士。蓋太祖與劉基定，其文略仿宋經義，然代古人語氣為之，體用排偶，謂之八股，通謂

〔註77〕詳見《明太祖實錄》卷30，「洪武元年二月壬子」條：「詔復衣冠如唐制，初元世祖起自朔漠，以有天下，悉以胡俗變易中國之制……上久厭之。至是悉命復衣冠如唐制，……于是百有餘年胡俗，悉復中國之舊矣。」前揭書，頁0525。

〔註78〕詳見清・張廷玉等撰《明史》卷147〈列傳第三十五・解縉〉：「一日，帝在大庖西室，諭縉：『朕與爾義則君臣，恩猶父子，當知無不言。』縉即日上封事萬言，略曰：『……臣見陛下好觀《說苑》、《韻府》雜書與所謂《道德經》、《心經》者，臣竊謂甚非所宜也。《說苑》出於劉向，多戰國縱橫之論。《韻府》出元之陰氏，抄輯穢蕪，略無可採。陛下若喜其便於檢閱，則願集一二志士儒英，臣請得執筆隨其後，上沂唐、虞、夏、商、周、孔，下及關、閩、濂、洛，根實精明，隨事類別，勒成一經，上接經史，豈非太平制作之一端歟？……』書奏，帝稱其才。」前揭書，頁4115～4119。

〔註79〕元朝皇慶科舉條例：元朝仁宗於皇慶二年（西元1313年）下詔，制定科舉條制，規定蒙古人、色目人、漢人及南人，同樣學習朱熹的《四書集注》，同樣應《四書》考試；所學與所考的《五經》，也都採用程朱學派的傳注。詳見張豈之《中國思想史》（下冊）第六編〈明清編〉第一章〈明代思想由「朱學」向「心學」的轉變〉（臺北：水牛圖書出版事業有限公司，民國81年6月初版），頁745，註1。

之制義。〔註80〕

在功名利祿的吸引下，士人們只得用心於八股文，只能以程朱之說為歸依，個人思想之獨創性遂被抹煞殆盡。

成祖永樂年間，更進行大規模修書，如《明太宗實錄》「永樂十二年十一月甲寅」（西元 1414 年）中記載：

> 上諭行在翰林院學士胡廣、侍講楊榮、金幼孜曰：《五經》、《四書》，皆聖賢精義要道，其傳註之外，諸儒議論，有發明餘蘊者，爾等采其切當之言，增附於下。其周、程、張、朱諸君子性理之言，如《太極通書》、《西銘》、《正蒙》之類，皆六經之羽翼，然各自為書，未有統會，爾等亦別類聚成編二書，務極精備，庶幾以垂後世。命廣等總其事，仍命舉朝臣及外在教官有文學者同纂修，開館東華門外，命光祿寺給朝夕饌。〔註81〕

次年，書成，成祖親自作序，隨後命禮部刊賜天下，作為科舉考試的依據。於是整個思想界定於程朱一說，更甚者，則對非程朱之說者大加伐撻，如廖道南《殿閣詞林記》〈屏邪〉記載：

> 聖祖崇重儒術，以濂、洛、關、閩為宗，罔敢有悖焉者也。永樂中，饒州士人朱季支獻所著書，斥濂、洛、關、閩之說。上覽之，怒曰：「此儒之賊也。」時禮部尚書李至剛、學士解縉、侍讀胡廣、侍講楊士奇侍側，上示以其書，縉曰：「惑世誣民，莫甚於此。」至剛曰：「不罪之，無以示儆，宜杖之，屏諸四裔。」士奇曰：「當盡燬所著書，庶幾不誤後人。」廣曰：「聞其人年已七十，毀書示儆足矣。」上曰：「謗先賢，毀正道，治之可拘常例耶？」遣行人押季支還饒州，會布政司及州府縣官與其鄉士人，明諭其罪，而笞以示罰，悉索其所著書。〔註82〕

他們將非程朱理學體系的思想視為邪說異教，以其行「謗先賢，毀正道」，其害「惑世誣民」，因之伐撻之聲如洪水般洶湧，即使是面對一位七十老人亦毫不留情。在《明史》〈列傳第一百七十・儒林一・序〉寫下了明初諸儒不敢逾越程朱思想的情況：

〔註80〕 詳見清・張廷玉等撰《明史》卷 70〈志第四十六・選舉二〉，前揭書，頁 1693。
〔註81〕 詳見《明太宗實錄》卷 158，「永樂十二年十一月甲寅」條，前揭書，頁 1803。
〔註82〕 詳見明・廖道南《殿閣詞林記》（三）卷 14〈屏邪〉，收於王雲五主編《四庫全書珍本九集》（135）（臺北：臺灣商務印書館），頁 21。

夫明初諸儒，皆朱子門人之支流餘裔，師承有自，矩矱秩然。曹端、
胡居仁篤踐履，謹繩墨，守儒先之正傳，無敢改錯。〔註83〕

　　文人思想受程朱理學影響，反映到劇作之中遂多教化之旨。如：邱濬《五倫全備忠孝記》第一齣〈副末開場〉：

　　【鷓鴣天】書會誰將雜曲編，南腔北曲兩皆全。若於倫理無關緊，
縱是新奇不足傳。　風月好，物華鮮，萬方人樂太平年。今宵搬演
新編記，要使人心忽惕然。

　　【臨江仙】每見世人搬雜劇，無端誣賴前賢。伯皆負屈十朋冤，九
原如可作，怒氣定沖天。這本《五倫全備記》，分明假托揚傳，一場
戲裡五倫全備，他時世曲，寓我聖賢言。〔註84〕

「若於倫理無關緊，縱是新奇不足傳。」已清楚道出他的創作主旨，因此「一場戲裡五倫全備」，正是戲曲教化觀念的具體表現。李調元《雨村曲話》評此劇：

　　《伍倫全備記》三本，瓊臺邱濬撰，凡二十八段，所述皆名言。天
下大倫大理，盡寓于是；言帶詼諧，不失其正。蓋邱文莊公假此以
勸善者。〔註85〕

又如：邵燦《伍倫傳香囊記》第一齣：

　　【鷓鴣天】一曲清歌酒一巡，梨園風月四時新。人生得意須行樂，
只恐花飛減卻春。今即古，假爲眞，從教感起坐間人。傳奇莫作尋
常看，識義由來可立身。〔註86〕

作者強調劇中教化之意，大於傳奇情節之新奇，而疾呼勿等閒視之，是爲明初劇作重教化的典型例子。

二、陽明心學

　　明中葉，思想學術界奉程朱之說爲規臬的情況，開始有了轉變，在《明史》〈列傳第一百七十·儒林一·序〉中說：

〔註83〕詳見清·張廷玉等撰《明史》卷282〈列傳第一百七十·儒林一·序〉，前揭
　　　　書，頁7222。
〔註84〕明·邱濬《五倫全備忠孝記》，收於《全明傳奇》第14種。
〔註85〕詳見清·李調元《雨村曲話》，此書收於《中國古典戲曲論著集成》八，（北
　　　　京：中國戲劇出版社，1982年11月第4次印刷），頁25。
〔註86〕明·邵燦《伍倫傳香囊記》，收於《全明傳奇》第16種。

> 原夫明初諸儒，皆朱子門人之支流餘裔，師承有自，矩矱秩然。……
> 學術之分，則自陳獻章、王守仁始。宗獻章者曰江門之學，孤行獨
> 詣，其傳不遠。宗守仁者曰姚江之學，別立宗旨，顯與朱子背馳，
> 門徒遍天下，流傳逾百年，其教大行，其弊滋甚。嘉、隆而後，篤
> 信程、朱，不遷異說者，幾無人矣。〔註87〕

陳憲章啓心學之端，而影響最大者自當屬弘治、正德之際，浙江餘姚王守仁
（西元 1472～1529 年）開創的姚江學派。

王陽明學說的主要論題爲「心即理」、「知行合一」、「致良知」，他繼承了
陸九淵「心即理」的觀點，在《傳習錄》中記載了他和徐愛的一段對話：

> 愛問：「至善只求諸心，恐於天下事理，有不能盡。」
>
> 先生曰：「心，即理也。天下又有心外之事，心外之理乎？」〔註88〕

這種理論正是陸九淵「宇宙便是吾心，吾心即是宇宙」、「道無有外於吾心者」
的發展，也是禪宗「心是道，心是理，則是心外無理，理外無心」的再版。
〔註89〕馬美信《晚明文學新探》中論述晚明文學思想的基礎：

> 王陽明從主觀唯心主義出發，以「自我」作爲一切事物的中心，強
> 調個人的發展和自我表現，反對繁瑣的封建教條對人們的束縛。他
> 的理論在某些方面表現出與封建傳統觀念相矛盾的異端色彩，給當
> 時僵死沉悶的思想界帶來一股清新活潑的空氣。因此，王陽明創立
> 「心學」，風行天下，「以道學爲海內宗」，許多人紛紛投身王室門下，
> 講「心學」，談「良知」成爲一時的風尚。〔註90〕

可知王陽明此說是對程朱理學強調「存天理，滅人慾」的說法提出質疑，
他反對道學的陳舊格套，自然看到每個生命的活潑處。

三、泰州學派

王陽明心學一出，弟子弘揚師說，以談「良知」爲一時風尚。但在此同

〔註87〕 詳見清・張廷玉等撰《明史》卷282〈列傳第一百七十・儒林一・序〉，前揭
書，頁7222。

〔註88〕 詳見明・王陽明《傳習錄》卷上〈門人徐愛錄・三〉（臺北：金楓出版有限公
司，1987年3月初版），頁4。

〔註89〕 詳見郭英德、過常保《明人奇情》〈一、從禁錮到超越〉之〈（二）王守仁心
學的崛起〉（臺北：雲龍出版社，1992年2月初版），頁8～10。

〔註90〕 詳見馬美信《晚明文學新探》第二章〈掀天翻地的思想狂飆——晚明文學思
想的基礎〉（桃園：聖環圖書有限公司，民國83年6月1版），頁35～36。

時，泰州學派則從另一角度傳播王學，其創始人是王艮（西元 1483～1541
年），字汝止，號心齋，泰州人，出身灶戶家庭，早年經商，壯年從王陽明問
學，王陽明去世後，回到泰州講學，遂成一派。此派之重要人物還有其子王
襞、顏鈞、何心隱、羅汝芳及可稱爲晚明思想界異軍突起的李贄。

　　王艮出身鹽戶，對於社會的現實問題有強烈的關注，他把王學中「日用
間何莫非天理流行，但此心常存不放，則義理自明」之說〔註91〕，發揮爲「百
姓日用之道」，其言：

> 百姓日用條理處，即是聖人之條理處。聖人知便不失百姓，不知便
> 會失。
> 即事是學，即事是道，人有困於貧而凍餒其身者，則亦失其本而非
> 學也。
> 聖人之道，無異於百姓日用，凡有異者，皆謂之異端。〔註92〕

可見王艮把「道」解釋爲百姓的日常生活，聖人之道即以百姓日用爲依歸，
這和程朱理學要求「存天理，滅人慾」是截然不同的。

　　王艮的學說在當時產生了極大的影響，如黃宗羲《明儒學案》即說：

> 陽明先生之學，有泰州、龍溪而風行天下，亦因有泰州、龍溪而漸
> 失其傳。泰州、龍溪時時不滿其師說，益啓瞿曇之秘而歸之師，蓋
> 躋陽明而爲禪矣。……泰州之後，其人多能赤手以搏龍蛇，傳至顏
> 鈞、何心隱一派，遂復非名教所能羈絡矣。顧端文曰：「心隱輩坐在
> 利欲膠漆盆中，所以能鼓動得人，只緣他一種聰明，亦自有不可到
> 處。」義以爲非其聰明，正其學術之所謂祖師。……諸公掀翻天地，
> 前不見有古人，後不見有來者。……諸公赤身擔當，無有放下時節，
> 故其害如是。〔註93〕

由此段文字雖見黃宗羲批判之意，卻也看出泰州學派以利慾鼓動人心，肯定
百姓日常所需之慾望，「赤手以搏龍蛇」、「非名教所能羈絡」，正說明了此派
學說衝破傳統封建倫理教條束縛的最大特色。

〔註91〕詳見明·王陽明《王文成公全書》卷4〈文錄一·書一·答徐成之〉，收於王
雲五主編《國學基本叢書》四百種（臺北：臺灣商務印書館，民國57年3月
臺1版），頁49。

〔註92〕詳見明·王艮《王心齋全集》卷3〈語錄〉（臺北：廣文書局據日本嘉永元年
（西元1846年）和刻本影印，民國64年），頁46、47、67。

〔註93〕詳見明·黃宗羲《明儒學案》卷32〈泰州學案〉（臺北：河洛圖書出版社，民
國62年12月臺景印出版），頁62。

　　泰州學派的後學中，李贄的異端思想影響尤大。李贄（西元 1527～1602年），字卓吾，又號篤吾，泉州晉江人，嘉靖三十一年（西元 1552 年）舉人，萬曆九年（西元 1581 年）辭官，專心講學。曾師事王艮之子王襞，其說在泰州學派的基礎上更見發展。首先，他發揮了王艮「百姓日用即是道」的觀點，在〈答鄧石陽〉文中進一步說：

> 吃飯穿衣，即是人倫物理；除卻吃飯穿衣，無倫物矣。世間種種皆衣與飯類耳，故舉衣與飯而世間種種自然在其中，非衣飯之外，更有所謂種種絕與百姓不相同者也。〔註94〕

他大膽的主張人們的慾望應該得到滿足，在肯定人慾私心的同時，也揭開聖人神聖不可侵犯的形象，如此一來，宋明理學家所建立的名教規條便顯得沒有意義了。甚至在面對儒家的經典時，李贄也大膽地提出「不以孔子之是非為是非」的看法，在〈藏書世紀列傳總目前論〉中說：

> 人之是非，初無定質；人之是非人也，亦無定論。無定質，則此是彼非，並育而不相害；無定論，則是此非彼，亦並行而不相悖矣。然則今日之是非，謂予李卓吾一人之是非，可也；謂為千萬世大賢大人之公是非，亦可也；謂予顛倒千萬世之是非，而復非是予之所非是焉，亦可也。則予之是非，信乎其可矣。前三代，吾無論矣；後三代，漢、唐、宋是也。中間千百餘年，而獨無是非者，豈其人無是非哉？咸以孔子之是非為是非，故未嘗有是非耳。……夫是非之爭也，如歲時然，晝夜更迭，不相一也。昨日是而今日非矣，今日非而後日又是矣。雖使孔子復生於今，又不知作如何非是也，而可遽以定本行賞罰哉！〔註95〕

可知李贄認為是非的標準，可能因時地改變而變，自不能以一人之說為萬世的標準。此外在〈童心說〉一文中，更可看出他對儒家經典和孔孟之道採取的批判態度：

> 夫六經、語、孟，非其史官過為褒崇之詞，則其臣子極為贊美之詞，又不然，則其迂闊門徒、懵懂弟子，記憶師說，有頭無尾，得後遺

〔註94〕　詳見明‧李贄《焚書》卷 1〈答鄧石陽〉（臺北：漢京文化事業有限公司，民國 73 年 5 月初版），頁 4。

〔註95〕　詳見明‧李贄《藏書》卷首〈藏書世紀列傳總目前論〉，此文收於張建業主編《李贄文集》（第三卷），（北京：社會科學文獻出版社，2000 年 5 月第 1 版），頁 7。

前，隨其所見，筆之於書。後學不察，便謂出自聖人之口，決定目
之爲經矣，孰知其大半非聖人之言乎？……是豈可遽以爲萬世之至
論乎？然則六經、語、孟乃道學之口實，假人之淵藪也，斷斷乎其
不可以語於童心之言明矣。〔註96〕

他斥責道學家們雖然高談孔孟之道，但其目的不過在謀求一己之私，不過以
之爲取富貴的憑藉〔註97〕，故視之爲假人、假事、假文，而大加鞭撻。

　　李贄的言論舉動都衝擊著傳統倫理道德觀念，儘管其書屢屢被禁甚而遭
捕下獄〔註98〕，但在當時卻引起極大的迴響，許多士大夫爭相附和，形成明
中後期一股思想解放的思潮，進而衝擊著社會風俗、文學思想等層面，影響
之大實不容小覷。如公安三袁以「獨抒性靈，不拘格套」爲創作主張，湯顯
祖《牡丹亭》歌頌一往而深的眞情至愛，馮夢龍讚揚山歌是「藉男女之眞情，
發名教之僞藥」……等，都是受李贄思想影響的明顯例子。

第四節　文學理論

一、雍容典雅：臺閣體

　　明太祖一統天下之後，設立學校，恢復科舉，以程朱之學爲功名之捷徑，
士人自然熱衷於八股時文，而無心於古文、詩、詞之創作。如吳喬《圍爐詩
話》：

事之關係功名富貴者，人肯用心。唐之功名富貴在詩，故三唐人肯
用心而有變；一不自做，蹈襲前人，如今日之抄襲時文，便爲士林
中滯貨故也。明之功名富貴在時文，全段精神俱在時文用盡，詩其
暮氣爲之耳。〔註99〕

〔註96〕詳見明・李贄《焚書》卷3〈童心說〉，前揭書，頁98。
〔註97〕詳見明・李贄《續焚書》卷3〈三教歸儒說〉：「夫唯無才無學，若不以講聖人
　　　　之道學之名以要之，則終身貧且賤焉，恥矣，此所以必講道學以爲取富貴之資
　　　　也。然則今之無才無學，無爲無識，而又欲至大富貴者，斷斷乎不可以不講道
　　　　學矣。」（臺北：漢京文化事業有限公司，民國73年5月初版），頁76。
〔註98〕李贄的學說，猛烈地衝擊著傳統的封建思想和倫理道德，也因此招致了當權
　　　　者和道學家的強烈不滿，最後甚至遭到神宗下詔以「敢倡亂道，惑世誣民」
　　　　之罪名緝捕下獄。詳見《明神宗實錄》卷369「萬曆三十年二月」條，前揭書，
　　　　頁6971。
〔註99〕詳見清・吳喬《圍爐詩話》（下）卷4，收於《筆記續編》（臺北：廣文書局有

近代吳梅《詞學通論》亦言：

> 論詞至明代，可謂中衰之期。探其根源，有數端焉。……明人科第，
> 視若登瀛。其有懷抱沖和，率不入鄉黨之月旦。聲律之學，大率扣
> 槃。迨夫通籍以還，稍事研討，而藝非素習，等諸面牆。花鳥託其
> 精神，贈答不出臺閣。庚寅攬揆，或獻以腴詞；俳優登場，亦寵以
> 華藻。連章累牘，不外應酬，其蔽二也。〔註100〕

古文、詩、詞之不振，他們歸因於八股時文的限制，更遑論創作上的獨特性，
關於此點，趙尊嶽在〈惜陰堂彙刻明詞記署〉中，提出明詞之疵累有六，其
中首揭「境界」，其言：

> 詞貴境界。……明代諸家，則大多有所因襲，未獲闡揚。斯其境界
> 之限，足以墜其聲華也。〔註101〕

可見其不滿明詞「因襲」之風，未有自我之風格，是為明詞不振之重要因素。
此點亦可見於明代文人屠隆文中，其言：

> 至我明之詩，則不患其不雅，而患其太襲；不患其無辭采，而患其
> 鮮自得也。夫鮮自得，則不至也。即文章亦然，操觚者不可不慮
> 也。〔註102〕

「太襲」、「鮮自得」，正一針見血地指出明代詩文之弊病。文學創作本當以表
達自我情感為目的，然而在科舉制度的箝制下，士子們只能依程朱之說為準
則，以八股時文為終南捷徑，文學中的真情實感已然蕩盡，顧炎武甚至直言

　　　限公司，民國 58 年 9 月初版），頁 309。

〔註100〕詳見吳梅《詞學通論》第九章〈概論四・明清・第一、明人詞略〉（臺北：臺
　　　灣商務印書館，民國 54 年 12 月臺 1 版），頁 142。

〔註101〕詳見趙尊嶽〈惜陰堂彙刻明詞記署〉中，亦提出明詞之疵累有六：「(1)詞貴
　　　境界。……明代諸家，則大多有所因襲，未獲闡揚。斯其境界之限，足以墜
　　　其聲華也。(2)詞出於歌詞，而律韻為之鵠式。……明人多昧於此，顛倒淆
　　　亂，比比即是。……(3)明人多能製詞，而絕少論詞之作，因之斯道，卓之不
　　　尊。……(4)選家之學，門徑所係，於詞亦然。……明人製詞，獨少總集，……
　　　詞林萬選，均宋選之芻狗也。……(5)祝枝山、徐文長、唐六如、陳眉公……
　　　甚負時譽。高尚王侯，著述宏博，然凡所為詞，幾均不足一觀。而一時人
　　　士，多目此數家為宗工，風行草偃，明詞之不振，亦其一端也。(6)明人既以
　　　南北曲見長，詞亦遂為所掩。」此文收於趙尊嶽輯《明詞彙刊》附錄，（上海：
　　　上海古籍出版社，1992 年 7 月第 1 次印刷），頁 8～10。

〔註102〕詳見明・屠隆《鴻苞》卷 17〈論詩文〉，收於《四庫全書存目叢書》，子部雜
　　　家類，子部第 89 冊，（臺南：莊嚴文化事業有限公司，1995 年 9 月初版），
　　　頁 248。

「八股之害等於焚書」。〔註103〕

　　古文、詩、詞之不振，除了科舉功名只以八股取士之外，在文學的發展上，亦有其原因，如明初宋濂〈蘇平仲文集序〉中說：

> 近世道擒氣弱，文之不振已甚。樂恣肆者失之駁而不醇，好摹擬者拘於局而不暢，含喙比聲，不得稍自凌厲以震盪人之耳目。譬猶敝帚漏卮，雖家畜而人有之，其視魯弓郜鼎亦已遠矣。〔註104〕

文中可看出他對時人作品大表不滿，類似之說亦可見於同為明初人的葉子奇《草木子》中：

> 傳世之盛，漢以文，晉以字，唐以詩，宋以理學，元之可傳，獨北樂府耳。宋朝文不如漢，字不如晉，獨理學之明上接三代。元朝文法漢，歐陽玄、虞集是也；字學晉，趙孟頫、單于樞是也；詩學唐，楊載、虞集是也；道學之行則許衡、劉因是也；亦皆有所不逮。〔註105〕

他們似乎覺得文學的成就前人已達高峰，明人恐是望塵莫及，加上程朱理學的獨尊，士人僅能墨守前人章句，不僅限制了文學的發展，也使文學成為宣揚倫理道德的工具。如宋濂在〈徐教授文集序〉中說：

> 文之至者，文外無道，道外無文，粲然載於道德仁義之言者即道也，秩然見諸禮樂刑政之具者即文也。道積於厥弱，文不期工而自工。不務明道，縱若蠹魚出入於方冊間，雖至老死，無片言可以近道矣。〔註106〕

〔註103〕詳見明·顧炎武《日知錄集釋》卷 16「擬題」條：「今日科場之病，莫甚乎擬題。且以經文言之，初場試所習本經義四道，而本經之中，場屋可出之題，不過數十，富家巨族，延請名士，館於家塾，將此數十題，各擬一篇，計篇酬價，令其子弟及童僕之俊慧者，記誦熟習，入場命題，十符八九，即以所記之文，抄謄上卷。……發榜之後，此曹便為貴人。……昔人所須十年而成者，以一年畢之；昔人所待一年而習者，以一月畢之；成於勤襲，得於假倩，卒而問其所未讀之經，有茫然不知為何書者。故愚以為八股之害等於焚書，而敗壞人材，有甚於咸陽之郊。」（臺北：世界書局，民國 80 年 5 月 8 版），頁 386～387。

〔註104〕詳見明·宋濂《宋文憲公全集》卷 29〈蘇平仲文集序〉，收於《四部備要·集部》（臺北：臺灣中華書局），頁 8。

〔註105〕詳見明·葉子奇《草木子》卷 4〈談藪篇〉，收於《中國子學名著集成》（臺北：中國子學名著集成編印基金會，民國 67 年 12 月初版），頁 108。

〔註106〕此處所引三段文字，俱見宋濂《宋文憲公全集》，卷 26〈徐教授文集序〉、卷

〈文原〉中說：

> 吾之所謂文者，天生之、地載之、聖人宣之，本建則其末治，體著
> 則其用章，斯所謂乘陰陽之大化，正三綱而齊六紀者也；互宇宙之
> 始終，類萬物而周八極者也。嗚呼！非知經天緯地之文者，惡足以
> 語此？

〈文說贈王生黼〉中說：

> 明道謂之文，立教謂之文，可以輔俗化民謂之文。斯文也，果誰之
> 文也？聖賢之文也？非聖賢之文也？聖賢之道充乎中、著乎外、形
> 乎言，不求其成文而文生焉者也。不求其成文而文生焉者也，文之
> 至也。……此聖賢之文所以法則乎天下，而教化乎後世者。

他清楚地指出文學的作用在明道、輔俗化民，不免充滿道學味。在這種情形
下，文人們面對著創作中的「閉塞感」〔註107〕，他們或者走向擬古，或者另
闢新路，其中又以前者為明初至中葉間之文壇主流。

從成祖永樂到憲宗成化年間，政治較為安定，文壇上出現宰輔權臣所領
導的「臺閣體」，其代表人物為號稱「三楊」的：華蓋殿大學士楊士奇、文淵
閣大學士楊榮、武英殿大學士楊溥。他們的作品多半為應制而作，以歌功頌
德為主要內容，風格雍容典雅，卻少了活潑的生命力。如李東陽在〈倪文僖
公集序〉中說：

> 館閣之文，鋪典章，裨道化，其體蓋典則正大，明而不晦，達而不
> 滯，而惟適於用。……公之雄才絕識，學充其身，而形之乎言，典
> 正明達，卓然館閣之體，非嚴棲穴處者所能到也。……其於典章道
> 化，關一代之盛，以為後觀者如此，豈非不朽之事哉！〔註108〕

可知臺閣體的特色為「典則正大」，意指作品應有典雅正大的風格，而所謂「鋪
典章，裨道化」，則是強調文學的實用價值在於裨益教化。臺閣體文風雅正有
餘卻顯沉悶，因此茶陵派李東陽不滿其說，而主張詩歌須重聲律法度，取法

26〈文原〉、卷29〈文說贈王生黼〉，前揭書，頁6、11、11～12。

〔註107〕此處「閉塞感」引自康大木〈晚明俗文學興盛的士人心態〉（世變與維新：晚
明與晚清的文學藝術研討會，臺北：中央研究院中國文哲研究所籌備處，
1997年7月16～17日），頁2。

〔註108〕詳見明・李東陽《懷麓堂集》卷29〈倪文僖公集序〉，收於《四庫全書薈要》，
集部第64冊、別集類，（臺北：世界書局，民國77年2月初版），頁326～
327。

盛唐，且繼之以學力〔註109〕，才能近播遠傳。此說雖不主張模擬，卻爲啓迪前、後七子擬古之先聲。

二、復古擬古：前後七子唐宋派

　　明代文壇眞正的復古運動，應屬弘治年間由前七子所倡導，前七子以李夢陽、何景明爲代表，還包括王九思、康海、王廷相、邊貢和徐禎卿等人。前七子主張「文必秦漢，詩必盛唐」，影響明代文壇甚鉅，天下士子「無不爭效其體」〔註110〕，如《明史》〈列傳第一百七十三·文苑一·序〉中說：

> 李夢陽、何景明倡言復古，文自西京，詩自中唐而下，一切吐棄，操觚談藝之士翕然宗之。明之詩文，於斯一變。〔註111〕

在臺閣體空洞無物及一般士人用心於八股時文的情況下，前七子大張復古旗幟，自是令人耳目一新。然而以模擬爲創作的不二法門，則不免缺乏作者之情感及作品之獨創性。

　　在前七子高倡「文必秦漢，詩必盛唐」之時，其末流剽竊擬古、虛詞浮飾的弊病，也受到許多人的指責，這時有「嘉靖三大家」之稱的歸有光、王慎中、唐順之，及稍後於他們的茅坤，乘勢而起，提倡唐宋文，世稱唐宋派。雖然王、唐諸人不滿前、後七子「文必秦、漢」的主張，而易之以唐、宋，但「一意師倣」的態度卻是相同的，只是模擬的對象不同罷了。因此，唐順

〔註109〕詳見明·李東陽《懷麓堂集》卷28〈鏡川先生詩集序〉中說：「而或者又曰：『必爲唐，必爲宋。』規規焉俯首縮步，至不敢易一辭，出一語，縱使似之，亦不足貴矣，況未必似之？說者謂詩有別才，非關乎書，詩有別趣，非關乎理，然非讀書之多，識理之至，則不能作。必博學以聚乎理，取物以廣夫才，而比之以聲韻，和之以節奏，則其爲辭，高可諷，長可詠，近可以播，而遠可以傳矣，豈必模某家，效某代，然後謂之詩哉？」收於《景印文淵閣四庫全書》集部 185·別集類，（臺北：臺灣商務印書館股份有限公司，民國 75 年），頁 1250～298 至 1250～299。

〔註110〕詳見清·張廷玉等撰《明史》卷286〈列傳第一百七十四·文苑二〉「李夢陽」部份：「夢陽才思雄鷙，卓然以復古自命。弘治時，宰相李東陽主文柄，天下翕然宗之，夢陽獨譏其萎弱。倡言文必秦、漢，詩必盛唐，非是者弗道。……與景明、禎卿、貢、海、九思、王廷相號七才子，皆卑視一世，而夢陽尤甚。……迨嘉靖朝，李攀龍、王世貞出，復奉以爲宗，天下推李、何、王、李爲四大家，無不爭效其體。……而後有譏夢陽詩文者，則謂其模擬剽竊，得史遷、少陵之似，而失其眞云。」前揭書，頁 7348。

〔註111〕詳見清·張廷玉等撰《明史》卷285〈列傳第一百七十三·文苑一〉，前揭書，頁 7307。

之在其晚期之理論中提出「本色論」，遂成此派學說最有意義之理論，在其〈與茅鹿門主事書〉中說：

> 今有兩人：其一人心地超然，所謂具千古隻眼人也，即使未嘗操紙筆呻吟學爲文章，但直據胸臆，信手寫出，如寫家書，雖或疏鹵，然絕無煙火酸餡習氣，便是宇宙間一樣絕好文字。其一人猶然塵中人也，雖其顜顜學爲文章，其於所謂繩墨布置則盡是矣，然翻來覆去，不過是這幾句婆子舌頭話，索其所謂眞精神與千古不可磨滅之見，絕無有也，則文雖工而不免爲下格。此文章本色也。即如以詩爲喻，陶彭澤未嘗較聲律、雕句文，但信手寫出，便是宇宙間第一樣絕好詩。何則？其本色高也。自有詩以來，其較聲律、雕句文，用心最苦而立說最嚴者，無如沈約，苦卻一生精力，使人讀其詩，祇見其細縛齷齪，滿卷累牘，竟不曾道出一兩句好話。何則？本色卑也。本色卑，文不能工也，而況非其本色者哉！……秦、漢以前，儒家有儒家本色，至如老、莊家有老、莊本色，……，各自其本色鳴之而爲言，其所言者其本色也，是以精光注焉，而其言遂不泯於世。唐、宋而下，文人莫不語性命，談治道，滿紙炫然，一切自託於儒家，然非其涵養蓄聚之素，非眞有一段千古不可磨滅之見，而影響勦說，蓋頭竊尾，如貧人借富人之衣，庄農作大賈之飾，極力裝做，醜態盡露，是以精光槎枒焉，而其言遂不久湮廢。〔註112〕

由此段文字可以看出他主張爲文需重「本色」，所謂「直據胸臆，信手寫出，如寫家書」，反對徒飾雕琢的擬古主義；更認清一代有一代之文學，應「各自其本色鳴之而爲言」，其作自然不朽，而不需自託於前人。這樣的主張實可視爲公安派「獨抒性靈，不拘格套」之先聲。

三、一空依傍：徐文長

隨著泰州學派及李贄〈童心說〉的興起流行，文壇上開始有了不同的聲音，其中最值得注意者即是徐渭（西元 1521～1593 年）。徐渭是明中葉多才多藝的作家，在復古思潮瀰漫整個文壇的時代，他卻卓然不群地提出自己對詩歌的看法，在〈肖甫詩序〉中說：

〔註112〕詳見明·唐順之《荊川集》卷 4〈答茅鹿門主事書〉，收於《四庫全書薈要》，集部第 72 冊、別集類，（臺北：世界書局，民國 77 年 2 月初版），頁 393～394。

> 古人之詩本乎情，非設以爲之者也，是以有詩而無詩人。迨於後世，
> 則有詩人矣，乞詩之目多至不可勝應，而詩之格亦多至不可勝品，
> 然其於詩，類皆本無是情，而設情以爲之。夫設情以爲之者，其趨
> 在於干詩之名，干詩之名，其勢必至於襲詩之格而剿其華詞，審如
> 是，則詩之實亡矣，是之謂有詩人而無詩。〔註113〕

他強調「詩本乎情」，不滿當時人爲求詩人之名，而沿襲格式甚至剽竊詞藻。
同樣的意見亦可見於〈葉子肅詩集序〉：

> 人有學爲鳥言者，其音則鳥也，而性則人也。鳥有學爲人言者，其
> 音則人也，而性則鳥也。此可以定人與鳥之衡哉？今之爲詩者，何
> 以異於是。不出於己之所自得，而徒竊於人之所嘗言，曰某篇是某
> 體，某篇則否，某句似某人，某句則否，此雖極工逼肖，而己不免
> 於鳥之爲人言矣。若吾友子肅之詩則不然，其情坦以直，故語無晦；
> 其情散以博，故語無拘；其情多喜而少憂，故語雖苦而能遣其情，
> 好高而恥下，故語雖儉而實豐，蓋所謂出於己之所自得，而不竊於
> 人之所嘗言者也。〔註114〕

他強調爲詩必「出於己之所自得」，而非求形似於古人。

　　徐渭才高數奇，每每藉創作傾洩滿腔憤激之情，正如袁宏道在〈徐文長
傳〉中寫道：

> 其胸中又有一段不可磨滅之氣，英雄失路、托足無門之悲，故其爲
> 詩，如嗔如笑，如水鳴峽，如種出土，如寡婦之夜哭，羈人之寒起。
> 當其放意，平疇千里，偶爾幽峭，鬼語秋墳。文長眼空千古，獨立
> 一時。……先生詩文崛起，一掃近代蕪穢之習，百世而下，自有定
> 論，胡爲不遇哉？〔註115〕

其門生王驥德更稱美《四聲猿》雜劇「是天地間一種奇絕文字」〔註116〕，原
因無他，就是作者之眞情展現於作品之中，故能感人肺腑。而此種創作精

〔註113〕詳見明・徐渭《徐渭集》（第 2 冊）卷 19〈肖甫詩序〉（北京：中華書局，1999
　　　　年 2 月第 2 次印刷），頁 534。
〔註114〕詳見明・徐渭《徐渭集》（第 2 冊）〈葉子肅詩集序〉，前揭書，頁 519。
〔註115〕詳見明・袁宏道〈徐文長傳〉，見《四聲猿》之〈附錄一〉（臺北：仁愛書局，
　　　　民國 74 年 10 月版），頁 184～186。
〔註116〕詳見明・王驥德《曲律》卷 4〈雜論第三十九下〉，收於《中國古典戲曲論著
　　　　集成》四，（北京：中國戲劇出版社，1982 年 11 月第 4 次印刷），頁 167。

神，正是李贄強調爲文需蓄極積久、滂礴而出的至情，在其〈雜說〉一文中
言道：

> 且夫世之真能爲文者，比其初皆非有意於爲文也。其胸中有如許無
> 狀可怪之事，其喉間有如許欲吐而不敢吐之物，其口頭又時時多欲
> 語而莫可所以告語之處，蓄極積久，勢不可遏。一旦見景生情，觸
> 目興歎；奪他人酒杯、澆自己塊壘；訴心中之不平，感數奇於千載。
> 既已噴玉唾珠，昭回雲漢，爲章於天矣，遂亦自負，發狂大叫，流
> 涕慟哭，不能自止。寧使見者聞者切齒咬牙。欲割欲殺，而終不忍
> 藏於名山，投之水火。〔註117〕

這些要求作品表現作者真情的理論與實際創作，都可視爲公安派「獨抒
性靈，不拘格套」的先聲，水到渠成，終於在萬曆年間取代復古思潮成爲文
壇之主流。

四、獨抒性靈：公安派

在王陽明心學及李贄〈童心說〉的啓迪下，晚明文學別開生面呈現另一
清新之感，「在文學的本質論方面，強調文學是作者主觀意識的產物，是情感
的自然流露和人格的表現；在文學的創作論方面，著重探討作者創作過程中
心理和情緒的變化，突出靈感和才情在創作中的作用；在文學的風格論方面，
推崇自然之美，反對虛僞矯飾。」〔註118〕此外，又從要求情真及「百姓日用
即是道」的立場，充份肯定了小說、民歌及戲曲的價值與地位。首先振臂疾
呼的當屬公安三袁：袁宗道、袁宏道及袁中道，其中以袁宏道最負盛名。三
袁曾問學於李贄〔註119〕，在其〈童心說〉的影響下，有更進一步的發展，面
對復古、擬古思潮，他們除了強烈的批判，更以一時代有一時代之文學爲理

〔註117〕詳見明·李贄《焚書》卷3〈雜說〉，前揭書，頁97。

〔註118〕詳見馬信美《晚明文學新探》第三章〈文學主體意識的覺醒——晚明文學新
　　　　思潮〉第二節〈標新立異，別開生面：晚明文學思潮的革新精神〉，前揭書，
　　　　頁76。

〔註119〕詳見明·袁中道《珂雪齋集》卷17〈吏部驗封司郎中中郎先生行狀〉：「先生
　　　　（筆者按：袁宏道）既見龍湖（筆者按：李贄），始知一向掇拾陳言，株守俗
　　　　見，死于古人語下，一段精光不得披露。至是浩浩焉如鴻毛之遇順風，巨魚
　　　　之縱大壑，能爲心師，不師於心；能轉古人，不爲古轉。發爲語言，一一從
　　　　胸襟流出，蓋天蓋地，如象截急流，雷開蟄戶，浸浸乎其未有涯也。」收於
　　　　《明代論著叢刊》第二輯《珂雪齋前集》（四），（臺北：偉文圖書出版社有限
　　　　公司，民國65年9月出版），頁1702。

由，主張文學隨時代而變，皆各有其價值，故而反對貴古賤今。如袁宏道在〈敘小修詩〉中說：

> 蓋詩文至近代而卑極矣。文則必欲準于秦、漢，詩則必欲準于盛唐，剿襲模擬，影響步趨。見人有一語不相肖者，則共指以為野狐外道。曾不知文準秦、漢矣，秦、漢人曷嘗字字學六經歟？詩準盛唐矣，盛唐人曷嘗字字學漢、魏歟？秦、漢而學六經，豈復有秦、漢之文？盛唐而學漢、魏，豈復有盛唐之詩？夫代有升降，而法不相沿，各極其變，各窮其趣，所以可貴，原不可以優劣論也。〔註120〕

三袁既然不滿模擬之說，便進一步具體提出他們的創作理念，即「獨抒性靈，不拘格套」。袁宏道在〈敘小修詩〉中首次標舉性靈之說，其評小修之詩：

> 大都獨抒性靈，不拘格套，非從自己胸臆流出，不肯下筆。有時情與境會，頃刻千言，如水東注，令人奪魄。其間有佳處，亦有疵處。佳處自不必言，即疵處亦多本色獨造語。然余則極喜其疵處，而所謂佳者，尚不能不以粉飾蹈襲為恨，以為未能盡脫近代文人氣習故也。

可見他們強調文學的可貴在於情感之真實和藝術的獨創性，這與前文曾引唐順之所謂「信手寫出，如寫家書」的主張是一樣的。既然強調情真，自不必受制於格式，故謂「不拘格套」，此亦可見於袁宏道〈答李元善〉：

> 文章新奇，無定格式，只要發人所不能發，句法、字法、調法，一一從自己胸中流出，此真新奇也。〔註121〕

公安三袁另一成就在對通俗文學，如民歌、小說、戲曲等抱持著肯定的態度，其說同樣見於袁宏道〈敘小修詩〉中：

> 吾謂今之詩文不傳矣，其萬一傳者，或今閭閻婦人孺子所唱〈擘破玉〉、〈打草竿〉之類，猶是無聞無識真人所作，故多真聲。不效顰於漢、魏，不學步於盛唐，任性而發，尚能宜于人之喜怒哀樂嗜好情慾，是可喜也。

而此說可謂承續李贄〈童心說〉中所言：

> 苟童心常存，則道理不行，聞見不立，無時不文，無人不文，無一

〔註120〕此處三段〈敘小修詩〉引文，詳見袁宏道《袁中郎全集・袁中郎文鈔》〈敘小修詩〉（臺北：世界書局，民國53年2月初版），頁5。

〔註121〕詳見明・袁宏道《袁中郎全集・袁中郎尺牘》〈答李元善〉，前揭書，頁57。

樣創制體格文字而非文也。詩何必古選，文何必先秦。降而爲六
朝，變而爲近體，又變而爲傳奇，變而爲院本，爲雜劇，爲《西廂
曲》，爲《水滸傳》，爲今之舉子業，皆古今至文，不可得而時勢先
後論也。〔註122〕

　　公安派性靈之說，一掃擬古之弊，他們的言論提昇了歷來爲正統文人所
輕視的民歌、小說、戲曲的地位，這對晚明通俗文學乃至戲劇的發展都有極
大之影響。

〔註122〕詳見明・李贄《焚書》卷3〈雜述・童心說〉，前揭書，頁99。

第貳章　明代的戲曲環境

　　明代社會的政治狀況、經濟發展、學術思想及文學理論等各方面因素，都影響戲曲的發展及其呈現之面貌。對戲曲的愛好上自帝王〔註1〕、士大夫下至市井小民的每一個層面皆見熱衷，因此，作家輩出，作品豐碩，蔚為大觀。然而明初的程朱理學、禁演榜文，都不免侷限了戲曲活潑的生命力，加上貴族文士藉劇作附庸風雅或逞才抒憤，因而在文士化、駢麗化的過程中，劇作內容漸與民間生活、庶民情感脫節，遂成文人之曲。因此，明代的戲劇風貌是截然不同於元雜劇的。

第一節　帝王與戲曲

一、宮廷演戲的單位

　　明代宮廷演戲由「鐘鼓司」和「教坊司」兩個單位負責。在《明史》〈志第五十‧職官三〉中，記述「鐘鼓司」之組織及其職責：

　　　　鐘鼓司，掌印太監一員，僉書、司房、學藝官無定員，掌管出朝鐘

〔註 1〕關於明代帝王對戲曲之好惡、影響，詳見曾師永義〈明代帝王與戲曲〉一文，收於曾師永義《論說戲曲》（臺北：聯經出版事業有限公司，民國 86 年 3 月初版），頁 85～112。亦可參見王安祈《明代傳奇之劇場及其藝術》第二章〈明傳奇的演出場合及劇場形製〉第一節〈宮廷演劇〉（臺北：臺灣學生書局，民國 75 年 6 月初版），頁 121～130。張盈盈《明代一折短劇研究》第二章〈短劇產生的原因〉第一節〈時代背景〉（國立政治大學中國文學研究所碩士論文，民國 77 年），頁 9～19。

鼓，及內樂、傳奇、過錦、打稻諸雜戲。〔註2〕

又劉若愚《酌中志》中對「鐘鼓司」的職責則有更清楚的記載：

> 鐘鼓司掌印太監一員，僉書數十員，司房、學藝官二百餘員，掌管
> 出朝鐘鼓。凡聖駕朝聖母回，及萬壽聖節、冬至年節，陛殿回宮，
> 皆有補紅帖裏、頭戴青攢、頂綴色絨，在聖駕前作樂，迎導宮中
> 陛座承應。凡遇九月登高、聖駕幸萬壽山、端午鬥龍舟、插柳、歲
> 暮宮中驅儺及日食月蝕救護打鼓，皆本司執掌。西內秋收之時，有
> 打稻之戲，聖駕幸旋磨臺、無逸殿等處，鐘鼓司扮農夫客餂婦及
> 田畯官吏，徵租教納詞訟等事，內官監衙門伺候合用器具，亦祖宗
> 使知稼穡艱難之美意也。又過錦之戲，約有百回，每回十餘人不
> 拘，濃淡相間，雅俗並陳，全在結局有趣，如說笑話之類。又如雜
> 劇故事之類，各有引旗一對，鑼鼓送上，所扮者備極世間騙局醜
> 態，並閨壼拙婦騃男，及市井商匠刁賴詞訟、雜要把戲等項，皆可
> 承應。〔註3〕

可見「鐘鼓司」的編制多達兩三百人，不僅負責出朝鐘鼓、宮中特定節日之
演出，在秋收之時，還要搬演打稻、過錦等應景小戲，及雜劇、雜要。在沈
德符《萬曆野獲編》〈補遺卷一・列朝〉「禁中演戲」條中亦記載：

> 內廷諸戲劇俱隸鐘鼓司，皆習相傳院本，沿金、元之舊，以故其事
> 多與教坊相通。至今上始設諸劇於玉熙宮，以習外戲，如弋陽、海
> 鹽、崑山諸家俱有之。……又有所謂過錦之戲，宮中聞之，必須濃
> 淡相間，雅俗並陳，全在結局有趣，如人說笑話，只要末語令人解
> 頤。蓋即教坊所稱要樂院本意也。〔註4〕

文中所謂「今上」指神宗萬曆皇帝，由其所述可知「鐘鼓司」的功能與「教
坊司」相通，而所習之戲，已由金、元相傳之院本，擴及到弋陽、海鹽、崑
山諸腔等外戲，可見這時南戲諸腔已流入禁中了。〔註5〕

〔註2〕 詳見清・張廷玉等撰《明史》卷74〈志第五十・職官三〉「四司」下，前揭書，
頁1802。下段所述「教坊司」之組織與職責，出處同此，見頁1818。

〔註3〕 詳見明・劉若愚《酌中志》卷16〈內府衙門職掌〉（臺北：偉文圖書出版有限
公司，民國65年9月出版），頁319～327。

〔註4〕 詳見明・沈德符《萬曆野獲編》〈補遺卷一・列朝〉「禁中演戲」條，（北京：
文化藝術出版社，1998年6月北京第1版），頁857。

〔註5〕 由明・沈德符《萬曆野獲編》〈補遺卷一・列朝〉「禁中演戲」條所述來看，
其意內廷所演之戲皆為金、元相傳之舊院本，直至神宗萬曆年間才引進弋陽、

　　至於「教坊司」在《明史》〈志第五十・職官三〉中也記述了其組織及職責：

> 教坊司，奉鑾一人，左右韶舞各一人，左右司樂各一人，掌樂舞承
> 應。以樂戶充之，隸禮部。〔註6〕

在沈德符《萬曆野獲編》〈詞林〉「翰苑設教坊」條中有更清楚的記載：

> 教坊司，專備大內承應，其在外庭，維宴外夷朝貢使臣，命文武大
> 臣陪宴乃用之。……又賜進士恩榮宴亦用之，則聖朝加重科制，非
> 他途可望。其他臣僚，雖至貴倨，如輔首考滿，特賜恩宴始用之，
> 惟翰林官到任，命教坊官排供役，亦玉堂一佳話也。〔註7〕

「教坊司」，除了承應內廷、接待外夷使臣，在朝廷賜宴進士或朝臣時，亦需供役侍宴，其來源則為樂戶中的妓女。（詳見下節）

二、帝王與戲曲

　　明太祖起自布衣，對於來自民間的戲曲特別表示好感。在徐渭《南詞敘錄》中說：

> 我高皇即位……時有以《琵琶記》進呈者，高皇笑曰：「五經、四書，
> 布、帛、菽、粟也，家家皆有；高明《琵琶記》如山珍、海錯，富
> 貴家不可無」。既而曰：「惜哉，以宮錦而製鞵也！」由是日令優人
> 進演。尋患其不可入弦索，命教坊奉鑾史忠計之。色長劉杲者，遂
> 撰腔以獻，南曲北調，可於箏琶被之；然終柔緩散戾，不若北之鏗
> 鏘入耳也。〔註8〕

可見太祖不但愛聽戲，還「日令優人進演」，但因《琵琶記》不能以北曲絃索調演唱，而命教坊奉鑾史忠、色長劉杲改調歌之，創製絃索官腔。此外，太

海鹽、崑山等外戲。關於此說在曾師永義〈明代帝王與戲曲〉一文中，已提
出商榷：據文獻之記載，早在明初太祖之時，宮中已有演出南戲《琵琶記》，
其應為進呈之外戲明矣，且演出者為優人而非內侍，主其事者為教坊司而非
鐘鼓；另外憲宗時期，也有大量的外戲如《金丸記》、《劉公子賞牡丹亭記》
等進呈。可見「明代內廷演戲，鐘鼓司主內戲，教坊司主外戲，而內廷演戲
既盛，內外戲自然合流。」前揭文，頁89～94。

〔註6〕詳見清・張廷玉等撰《明史》卷74〈志第五十・職官三〉，前揭書，頁1818。
〔註7〕詳見明・沈德符《萬曆野獲編》卷10〈詞林〉「翰苑設教坊」條，前揭書，頁290。
〔註8〕詳見明・徐渭《南詞敘錄》，此書收於《中國古典戲曲論著集成》三（北京：中國戲劇出版社，1982年11月第4次印刷），頁240。

祖即位之初，分封諸子，在親王就國之時，皆賜予詞曲一千七百本〔註9〕，甚
至曾經命中使將女樂入實宮中，後因監察御史周觀政之阻止才作罷，《明史》
〈列傳第二十七‧韓宜可‧周觀政〉記此事：

> 觀政亦山陰人，以薦授九江教授，擢監察御史。嘗監奉天門。有中
> 使將女樂入，觀政止之。中使曰：「有命。」觀政執不聽。中使慍而
> 入，頃之，出報曰：「御史且休，女樂已罷不用。」觀政又拒曰：「必
> 面奉詔。」已而帝親出宮，謂之曰：「宮中音樂廢缺，欲使內家肄習
> 耳，朕已悔之，御史言是也。」左右無不驚異者。〔註10〕

又在金陵廣建酒樓以處官妓（詳下節），從這些記載可以清楚看出太祖對戲劇
喜愛之程度。

此外，惠帝「通夕飲宴，戲劇歌舞」〔註11〕；成祖則禮遇明初雜劇「十
六子」，見諸《錄鬼簿續編》之記載有：

> 湯舜民　象山人，號菊莊。……文皇帝在燕邸時，寵遇甚厚。永樂
> 　　　　間，恩賚常及。所作樂府、套數、小令極多，語皆工巧，
> 　　　　江湖盛傳之。
>
> 楊景賢　名暹，後改名訥，號汝齋。……永樂初，與舜民一般寵遇，
> 　　　　後卒於金陵。
>
> 賈仲明　山東人。……嘗傳文皇帝於燕邸，甚寵愛之。……所作傳
> 　　　　奇樂府極多，駢麗工巧，有非他人之所及者。〔註12〕

〔註9〕　詳見明‧李開先《李中麓閒居集‧序文六之一百四》〈張小山小令後序〉：「洪
　　　　武初年，親王之國，必以詞曲一千七百本賜之。」此書收於《四庫全書存目
　　　　叢書》《集部‧別集類》第92冊，（臺南：莊嚴文化事業有限公司，1997年6
　　　　月初版），頁626。
〔註10〕詳見清‧張廷玉等撰《明史》卷139〈列傳第二十七‧韓宜可‧周觀政〉，前
　　　　揭書，頁3983～3984。
〔註11〕詳見《後鑒錄》，轉引自曾師永義〈明代帝王與戲曲〉一文，前揭書，頁96。
〔註12〕關於成祖禮遇明初十六子之事蹟，可於明‧無名氏《錄鬼簿續編》之記載，
　　　　收於《中國古典戲曲論著集成》二（北京：中國戲劇出版社，1982年11月第
　　　　4次印刷），頁283、284、292。
　　　　又，《錄鬼簿續編‧提要》：「《錄鬼簿續編》記述了元明間戲曲、散曲作家的
　　　　簡略事蹟，作品目錄；內容體例和鍾嗣成《錄鬼簿》原著大致相同，僅是沒
　　　　有劃分作家的時代，不作挽詞。全書著錄作家從鍾嗣成起，至戴伯可，共七
　　　　十一人；雜劇作品七十八種；又載失名氏的雜劇作品七十八種。這些珍貴難
　　　　得的記載，確是今天研究元末明初時北曲雜劇的發展的唯一重要史料。」可
　　　　見此書的重要性，因之列入筆者此文之論述依據之一。

　　宣宗鼓勵臣子看戲，劉宗周《人譜類記》「記警觀戲劇第四十一」條下言：

> 黃忠宣公在宣廟時，一日命觀戲，曰：「臣性不好戲。」命圍棋，曰：「臣不會著棋。」問何以不會，曰：「臣幼時父師嚴，只教讀書，不學無益之事，所以不會。」〔註13〕

由此段記載可知宣宗不僅好戲，也應經常於宮中演時，邀臣下觀戲同樂，遂有此邀戶部尚書黃福觀戲被拒之事。

　　景帝曾幸教坊李惜兒，並召其兄為錦衣衛，事見沈德符《萬曆野獲編》〈佞幸〉「主上外嬖」：

> 景帝初幸教坊李惜兒，召其兄李安為錦衣，賞金帛賜田宅。〔註14〕

　　憲宗則是有名的戲曲愛好者，如李開先《閒居集》〈《張小山小令》後序〉中所述：

> 人言憲廟好聽雜劇及散詞，搜羅海內詞本殆盡。〔註15〕

在王鏊《震澤紀聞》「萬安」條言：

> （劉）鑾之挾妓也，飲于牡丹亭。里人趙賓者工於詞曲，戲作《劉公子賞牡丹亭記》或以告（萬）安，遂達于禁廷。時上（憲宗）好新音，教坊日進院本，以新事為奇。一日中使忽至賓家索《牡丹亭記》，賓不在，明日以獻，旋加粉飾，增入聚賓廳之事，陳于上前。上大怒，（劉）鑾用是去位。〔註16〕

可見《劉公子賞牡丹亭記》曾演於宮中，其既言「上好新音，教坊日進院本，以新事為奇」，則宮中所演的「外戲」應不在少數，也可推知宮中演劇必然頻繁。

　　武宗嗜戲之程度不亞於憲宗，甚至因其嗜戲而使當時伶人之地位大為提高，如李開先《閒居集》〈《張小山小令》後序〉所記：

〔註13〕　詳見明・劉宗周《人譜類記》卷5，收於《筆記四編》（臺北：廣文書局有限公司，民國60年8月初版），頁86。

〔註14〕　詳見明・沈德符《萬曆野獲編》卷21〈佞幸・主上外嬖〉，前揭書，頁580。

〔註15〕　詳見明・李開先《李中麓閒居集・序文六之一百四》〈《張小山小令》後序〉，此書收於《四庫全書存目叢書》〈集部・別集類〉第92冊，前揭書，此處所引及下段武宗好詞曲雜劇之引文，俱見頁626。

〔註16〕　詳見明・王鏊《震澤紀聞》卷下「萬安」，收於《叢書集成初編》（3959～62），（北京：中華書局，1991年北京第1版），頁21。下段所引「劉瑾奴」條，見頁28。

武宗亦好之，有進者即蒙厚賞，如楊循吉、徐霖、陳符所進不止數
千本。

王鏊《震澤紀聞》「劉瑾奴」條也說：

成化中，好教坊戲劇，瑾領其事得幸。

在《明史》〈列傳第一百九十二・宦官一・劉瑾〉中記載：

劉瑾，……武宗即位，掌鐘鼓司，日進鷹犬、歌舞、角觝之戲，導
帝微行。帝大歡樂之，漸信用瑾。〔註17〕

正德十三年（西元1518年）武宗巡幸大同，又愛上晉王府樂工楊騰的妻子，
並攜之同遊〔註18〕，此時伶人的地位較之昔日大爲提高，如沈德符《萬曆野
獲編》〈佞幸〉中「士人無賴」條所記：

原任禮部主事楊循吉，用伶人臧賢薦，侍上於金陵行在，應制撰雜
劇辭曲，至與諸優並列。〔註19〕

「伶人稱字」條：

丈夫始冠則字之，後來遂有字說，重男子美稱也。惟伶人最賤，謂
之娼夫，亙古無字。……惟正德間教坊奉鑾臧賢者，承武宗寵異，
扈從行幸至於金陵，處士吳（當作徐）霖、吳郡禮部郎楊循吉，並
侍左右。時寧王宸濠，妄窺神器，潛與通書札，呼爲「良之契厚」，
令伺上舉動。良之，賢字也。蓋賢之婿司鉞者，以罪戌南昌，故寧
庶借以通賢。逆藩之巧，樂工之橫，至此極矣。賢至賜一品蟒玉，
終不改伶官故銜。

「教坊官一品服」條：

武宗朝寵任伶人臧賢，至賜一品服，然雖縈蟒玉，而應承如故也。……
上南巡時，賢薦致仕禮部主事吳人楊南峰循吉之才，召令供事左右，
屢進樂府，上善之，久而不得官，賢爲之請，上欲以伶官與之，南
峰大慚恨，求歸不許，又賴賢力爲之請，得放還。

〔註17〕 詳見清・張廷玉等撰《明史》卷304〈列傳第一百九十二・宦官一・劉瑾〉，
前揭書，頁7786。

〔註18〕 詳見清・焦循《劇說》卷2：「明武宗幸太原，取晉王府樂工楊騰妻——劉良
女，大喜之，攜以遊幸。」此書收於《中國古典戲曲論著集成》八，（北京：
中國戲劇出版社，1982年11月第4次印刷），頁116。

〔註19〕 武宗朝伶人臧賢恩寵殊異，其事可見於：明・沈德符《萬曆野獲編》卷21〈佞
幸〉「士人無賴」條、「伶人稱字」條、「教坊官一品服」條，及卷1〈列朝〉
「伶官干政」條，前揭書，頁577、580、581、36。

同書〈列朝〉「伶官干政」條：

> 武宗之寵優伶，幾同高齊及朱耶之季，至賜飛魚等禁服。然官秩猶
> 爲有節。惟臧賢以教坊司右司樂，請告疏云：「病不能侍左右。」上
> 優詔勉留。仍升本司奉鑾供職，其禮視朝士有加焉，已爲異矣。……
> 編修孫清者，登弘治壬戌（孝宗十五年）一甲第二，以士論不齒去
> 官，復用賢薦，起爲山西提學副使。……伶人恣橫，至操文學詞臣
> 進退之權，不待與錢寧通逆濠，已當寸磔矣。

可見教坊奉鑾臧賢不僅「稱字」，得賜一品蟒玉，甚至「操文學詞臣進退之
權」，如楊循吉、徐霖，在武宗巡幸南京之時，即是因爲臧賢的薦引，使他們
撰作雜劇詞曲，而得侍君王左右；編修孫清原本「以士論不齒去官」，也因臧
賢之故「起爲山西提學副使」。伶人樂工竟有如此寵遇，無怪乎沈德符要大加
感歎「樂工之橫，至此極矣」。

　　世宗在嘉靖二十七年（西元1548年），增設伶官左右司樂及俳長色長
〔註20〕，另外，在《脈望館鈔校本古今雜劇》中的教坊劇《賀萬壽五龍朝
聖》中有：

> 今有下方聖人萬壽之節將近，有三界神祇，年年在南天門寶德關，
> 望下方祝讚聖壽。（楔子）
>
> 大一統錦繡乾坤，嘉靖年海晏河清。（第四折）〔註21〕

可知此劇之搬演當爲慶賀世宗壽辰，而由劇本之後所附之「穿關」來看，
更可想見演出時排場之繁華與砌末之講究。這些皆可視爲世宗喜愛戲劇之
明證。

　　穆宗時期之戲劇狀況未見相關資料，筆者以爲或許與其生長環境及個性
有關。嘉靖四十五年（西元1566年）十二月，世宗駕崩，由其第三子朱載坖
繼位，以明年爲隆慶元年（西元1567年），是爲穆宗。因世宗迷信方士「二
龍不相見」之說〔註22〕，年滿十六歲的裕王（朱載坖）出居裕邸，渡過十三

〔註20〕詳見明‧沈德符《萬曆野獲編》卷14〈禮部〉「園陵設教坊」條：「嘉靖二十
　　　　七年，增設伶官左右司樂及俳長色長，鑄給顯陵供祀教坊司印。」前揭書，
　　　　頁385。
〔註21〕《賀萬壽五龍朝聖》，今可見於《全明雜劇》第10冊、《孤本元明雜劇》第5冊。
〔註22〕關於穆宗因爲世宗崇信方士之說，而過著朝夕危懼的日子，如明‧沈德符《萬
　　　　曆野獲編》卷2〈列朝〉「聖主命名」：「今上（按：萬曆）以癸亥八月生於裕
　　　　邸。時世宗惑於『二龍不相見』之說，凡裕邸喜慶，一切不得上聞。是年四
　　　　月西苑玉兔生子，七月又有白龜卵育之瑞，廷臣俱上表賀。而今上彌月，不

年潛沉戒懼的歲月。在《明穆宗實錄》記其：

> 癸丑（按：嘉靖三十二年，西元 1553 年），大婚禮成，出居諸王邸。
> 世宗久不視朝，上常以歲時入問安，不輒見顧，小心敬畏，執子道
> 惟謹，起居出入動遵禮法。居潛邸中十餘年，未有游娛弋獵之幸；
> 身履富貴，而閭閻微隱輒嘗聞知；禁職左右，未嘗之市中有所求取。
> 寬仁孝敬，天下莫不聞焉。〔註23〕

穆宗的戒慎恐懼、謹言慎行，使得他有了「寬仁孝敬」、「仁儉成性」等善譽，
在《明史》本紀中亦以「令主」稱之。〔註24〕這種戒慎恐懼的生活，似乎與
嗜戲有著極大的差距，因此未有穆宗觀戲、嗜戲之記載。

神宗時，據劉若愚《酌中志》〈憂危竑議前紀第一〉中所記：

> 每諭司禮監臣及乾清宮管事牌子，各於坊間尋買新書購進，凡竺典、
> 丹經、醫卜、小說、畫像、曲本，靡不購及。〔註25〕

神宗不僅廣泛搜羅劇本，內廷承應之戲劇活動亦見規模，除了鐘鼓司負責的
「過錦、水嬉」之戲，還另選近侍三百名在玉熙宮學習弋陽、海鹽、崑山諸
腔的「外戲」。此外，蔣之翹《天啟宮詞》亦有神宗時宮中演《華嶽賜環記》
之記載：

> 歌徹咸安分外妍，白鈴青鷁入冰絃。四齋供奉先朝事，華嶽新編可
> 尚傳。

> 原注：神廟孝養兩宮，設有四齋，近侍二百餘名習戲承應。一日兩
> 宮陞座，神宗侍側，演新編《華嶽賜環記》，中有權臣驕橫，宵宗不

敢請行剪髮禮。至穆宗即位，大臣以立太子請，上命先命名，徐議冊立，始
以原年正月賜今御名。故事命名在百日，至是睿齡已五歲矣。從來朱邸皇孫，
未有愆期至此者。」前揭書，頁 65。
又如明・于慎行《穀山筆塵》卷 2〈紀述〉：「世廟晚年，諱言儲貳，有涉一字
者死。穆考在潛邸，朝夕危懼。今上誕生，不敢奏聞，至兩月間不敢剪髮。
一日，有宮女最幸者乘間以聞，上怒而譴之。宮中股栗，莫知所為。」收於
《元明史料筆記叢刊》（北京：中華書局，1997 年 11 月湖北第 2 次印刷），頁
12。

〔註23〕詳見《明穆宗實錄》卷 1，（臺北：中央研究院歷史語言研究所，民國 55 年 9
月初版），頁 0002。

〔註24〕詳見清・張廷玉等撰《明史》卷 19〈本紀第十九・穆宗〉贊曰：「穆宗在位六
載，端拱寡營，躬行儉約，尚食歲省巨萬。許俺答封貢，減賦息民，邊陲寧
謐。繼體守文，可稱令主矣。」前揭書，頁 258。

〔註25〕詳見明・劉若愚《酌中志》卷 1〈憂危竑議前紀第一〉，前揭書，頁 17。

振，云：「政歸甯氏，祭則寡人。」神廟矚目，不言久之。〔註26〕

光宗在位僅一月，亦「樂觀戲」，在劉若愚《酌中志》〈見聞瑣事雜記〉：

> 光廟喜射，又樂觀戲。于宮中教習戲曲者，近侍何明、鐘鼓司官鄭
> 稽山等也。〔註27〕

熹宗對戲曲之樂衷，除了內廷演出，甚至躬踐排場，爲求逼眞，竟不辭冒著暑熱穿雲字披肩、絨織角帶演出《雪夜訪普》，此事見於陳悰《天啓宮詞》，書中多記熹宗朝內廷演戲之事，如：

> 駐蹕回龍六角亭，海棠花下有歌聲。葵黃雲子猩紅辮，天子更裝踏
> 雪行。
>
> 原注：回龍觀，舊多海棠，旁有六角亭。每歲花發時，上臨幸焉。
> 嘗於亭中自裝宋太祖，同高永壽輩演雪夜訪趙普之戲。民間護帽，
> 宮中稱雲字披肩，時有外夷所貢，不知製以何物，色淺黃，加之冠
> 上，遙望與秋葵花無異，特爲上所鍾愛。扁辮，絨織角帶也；值雨
> 雪，內臣用此束衣離地，以防泥污。演戲當初夏，兩物咸非所宜。
> 上欲效雪夜戎裝，故冒暑服之。〔註28〕

同書，還有其他相關之記載，如：

> 懋勤春暖御宴開，細演東窗事幾回。日暮歌闌牙板歇，蟒襴珠總出
> 屏來。
>
> 原注：上設地坑於懋勤殿，御宴演戲嘗演《金牌記》。至風魔和尚罵
> 秦檜，魏忠賢趨匿壁後，不欲正視。牌總，內臣所懸於貼裏外者，
> 飾以明珠自忠賢始。

> 美人眉黛月同彎，侍駕登高薄暮還。共討洛陽橋下曲，年年聲繞兔
> 兒山。
>
> 原注：兔兒山即旋磨臺也。乙丑重陽，聖駕臨幸，鐘鼓司承應邱印
> 執板唱《洛陽橋記》：「攢眉鎖黛不開」一闋。次年復如之，宮人知
> 書者相顧疑怪，非特於景物無取，語意實近不祥也。不期年而鼎湖

〔註26〕詳見明·蔣之翹《天啓宮詞》「歌徹咸安分外妍」，此書收於《學海類編》（三），
　　　　（臺北：文海出版社，民國53年8月初版），頁1282。
〔註27〕詳見明·劉若愚《酌中志》卷22〈見聞瑣事雜記〉，前揭書，頁537。
〔註28〕陳悰《天啓宮詞》多有記熹宗朝內廷演戲之事，轉引自王安祈《明代傳奇之
　　　　劇場及其藝術》〈明傳奇的演出場合及劇場形製〉，前揭書，頁125～126。

龍逝矣。

在蔣之翹《天啓宮詞》中亦有一詩：

> 角觝魚龍總事雲，昭忠曼衍岳家軍。風魔何獨嘲長腳，長舌東窗迥
> 不聞。

> 原注：帝好閱武戲，于懋勤殿設宴，多演岳忠武傳奇。至風魔罵秦
> 檜，忠賢時避之。〔註29〕

凡此皆可看出熹宗對戲劇之熱衷。

思宗崇禎也喜愛戲劇，在《燼宮遺錄》中所記可見：

> 鐘鼓司時節奏水嬉過錦諸戲，上每爲之歡樂。後寇氛不靖，恆諭免
> 之。

> 萬壽節排宴昭仁殿，例有梨園樂人祗應。

> 崇禎五年（西元 1632 年）皇后千秋節，曾召沈香班優人入宮演
> 《西廂記》五、六齣；十四年（西元 1641 年），演《玉簪記》一、
> 二齣。〔註30〕

經由以上所述，可以發現明代帝王除了仁宗、孝宗、穆宗無明顯之資料記其對戲劇之好惡外，其餘諸帝皆好戲劇，唯一的例外當屬英宗了，在沈德符《萬曆野獲編》〈列朝〉「釋樂工夷婦」中言：

> 宣德十年（西元 1453 年），英宗即位，諭禮部曰：教坊樂工數多，
> 其擇堪用者量留，餘悉發爲民。凡釋教坊樂工三千八百餘人。又朝
> 鮮國婦女，自宣德初年取來，上憫其有鄉土父母之思，命中官遣回
> 金黑等五十三人還其國，令國王遣還家，勿令失所。以宣宗勵精爲
> 治，而不免聲色之奉如此。英宗初政，仁浹華夷矣。〔註31〕

對於承應內廷，擔任歌舞戲劇表演的教坊司，英宗才即位，便釋放三千八百多名樂工，其不好戲劇殆可想見。更甚者，對於「以男裝女」的吳優，英宗竟以其「惑亂風俗」，而「親逮問之」，後雖因實際演出中一優所云「國正天

〔註29〕 詳見明・蔣之翹《天啓宮詞》「角觝魚龍總事雲」一詩，此書收於《學海類編》
　　　　（三），前揭書，頁 1290。

〔註30〕 詳見明・佚名《燼宮遺錄》卷之下，此書收於沈雲龍選輯《明清史料彙編》
　　　　七集第 2 冊，（臺北：文海出版社有限公司，民國 60 年 9 月初版），頁 23～
　　　　24、27、32。

〔註31〕 詳見明・沈德符《萬曆野獲編》卷 21〈列朝〉「釋樂工夷婦」條，前揭書，頁
　　　　16。

心順，官清民自安」之語，而使吳優化險爲夷〔註32〕，但已可看出英宗對戲劇之態度與明代其他君王之喜愛熱衷，實大不相同。

　　至於明代藩王亦多有喜戲劇者，寧憲王朱權、周憲王朱有燉，就是最典型的代表人物。如前述太祖賜親王詞曲千餘本，而明代自洪武、建文、永樂以來，爲防止藩王造反，法禁十分嚴密，卻又賜予詞曲、樂戶，其實二者是相輔而行的政策，目的只是讓他們坐食歲月，不許有政治野心。如朱有燉、朱權等就是以文宴著述、談玄慕道來消磨歲月。如黃芝岡〈明代初、中期北雜劇的盛行和衰落〉一文所言：

> 北詞和北雜劇的演唱，應當是明代藩王的主要生活，當時王府樂戶都習唱北詞。……各王府所在地北雜劇盛行的一種原因，尤其是朱棣（成祖）對朱橚（太祖第五子周定王，其長子爲朱有燉）、朱權（太祖第十七子寧獻王）的復國、改封，恩賜極厚，更使周、寧兩府的戲曲走上了當時北雜劇的兩個高峰。〔註33〕

　　另外，像穆宗隆慶二年（西元1568年）因罪被廢爲庶人的遼王朱憲㸅，據秤希言《遼邸記聞》中記其遼亡後之情況：「至此章華臺前老奴，半屬流落宮人，猶能彈出箜篌絃上，一曲伊州淚萬行也。」不難想像遼王未廢前，王府中伎樂戲曲之盛況，然而一旦遼國滅亡，昔日樂戶只能流落民間以唱北曲爲生了。其他尚有秦愍王、松滋王府宗人鎮國將軍朱恩鑭、趙康王朱厚煜及宗室朱承綵、朱器封等，也都是能曲好戲之人。甚至到了南明諸王，如魯王、福王等人，即使在風雨飄搖、朝不保夕的情況下，依然縱情宴飲、耽溺於戲劇歌舞之中。〔註34〕

　　總結此節所述，可知明代十六帝，僅英宗不喜戲劇，仁宗、孝宗及穆宗

〔註32〕詳見明・都穆《都公譚纂》卷下：「吳優有爲南戲於京師者，錦衣門達奏其以男裝女，惑亂風俗，英宗親逮問之。優具陳勸化風俗狀，上命解縛，面令演之。一優前云：『國正天心順，官清民自安』云云，上大悅曰：『此格言也，奈何罪之？』遂籍群優於教坊，群優恥之。駕崩，遁歸於吳。」收於《叢書集成初編》（2892～99），（北京：中華書局，1985年北京新1版），頁49～50。
〔註33〕詳見黃芝岡〈明代初、中期北雜劇的盛行和衰落〉一文之〈一、明代初、中期北雜劇的盛行和衰落的一般情勢〉、〈二、從曲調、音樂、文詞、故事內容看北雜劇衰落的必然性〉，此文收於《宋元明清劇曲研究論叢》（一），（存萃學社編集，東大圖書公司印行，1979年12月1版），頁239、250。
〔註34〕此段所述，詳見曾師永義〈明代帝王與戲曲〉一文之〈二、明代帝王對戲曲之好惡〉，前揭文，頁100～101。

則無明顯資料言其好惡，其餘諸帝乃至藩王、南明諸王，都對戲劇的演出充滿興趣。在上位者的喜好，對戲劇之發展自有推波助瀾之功。

三、禁演榜文對戲曲發展的影響

太祖、成祖雖然喜好戲劇，卻頒佈了不利戲劇發展的榜文，藉由法律的強制性，限制了戲劇的主題、人物形象，使戲劇成為宣傳道德禮教之工具。如顧起元《客座贅語》〈國初榜文〉中所記：

> 洪武二十二年三月二十五日奉聖旨：「在京但有軍官軍人學唱的，割了舌頭；下棋打雙陸的，斷手；蹴圓的，卸腳；作買賣的，發邊遠充軍。」〔註35〕

這道榜文亦見於董含《三岡識略一》引《邇園贅語》之說，而有更清楚的敘述，其云：

> 洪武二十二年三月二十五日，榜文云：「在京軍官軍人，但有學唱的，割了舌頭。娼優演戲，除神仙、義夫節婦、孝子順孫、勸人為善及太平歡樂不禁外，如有褻瀆帝王聖賢，法司拿究。下棋打雙陸的斷手，蹴圓的卸腳。」⋯⋯明初立法之酷，何以致此，幾於桀、紂矣。〔註36〕

又如洪武六年（西元 1373 年）刑部尚書劉惟謙等奉敕所撰，洪武三十年（西元 1397 年）刊行的《御製大明律》〈刑律雜犯〉中云：

> 凡樂人搬做雜劇、戲文，不許粧扮歷代帝王后妃、忠臣烈士、先聖先賢神像，違者杖一百；官民之家，容令粧扮者與同罪。其神仙道扮及義夫節婦、孝子順孫勸人為善者，不在禁限。〔註37〕

〔註35〕 詳見明‧顧起元《客座贅語》卷 10〈國初榜文〉，此書收於《元明史料筆記叢刊》（北京：中華書局，1997 年湖北第 2 次印刷），頁 346。亦見於《元明清三代禁毀小說戲曲史料》第一編〈中央法令‧六明太祖朝〉「洪武二十二年三月禁軍官軍人學唱」，（臺北：河洛圖書出版社，民國 69 年 1 月初版），頁 1。

〔註36〕 清‧董含《三岡識略一》引《邇園贅語》之說，見《元明清三代禁毀小說戲曲史料》第一編〈中央法令‧六明太祖朝〉「洪武二十二年三月禁軍官軍人學唱」，前揭書，頁 11～12。

〔註37〕 在《大明律集解附例》卷之 26〈刑律‧雜犯〉中「搬做雜劇」條下「纂註」則清楚地說明禁演榜文頒佈之因，其言：「雜劇戲文，即今搬演雜記優人之所為也，蓋歷代帝王后妃、忠臣烈士、先聖先賢之神像，乃官民之所瞻仰，而以之搬做雜劇，褻慢甚矣，故其樂人與官民容令粧扮者各杖一百。其神仙道扮及義夫節婦、孝子順孫，事關風化，可以勸人為善者，聽其粧扮搬做，不

這樣的律令到了成祖永樂九年（西元 1411 年）又更加嚴厲，如顧起元《客座贅語》〈國初榜文〉所述：

> 永樂九年七月初一日，該刑科署事都給事中曹潤等奏：乞勅下法
> 司，今後人民倡優裝扮雜劇，除依律神仙道扮、義夫節婦、孝子順
> 孫、勸人爲善及太平歡樂者不禁外，但有褻瀆帝王聖賢之詞曲、駕
> 頭雜劇，非律所該載者，敢有收藏傳誦印賣，一時拿送法司究治。
> 奉聖旨：但這等詞曲，出榜後，限他五日，都要乾淨將赴官燒毀
> 了，敢有收藏的，全家殺了。〔註38〕

律令中一再禁止的是恐有褻瀆帝王聖賢之駕頭雜劇及其相關人物，其因無非是爲了鞏固統治者之權威，故而不許編入樂籍以操賤業爲生的娼優伶人扮演帝王后妃及先聖先賢等，因此明代戲劇中遇有皇帝出現之場合，便以「殿頭官」代之。此外，這樣的律令也與當時學術思想尊崇程朱學說，相互呼應，而以戲劇作爲教化之工具。如太祖之所以特別喜愛高明《琵琶記》，除了他喜歡戲曲之外，也可能著意於劇中教忠教孝的思想。且看《琵琶記》開場【小調歌頭】即言：

> 秋燈明翠幕，夜案覽芸編。今來古往，其間故事幾多般。少甚佳人
> 才子，也有神仙幽怪，瑣屑不堪觀。正是不關風化體，縱好也徒
> 然。　論傳奇，樂人易，動人難。知音君子，這般另作眼兒看。休
> 論插科打諢，也不尋宮數調，只看子孝共妻賢。驊騮方獨步，萬馬
> 敢爭先？

其中「不關風化體，縱好也徒然」、「休論插科打諢，也不尋宮數調，只看子孝共妻賢」，這無異於宣佈戲劇之作用在宣揚倫理道德，無怪乎太祖對此劇大加讚揚，而比之爲「富貴家不可無」之「山珍海錯」。又如前章所舉邱濬《五倫全備忠孝記》、邵燦《五倫傳香囊傳》第一齣〈副末開場〉所述「一場戲裡五倫全備，他時世曲，寓我聖賢言」、「傳奇莫作尋常看，識義由來可立身」，皆是明顯之例。

明初的禁演榜文，直接影響了當時劇壇的創作觀念及理論基礎，在教育

在杖一百禁限之內。」收於屈萬里主編《明代史籍彙刊》（臺北：臺灣學生書局，民國 59 年 12 月景印初版），頁 1889。

〔註38〕 詳見明・顧起元《客座贅語》卷 10〈國初榜文〉，此書收於《元明史料筆記叢刊》，前揭書，頁 347。亦見於《元明清三代禁毀小說戲曲史料》第一編〈中央法令・七、明成祖朝〉「永樂九年七月禁詞曲」，前揭書，頁 13。

尚未普及的年代，戲劇的演出正是「寓教於樂」的具體形式，不僅劇作家如此，連一代大儒王陽明也說：

> 若後世作樂，只是做些詞調，於民俗風化絕無關涉，何以化民善俗！今要民俗反朴還淳，取今之戲子，將妖淫詞調俱去了，只取忠臣、孝子故事，使愚俗百姓人人易曉，無意中感激他良知起來，卻於風化有益。〔註39〕

但在強調戲劇教化功能的同時，也使得戲劇作品在思想內容上多有限制，反而不如元雜劇內容之豐富多變。

禁演榜文中不准演員扮飾「歷代帝王后妃、忠臣烈士、先聖先賢神像」，恐其褻瀆帝王聖賢，這正是「嗜戲薄伶」的觀念的具體表現。其中最具代表性的言論，自屬寧獻王朱權在《太和正音譜》中所說的一段話了。寧獻王在戲劇發展上的地位是不容置疑的，尤其《太和正音譜》更爲北曲立下了規範。但他對於倡優作家卻有很大的偏見，他說：

> 子昂趙先生曰：「娼夫之詞，名曰綠巾詞。」其詞雖有切者，亦不可以樂府稱也，故入於娼夫之列。〔註40〕

他將趙敬夫、張國賓、花李郎、紅字李二都摒斥在「樂府群英」之外，而別立「娼夫不入群英四人，共十一本」一目，甚至將趙敬夫字改爲「趙明鏡」，張國賓字改爲「張酷貧」，他的理由是，娼夫「異類托姓，有名無字。」故「止以樂名稱之耳，亙世無字。」他說：

> 雜劇，俳優所扮者謂之「娼戲」，故曰「勾欄」。子昂趙先生曰：「良家子弟所扮雜劇，謂之『行家生活』，倡優所扮者，謂之『戾家把戲』。良人貴其恥，故扮者寡，今少矣；反以倡優扮者謂之『行家』，失之遠也。」或問其何故哉？則應之曰：「雜劇出於鴻儒碩士、騷人墨客，所作皆良人也。若非我輩所作，倡優豈能扮乎？推其本而明其理，故以爲『戾家』也。」關漢卿曰：「非是他當行本事，我家生活，他不過爲奴隸之役，供笑獻勤，以奉我輩耳。子弟所扮，是我一家風月。」雖是戲言，亦合於理，故取之。

以雜劇爲「鴻儒碩士、騷人墨客」所寫，正合於明代劇作家多爲藩王、士夫

〔註39〕詳見明・王陽明《傳習錄》卷下〈門人黃省曾錄・四九〉，前揭書，頁211。
〔註40〕詳見明・朱權《太和正音譜》「娼夫不入群英四人，共十一本」條下，收於《中國古典戲曲論著集成》三，（北京：中國戲劇出版社，1982年11月第四次印刷），頁44。下段文字，見同書「雜劇十二科」下，頁24～25。

之現象，他們藉劇抒懷，以創作文學之觀念看待戲劇，因此對於倡優作家有很大的偏見。而寧憲王文中引關漢卿之說，衡諸元代的社會狀況及當時關漢卿之處境，他應該是不會這樣說的。但可以肯定的是，「嗜戲薄伶」的觀念，使身隸樂籍的倡優伶人，仍是處於卑下之地位；而寧憲王這一番言論，則是將雜劇更推向文士化的路上，其內容、情感、精神皆與民間生活漸行漸遠，終至脫離舞臺，成為案頭清賞之劇。

第二節　文人士夫與戲曲

一、文人士夫對戲曲之熱衷

太祖即位之後，接受解縉之建議樹立程朱理學的正統地位，並規定以朱熹《四書集註》為科舉考試之內容，這個政策卻對雜劇的發展產生了很大的影響，如何良俊《四友齋叢說》〈詞曲〉中說：

> 祖宗開國，尊崇儒術，士大夫恥留心詞曲，雜劇與舊戲文本皆不傳，世人不得盡見。雖教坊有能搬演者，然古調既不諧於俗耳，南人又不知北音，聽者既不喜，則習者亦漸少。而《西廂》、《琵琶記》傳刻偶多，世皆快睹，故其所知者，獨此二家。〔註41〕

文人既有科舉得為進身之階，自然用心於時文，而無意於詞曲，因此明初有名的作家，除了明初十六子之外，就只有寧獻王朱權和周憲王朱有燉為大家了；但何良俊所言北雜劇不為人們喜愛的情況，當為世宗嘉靖年間之事，就明初而言，戲劇之演出應仍以北雜劇為主。這樣的情況到了孝宗（弘治）之後便已改觀，文人們開始熱衷戲劇活動，尤其嘉隆年間魏良輔等人改良崑山腔成為水磨調之後，使南戲在經過「三化」的洗禮後，成為真正的「傳奇」〔註42〕，從此，作家輩出，作品如林，遂成曲海浩蕩之盛況。

明代士大夫對戲劇之愛好，幾乎可用空前絕後來形容。如王驥德《曲律》〈雜論第三十九下〉云：

〔註41〕詳見明・何良俊《四友齋叢說》卷37〈詞曲〉，收於《元明筆記史料叢刊》，前揭書，頁337。

〔註42〕詳見曾師永義〈論說「戲曲劇種」〉一文之〈三、再從「傳奇」命義說到「南雜劇」與「短劇」・（二）、戲曲體製劇種之所謂「傳奇」，曾師於此文中說：「南戲是經過北曲化、文士化和崑腔化才蛻變為傳奇的。」此文收於曾師永義《論說戲曲》（臺北：聯經出版事業公司，民國86年3月初版），頁270。

今則自縉紳、青襟，以迄山人、墨客，染翰為新聲者，不可勝記。
〔註43〕

沈德符《萬曆野獲編》〈畿輔・技藝〉「縉紳餘技」條云：

近年士大夫享太平之樂，以其聰明寄之剩技，余髫年見吳大參國倫
善擊鼓，真淵淵有金石之聲，但不知於王處仲何如？吳中縉紳則留
意聲律，如太倉張工部新、吳江沈吏部璟、無錫吳進士澄時，俱工
度曲，每廣坐命妓，即老優名倡俱逞懼失色，真不減江東公瑾，此
習尚所成，亦猶秦晉諸公多嫻騎射耳。〔註44〕

顧炎武《日知錄》「家事」條云：

今日士大夫纔任一官，即以教戲唱曲為事，官方民隱，置之不講，
國安得不亡，身安得不敗？〔註45〕

類似之說極多，可見明代文人士夫對戲劇醉心之程度。無論官場應酬、文士
宴集，無不藉劇侑酒助興，演戲觀劇幾乎成了他們生活的一部份。〔註46〕

當然，也有一些文人士夫，因仕途多舛，遂藉蓄聲妓、構亭園、玩書畫
以怡情遣性，寄託心志。如康海、王九思因劉瑾案罷職歸家，抑鬱之情寄之山
水、詞曲及宴樂之中，《明史》〈列傳第一百七十四・文苑二・王九思〉中云：

海、九思同里同官，同以瑾黨廢。每相聚沜東鄠、杜間，挾聲伎酣
飲，製樂造歌曲，自比俳優，以寄其怫鬱。九思嘗費重貲購樂工學
琵琶，海搊彈尤善。後人傳相倣效，大雅之道微矣。〔註47〕

〔註43〕 詳見明・王驥德《曲律》卷 4〈雜論第三十九下〉，收於《中國古典戲曲論著
集成》四，（北京：中國戲劇出版社，1982 年 11 月第 4 次印刷），頁 167。

〔註44〕 詳見明・沈德符《萬曆野獲編》卷 24〈畿輔・技藝〉「縉紳餘技」條，前揭書，
頁 670。

〔註45〕 詳見明・顧炎武《日知錄》卷 13「家事」條，收於王雲五主編《國學基本叢
書四百種》（臺北：臺灣商務印書館股份有限公司，民國 57 年 3 月臺 1 版），
頁 66～67。

〔註46〕 明代士大夫對戲劇之愛好情況，在曾師永義《明雜劇概論》第一章〈總論〉
第一節〈明代戲劇發達的原因・(四) 帝王與士大夫的喜好〉中論述已詳，不
再贅述。前揭書，頁 7～9。亦見陳芳英《明代劇學研究》〈上篇：外緣研究〉
第三章〈明代戲劇概況〉第二節〈演劇活動臻乎至盛・(二) 士大夫與家樂〉，
前揭書，頁 105～109。王安祈《明代傳奇之劇場及其藝術》第一章〈明代劇
團之類別及其組織〉第三節〈私人家樂〉，前揭書，頁 94～115。洪麗淑《明
中葉至清初文人與戲劇關係之研究》（私立逢甲大學中國文學研究所碩士論
文，民國 89 年）。

〔註47〕 詳見清・張廷玉等撰《明史》卷 286〈列傳第一百七十四・文苑二・王九思〉，

　　又如李開先官至提督四夷館太常寺少卿，因忤權相夏言，遂於嘉靖二十年（西元 1541 年）辭官返鄉，其歲四十。李開先壯年退職，只得藉聲妓、詞曲以消憂悶。在何良俊《四友齋叢說》〈雜記〉中寫道：

> 有客自山東來，云李中麓家戲子幾二三十人，女妓二人，女僮歌者數人。繼娶王夫人方少艾，甚賢。中麓每日或按樂，或與童子蹴毬，或鬥棋，客至則命酒。〔註 48〕

既有宴會自然常有觀戲之舉。李開先在其《閒居集》〈夜宴觀戲〉，即言：

> 扮戲因開宴，坐深夜已闌。一人分貴賤，數語有悲歡。剪燭增殊態，停杯更改觀。優游曾諷諫，獲譴嘆言官。〔註 49〕

此事亦見於錢謙益《列朝詩集小傳》「李少卿開先」條下：

> 開先，字伯華……罷歸家居，近二十年。……歸而置田產，蓄聲伎，微歌度曲，為新聲小令，攜彈放歌，自謂馬東籬、張小山無過也。……嘗謂古來才士，不得乘時柄用，非以樂事繫其心，往往發狂病死，今借此坐消歲月，暗老豪傑耳。〔註 50〕

類似的情況，如錢謙益同書「顧副使大典」條言：

> 大典，字道行……坐吏議罷歸。家有諧賞園、清音閣，亭池佳勝。妙解音律，自按紅牙度曲，今松陵多蓄聲伎，其遺風也。

王驥德《曲律》〈雜論第三十九下〉也記錄了沈璟因仕途不順而寄情詞曲的情況：

> 松陵詞隱沈寧菴先生，諱璟。其於曲學、法律甚精，汎瀾極博。……仕由吏部郎轉丞光祿，值有忌者，遂屏跡郊居，放情詞曲，精心考索者垂三十年。雅善歌，與同里顧學憲道行先生，並蓄聲伎，為香山、洛社之游。〔註 51〕

　　總之，文人大量參與戲劇活動，不僅提昇了戲劇的地位，更使得明中葉

前揭書，頁 7349。

〔註 48〕詳見明・何良俊《四友齋叢說》卷 18〈雜記〉，收於《元明筆記史料叢刊》，前揭書，頁 159。

〔註 49〕詳見明・李開先《李中麓閒居集・詩之二・五言律詩》〈夜宴觀戲〉詩，收於明・李開先著，卜鍵箋校《李開先全集修訂本》（上），（上海：上海古籍出版社，2014 年 2 月第 1 版），頁 223。

〔註 50〕詳見清・錢謙益《列朝詩集小傳》〈丁集上〉「李少卿開先」條，（臺北：世界書局，民國 74 年 2 月 3 版），頁 377。其下「顧副使大典」條，見頁 486。

〔註 51〕詳見明・王驥德《曲律》卷 4〈雜論第三十九下〉，此書收於《中國古典戲曲論著集成》四，前揭書，頁 163～164。

以後的劇壇走上文士化，開創明代劇壇的另一盛況。

　　明代的文人士夫對戲劇之熱愛，除了觀劇、創作之外，亦有粉墨登場者，如徐復祚《曲論》記祝允明、衡州太守馮正伯及創作《陽春六集》之張鳳翼等人嗜戲之事蹟：

> 祝希哲，名允明。……爲人酒、色、六博，不修行檢，常傅粉黛，從優伶間度新聲。

> 衡州太守馮正伯，名冠，邑人。少善彈琵琶歌金、元曲，五上公車，未嘗挾笑，惟挾《琵琶記》而已。村老曰：「余友秦四麟爲博士弟子，亦善歌金、元曲，無論酒間、興到，輒引曼聲；即獨處一室，亦鳴鳴不絕口。學使者行部至矣，所挾而入筍者，惟《琵琶》、《西廂》二傳。或規之曰：『君不虞試耶？』公笑曰：『吾患曲不善耳，奚患文不佳也！』其風流如此。」

> 伯起（張鳳翼，字伯起）善度曲，自晨至夕，口鳴鳴不已。吳中舊曲師魏良輔，伯起出而一變之，至今宗焉。嘗與仲郎演《琵琶記》，父爲中郎，子趙氏，觀者塡門，夷然不屑意也。〔註52〕

在沈德符《顧曲雜言》「《曇花記》」條下言：

> 屠（屠隆）亦能新聲，頗以自炫，每劇場，輒闌入群優中作技。〔註53〕

此外，焦循《劇說》亦記載許多文人躬踐排場之事蹟，略舉數例於下：

> 《曠園雜志》云：「錢塘周通政詩，以嘉靖己酉領解浙闈，年才二十一。榜前一夕，人皆爭踏省門候榜發，周獨從鄰人觀劇。漏五下，周登場歌《范蠡尋春》。門外呼『周解元』者聲百沸，周若弗聞。歌竟下場，始歸。」

> 李于田縱橫聲伎，放誕不羈。女伶登場，至雜伶人中持板按拍。主人知而延之上座，恬然不爲怪。又胡白叔幼而穎異，以孤旦登場，四座叫絕。

〔註52〕　詳見明・徐復祚《曲論》〈附錄〉，此書收於《中國古典戲曲論著集成》四，（北京：中國戲劇出版社，1982 年 11 月第 4 次印刷），所引三例見於頁 243、243、246。

〔註53〕　詳見明・沈德符《顧曲雜言》，此書收於《中國古典戲曲論著集成》四，（北京：中國戲劇出版社，1982 年 11 月第 4 次印刷），頁 209。

　　唐荊川半醉作文，先高唱《西廂》惠明〈不念法華經〉一齣，手舞

　　足蹈，縱筆伸紙，文乃成。〔註54〕

　　在明代優伶樂戶的地位是卑微的，但文人士夫雜處其間，乃至粉墨登場皆不以爲意，甚至有爲文先歌一曲、赴試惟攜劇本……等行徑，這正是他們嗜戲成癖的具體表現，也因爲他們對戲劇的熱愛，使人們不再視戲劇爲小道末技，戲劇之地位、藝術皆能因此提昇，就明代戲劇之發展而言，影響之深自是不容小覷。

二、文人士夫家樂的設置

　　明代文人士夫對戲劇之熱愛，也明顯地表現在家樂的設置。而所謂「家樂」即是由私人置買和蓄養的家庭戲班，它是中國古代優伶組織的一種特殊形式。至於以樂侑酒，早見於先秦典籍；家樂之設置，亦是漢、唐遺風，但當時只限於歌舞表演和樂器演奏；至於以樂演戲，則始於宋、元；明代中葉以後，尤其是萬曆迄明末，更是蔚爲風氣。〔註55〕明人陳龍正立「家矩」，認爲「俗所通用而必不可襲者四事」，其中第一條便是「家中不可用優人」，又立「勿畜優伶」，理由爲：

　　士夫最忌畜優伶，每見不好學問者，居家無樂事，搜買兒童，沿優

　　師教習謳歌，稱爲「家樂」。醞釀淫亂，十室而九。此輩日演故事，

　　無非鑽穴踰牆意態，兒女輩習見習聞，十來歲時廉恥心早已喪盡，

　　長而宣淫乃其本分，……延優至家，已萬不可，況蓄之乎？〔註56〕

由其大聲疾呼之態及所謂「俗所通用」，皆可想見當時士大夫設置家樂之盛況了。如：申時行、何良俊、屠隆、包涵所、祁彪祥、阮大鋮、張岱……等人之家班都是當時的一時之選。〔註57〕

〔註54〕詳見清・焦循《劇說》卷 6，此書收於《中國古典戲曲論著集成》八，（北京：中國戲劇出版社，1982 年 11 月第 4 次印刷），所引三例見於頁 198、210、212。

〔註55〕詳見齊森華〈試論明代家樂〉一文，（明清戲曲國際研討會論文，中央研究院中國文哲研究所籌備處，民國 86 年 6 月 10～11 日），頁 1～6。

〔註56〕詳見明・陳龍正《幾亭全集》卷 22〈政書〉，收於《叢書集成續編》第 214 冊，（文學類・瑣談），（臺北：新文豐出版公司，民國 78 年 7 月臺 1 版），頁 392、394～395。

〔註57〕關於明中葉以至明末著名家班之介紹，可見王安祈《明代傳奇之劇場及其藝術》第一章〈明代劇團之類別及其組織〉第三節〈私人家樂〉，前揭書，頁 94～99。洪麗淑《明中葉至清初文人與戲劇關係之研究》第四章〈明中葉至清

　　文人士夫家樂的功能，在趙山林《中國戲曲觀眾學》一書中，則提出了：自娛、交際和藝術實踐等三種。〔註 58〕至於家樂的活動方式，在陸萼庭《崑劇演出史稿》中，歸納出三種類型，即：雅集型、宴會型、娛樂型。〔註 59〕有了家樂，士大夫們除了便於接待賓客，還可以怡情養性，更重要的是可以及時演出自編劇本，在反覆的演出中檢視劇本的舞臺效果。由於有原作者的親自解說，家樂的演出更能貼近劇作原意，這對戲劇藝術之提昇有極大的助益，如李開先《詞謔》中記載王九思設宴邀約李開先，席間演王所作《杜子美沽酒遊春》雜劇：

　　　　渼陂設宴相邀，扮《遊春記》。開場唱【賞花時】，予即駁之曰：「『四海謳歌百姓歡，誰家數去酒盃寬』，兩注腳韻走入桓歡韻。」因請予改作「安、乾」二字。至「唐明皇走出益門鎮」，予又駁之曰：「平聲用陰者猶不足取，況用『益』字去聲乎？」復請改之。上句乃「太眞妃葬在馬嵬坡」，拘於地名，急無以爲應，若用「夷門」，字倒好，爭奈不曾由此去耳，因戲之曰：「非是王渼陂錯做了詞，原是唐明皇錯走了路。」滿座大笑，扮戲者亦笑，而散之門外。〔註 60〕

又如沈德符《萬曆野獲編》〈詞曲〉「梁伯龍傳奇」條下言：

　　　　《浣紗》初出，梁游青浦，時屠緯眞隆爲令，以上客禮之，即命優

初文人參與戲劇的情況〉第一節〈文人戲劇家班的成立情形與功能特色·（一）明中葉至清初的文人家班〉，前揭書，頁 103～112。

〔註 58〕詳見趙山林《中國戲曲觀眾學》上編〈劇場與觀眾〉第四章〈士大夫及其家班·六士大夫家班之功能〉，書中說：「明代中葉以後，家班逐漸盛行。……家班的功能概括起來有三：一、自娛。這是家班最初、也是最起碼的功能。……二、交際。各類紅白喜事，迎來送往，出家樂演戲以娛賓，更是士大夫間交往的重要手段。……三、藝術實踐。家班不僅是他們自娛和交際的工具，而且是他們進行戲曲藝術實踐的經常性基地，是他們相互之間進行切磋交流的藝術沙龍，也可以說是古代的家庭實驗劇團。」（上海：華東師範大學出版社，1990 年 6 月初版），頁 58～65。

〔註 59〕詳見陸萼庭《崑劇演出史稿》（修訂本）第二章〈四方歌曲必宗吳門·五、藝人、串客、清曲家〉其言：「演劇人才主要由三方面構成：藝人（職業演員）、家樂（家庭演員）和串客（業餘演員）。……家樂旨在娛樂，與民間戲班賴謀生的情況不同。……家樂從它的活動方式來分，大抵有雅集型、宴會型、娛樂型三種。雅集型不廢飲宴，但以文人們聽曲觀劇爲主；宴會型因事設宴，演劇是不可缺少的節目；娛樂型多家宴，上海豫園主人潘允端的家班很有代表性。」（臺北：國家出版社，2002 年 12 月初版），頁 116～123。

〔註 60〕詳見明·李開先《詞謔·一四》，此書收於《中國古典戲曲論著集成》三，前揭書，頁 278～279。

人演其新劇爲壽。每遇佳句輒浮大白酬之，梁亦豪飲自快。演至出
獵，有所謂「擺擺開開」者，屠屬聲曰：「此惡語當受罰！」蓋已預
儲潝水以酒海灌三大盃，梁氣索強盡之，大吐委頓。次日不別竟去。
屠凡言及必大笑，以爲得意事。〔註61〕

再舉馮夢禎《快雪堂日記》「萬曆壬寅（萬曆二十年，西元 1602 年）八月十
五日記」：

屠長卿、曹能始作主，唱西湖大會。飯于湖舟，席設金沙灘陳氏別
業，長卿蒼頭演《曇花記》。〔註62〕

同年九月初十：

長卿先一日邀太尊諸公看《曇花》於烟雨樓，黃貞所陪。今日……
午後過烟雨樓赴長卿之約，……復演《曇花》。

文中屢屢提及的《曇花記》，正是屠隆創作之劇本，演之再三，亦見其自負
之氣。文人們在宴集雅會中以演戲爲樂，創作者既可誇炫才學，又可以在
實際的演出中切磋琢磨，使劇作更臻善境。因此，此類活動屢見於文獻記載
之中。

　　文人士夫設置家樂，往往要求色藝並重，或親自指導解說，或延名師教
授技藝，因此，這些家班也往往有極高之藝術水準。如張岱《陶庵夢憶》〈祁
止祥癖〉中云：

余友祁止祥有書畫癖……有鬼戲癖、有梨園癖。……壬午至南都，
止祥出阿寶示余，……阿寶妖冶如蕊女，而嬌癡無賴，故作澀勒不
肯著人，如食橄欖，咽澀無味而韻在回甘……初如可厭，而過即思
之。止祥精音律，咬釘嚼鐵，一字百磨，口口親授，阿寶輩皆能曲
通主意。……丙戌以監軍駐臺州，亂民鹵掠，止祥篋囊都盡，阿寶
沿途唱曲以膳主人。及歸剛半月，又挾之遠去。止祥去妻子如脫屣
耳，獨以孌童崽子爲性命，其癖如此。〔註63〕

祁止祥親自教導家樂，「咬釘嚼鐵，一字百磨，口口親授」，阿寶等人亦能曲

〔註61〕詳見明・沈德符《萬曆野獲編》卷25〈詞曲〉「梁伯龍傳奇」，前揭書，頁687。
〔註62〕詳見明・馮夢禎《快雪堂日記》「萬曆壬寅（萬曆三十年，西元 1602 年）八
　　　　月十五日記」，轉引自王安祈《明代傳奇之劇場及其藝術》第一章〈明代劇團
　　　　之類別及組織〉，前揭書，頁96。下段引文同此。
〔註63〕詳見明・張岱《陶庵夢憶》卷4〈祁止祥癖〉（臺北：漢京文化事業有限公司，
　　　　民國73年2月初版），頁39。

通主意、勤學苦練，其水準自然提昇。此外，張岱於文中以「孌童崽子」稱之，則阿寶應是孌童粧旦，這又是宣宗宣德年間顧佐上疏禁官妓之後，席間以孌童小唱及孌童演出之社會現象的紀實。另外，張岱對阮大鋮的家樂更是欣賞，在其《陶庵夢憶》〈阮圓海戲〉中言：

> 阮圓海家優講關目，講情理，講筋節，與他班孟浪不同。然其所打
> 院本，又皆主人自製，筆筆勾勒，苦心盡出，與他班鹵莽者又不同。
> 故所搬演，本本出色，腳腳出色，齣齣出色，劇劇出色，句句出色，
> 字字出色。余在其家看《十錯認》、《摩尼珠》、《燕子箋》三劇，其
> 串架鬥筍、插科打諢、意色眼目，主人細細與之講明。知其義味，
> 知其指歸，故咬嚼吞吐，尋味不盡。……阮圓海大有才華……如就
> 戲論，則益鏃鏃能新，不落窠臼者也。〔註64〕

阮大鋮藉由家樂的演出展現其戲劇理念，不論是劇本的解說或是舞臺藝術的實踐，都見其苦心經營，他不僅是劇本的創作者，更是家樂演出時的導演，在張岱肯定他的家班演出成就的同時，我們也再次看到文人熱衷戲劇的真實面。

張岱也同樣是一位對家樂要求極其嚴格的人，他們家從祖父張汝霖罷職後開始蓄聲伎，前後訓練過可餐、武陵、梯仙、吳郡、蘇小小、平子茂苑等六個家班，皆名傳天下。〔註65〕張岱對家樂之嚴格，可由其《陶庵夢憶》〈過劍門〉所述看出：

> 南曲中，妓以串戲為韻事，性命以之。楊元、楊能、顧眉生、李十、
> 董白以戲名。屬姚簡叔期余觀劇，僕童下午唱《西樓》，夜則自串。
> 僕童為興化大班，余舊伶馬小卿、陸子雲在焉，加意唱七齣戲，至
> 更定，曲中大詫異。楊元走鬼房問小卿曰：「今日戲，氣色大異，何
> 也？」小卿曰：「坐上坐者余主人。主人精賞鑑，延師課戲，童手指
> 千僕童到其家謂『過劍門』，焉敢草草！」楊元始來物色余。《西樓》

〔註64〕 詳見明・張岱《陶庵夢憶》卷8〈阮圓海戲〉，前揭書，頁73～74。

〔註65〕 詳見明・張岱《陶庵夢憶》卷4〈張氏聲伎〉：「我家聲伎，前世無之，自大父
於萬曆年間與范長白、鄒愚公、黃貞父、包涵所諸先生講究此道，遂破天荒
為之。有可餐班……次則武陵班……再次則梯仙班……再次則吳郡班……再
次則蘇小小班……再次則平子茂苑班。……主人解事日精一日，而僕童技藝
亦愈出愈奇。」前揭書，頁37～38。此外，關於張岱對於戲劇之愛好，可參
閱：王安祈〈張岱的戲劇生活〉一文，（《歷史月刊》第13期，民國78年2
月），頁70～75。

不及完，串《教子》，顧眉生：周羽；楊元：周娘子；楊能：周瑞隆。
楊元膽怯膚栗，不能出聲，眼眼相覷，渠欲討好不得，余獻媚不得；
持久之，伺便喝采一二，楊元始放膽，戲亦遂發。嗣後曲中戲，必
以余爲導師，余不至，雖夜分不開臺也，以余而長聲價。以余長聲
價之人，而後長余聲價者多有之。〔註66〕

此處所謂「南曲」，應指南京妓院。〔註67〕當時妓女以串戲爲韻事，視串戲爲
嚴肅的藝術活動，由「性命以之」即可見其全力以赴之用心。而張岱此次觀
戲巧遇舊伶馬小卿、陸子雲，即使他們已轉入職業戲班，但在看到昔日主人
卻依舊戰戰兢兢，不敢稍有懈怠，可見張岱導戲之嚴格；也因張岱精於賞鑑，
遂爲妓院戲班導師，凡有演出，只要他未到場，縱然已是夜半時分，仍不開
演，敬重之意於此可見。

　　有精於戲劇藝術之士人指導，家樂的演出水準自易提昇，如張岱《陶庵
夢憶》〈世美堂燈〉中所述：

余敕小傒串元劇四五十本。演元劇四齣，則隊舞一回，鼓吹一回，
弦索一回。其間濃淡繁簡鬆實之妙，全在主人位置，使易人易地爲
之，自不能爾爾。故越中誇燈事之盛，必曰「世美堂燈」。〔註68〕

「濃淡繁簡鬆實之妙，全在主人位置」，已清楚道出家樂演出的成功與否，與
主人的指導，實有極大之關係。也由於這些文人士夫的嚴格訓練，家樂們的
藝術涵養日深，演出水準日高，甚至超過職業戲班。如張岱《陶庵夢憶》〈嚴
助廟〉中，敘述他和一群朋友在熹宗天啓三年（西元1623年）嚴助廟上元廟
會中看戲的記錄：

陶堰司徒廟，漢會稽太守嚴助廟也。歲上元設供，任事者聚族謀之
終歲。……五夜，夜在廟演劇，梨園必倩越中上三班，或僱自武林
者，纏頭日數萬錢。唱《伯喈》、《荊釵》，一老者坐臺下對院本，一
字脫落，群起噪之，又開場重做。越中有「全伯喈」、「全荊釵」之

〔註66〕詳見明・張岱《陶庵夢憶》卷7〈過劍門〉，前揭書，頁69～70。
〔註67〕詳見周貽白《中國戲劇史講座》第七講〈明代戲劇的演出〉：「明代的戲班，
　　　一般爲男性伶工；其女性演員，多爲兼操妓業的所謂勾欄人物。……比方《陶
　　　庵夢憶》載：『南曲中，妓以串戲爲韻事，性命以之。楊元、楊能、顧眉生、
　　　李十、董白以戲名。』其所謂『南曲』，是指南京妓院。其中顧眉生就是顧橫
　　　波，董白就是董小宛，他如當時南京秦淮河的院妓，以串戲著名者，指不勝
　　　屈。」（臺北：木鐸出版社，民國75年6月初版），頁185。
〔註68〕詳見明・張岱《陶庵夢憶》卷4〈世美堂燈〉，前揭書，頁36。

名起此。天啓三年，余兄弟攜南院王岑，老串楊四、徐孟雅，圓社河南張大來輩往觀之。……劇至半，王岑扮李三娘，楊四扮火工竇老，徐孟雅扮洪一嫂，馬小卿十二歲扮咬臍，串《磨房》、《撇池》、《送子》、《出獵》四齣，科諢曲白，妙入筋髓，又復叫絕，遂解維歸。戲場氣奪，鑼不得響，燈不得亮。〔註69〕

迎神賽會乃民間盛事，演劇助興更兼酬神、娛人的雙重性質，故而倍受重視，如其文中所言「任事者聚族謀之終歲」，而擔任演出的必是水準極高的職業戲班，其言「梨園必倩越中上三班，或僱自武林者」，意即聘自會稽紹興一帶之「上三班」，或是杭州名班；張岱等人本爲觀劇而來，演劇至半，竟下場串戲，其「科諢曲白，妙入筋髓」，觀者叫絕，待其歸去，竟使「戲場氣奪，鑼不得響，燈不得亮」，水準之高更甚職業戲班可見於此。又如張岱〈祁奕遠鮮雲小伶歌〉：

鮮雲小僕眞奇異，日日不同是其戲。揣摩已到骨節靈，場中解得主人意。主人鑑賞無一錯，小僕喚來將手摸。無勞甄別費多詞，小者必佳大者惡。昔日余曾教小伶，有其工致無其精。老腔既改白字換，誰能熟練更還生？出口字字能丟下，不配笙簫配絃索。曲子穿度甚輕微，細心靜氣方領略。伯聊串戲噪江南，技藝精時慣作憨。銅雀妙音今學得，這回眞好殺羅三。〔註70〕

由張岱此詩所寫「日日不同是其戲」、「揣摩已到骨節靈，場中解得主人意」、「老腔既改白字換，誰能熟練更還生」，可知他盛讚祁奕遠家鮮雲小伶的表演藝術，除了揣摩人情物理、曲盡劇作題旨，更在追求新奇、不落窠臼上用心，即使已是熟戲，卻如面對生戲般兢兢業業，不因嫻熟而流於機械化的刻板動作，名噪江南，自不虛傳。

此外，焦循《劇說》亦記何良俊家女樂水準極高：

嘉、隆間，松江何元朗蓄家僮習唱，一時優伶俱避舍，然所唱俱北詞，尚得蒜酪遺風。何又教女鬟數人，俱善北曲，爲南教坊頓仁所

〔註69〕 詳見明・張岱《陶庵夢憶》卷4〈嚴助廟〉，前揭書，頁34。這段敘述提供了許多關於民間迎神賽會演劇助興的戲劇史料，在王安祈《明代傳奇之劇場及其藝術》第二章〈明傳奇的演出場合及其劇場形製〉第二節〈祠廟演劇〉中有詳盡的說明，可參閱之。前揭書，頁132～138。

〔註70〕 詳見明・張岱〈祁奕遠鮮雲小伶歌〉，收於夏咸淳校點《張岱詩文集・張子詩秕卷之三》（上海：上海古籍出版社，1991年5月第1版），頁49。

賞。〔註71〕

又如侯方域父子家班，技藝精湛，推為里中第一。侯氏父子之用心良苦，在胡介祉《壯悔堂集》〈侯朝宗公子傳〉中有一段深刻的描繪：

> 公子（侯朝宗）……雅嗜聲技，解音律，買童子吳閶，延名師教之，身自按譜，不使有一字訛錯。……或白雪偶乖，紅牙稍越。曲有誤，周郎顧，聞聲先覺，雖梨園老弟子莫不畏服其神也。初，司徒公（侯朝宗之父侯恂）亦留意於此，蓄家樂，務使窮態極工，致令小童隨侍入朝班，審諦諸大老賢奸忠佞之狀，一切效之排場，取神似逼真以為笑噱。至是投老寂寞，公子乃教成諸童，挐供堂上歡，司徒公為色喜。而里中樂部，因推侯氏為第一。〔註72〕

主人不僅延名師、親按譜來指導家樂，甚至也思考到生活經驗對演出者之傳神與否有極大之影響，因之令其隨侍入朝班。在這樣的訓練下，難怪侯方域父子家班能被推為里中第一。

　　總之，家樂的存在，提供了文人士夫演劇觀劇、自娛娛人的機會，也在一次次的藝術實踐中改進缺失，這對後世戲劇藝術的發展，自有其積極的意義，也為晚明風起雲湧的劇壇更添光華。

三、家樂演出與聲腔流變

　　文人士夫的家樂通常在自家宅第的廳堂、書齋或花園中演出〔註73〕，但

〔註71〕詳見清・焦循《劇說》卷1，此書收於《中國古典戲曲論著集成》八，前揭書，頁89。在明・沈德符《萬曆野獲篇》卷25〈詞曲〉「絃索入曲」條中亦記有類似的說法：「嘉隆間度曲知音者，有松江何元朗，畜家僮習唱，一時優人俱避舍。然所唱北詞，尚得金元蒜酪遺風。予幼時，猶見老樂工二三人，其歌童也，俱善絃索，今絕響矣。何又教女鬟數人，俱善北曲，為南教坊頓仁所賞。頓曾隨武宗入京，盡傳北方遺音，獨步東南，暮年流落，無復知其技者，正如李龜年江南晚景。」前揭書，頁685。

〔註72〕詳見清・侯方域《壯悔堂集》卷首，胡介祉〈侯朝宗公子傳〉，收於《四部備要・集部》IV99，（臺北：臺灣中華書局），頁2。

〔註73〕詳見王安祈《明代傳奇之劇場及其藝術》第二章〈明傳奇的演出場合及其劇場形製〉第五節〈家宅演劇〉：「貴客豪紳、文士大夫等上層社會的喜慶宴集，多半在自家宅第中舉行。舉酌設宴之餘，往往有戲劇演出以佐酒侑觴。甚至經常出家樂奏技獻藝，或由與會賓客攜家伶赴宴表演。……明代有私人舞臺的甚少，一般都是在廳堂中畫出一塊區域，鋪上紅色地毯，即當舞臺面，作『氍毹式』的表演。」前揭書，頁157～170。洪麗淑《明中葉至清初文人與戲劇關係之研究》第四章〈明中葉至清初文人參與戲劇的情況〉第二節〈文

有時也會走出廳堂在公眾場合演出，因其技藝精湛，演出時往往造成轟動，就民間觀戲水準而言，自有提昇之作用，當然也間接地刺激了民間戲班提昇其藝術水準。如呂天成《曲品》「《冬青》」條下言：

> 悲憤激烈，誰誚腐儒酸也？音律精工，情景眞切。吾友張望侯曰：「檇李屠憲副於中秋夕率家優於虎丘千人石上演此，觀者萬人，多泣下者。」〔註74〕

屠憲副家優演卜世臣《冬青記》，「觀者萬人，多泣下者」，正因其演出傳神逼眞，方能感人淚下。另外，張岱在《陶庵夢憶》也寫下他帶著家樂在名園、勝境、山亭、寺廟等處演出的眞實記錄，如在崇禎二年（西元1626年）中秋過後一日，張岱道經鎮江到袞州，途中爲水光月色吸引，而移舟金山寺，一時興起，竟不管夜闌人靜，當下盛張燈火命小僕演起戲來，其言：

> 崇禎二年中秋後一日，余道鎮江往袞。……移舟過金山寺，已二鼓矣。經龍王堂，入大殿，皆漆靜。林下漏月光，疏疏如殘雪。余呼小僕攜戲具，盛張燈火大殿中，唱韓蘄王金山及長江大戰諸劇，鑼鼓喧塡，一寺人皆起看。〔註75〕

又如他在崇禎七年（西元1634年），閏中秋，他仿蘇州虎丘千人石中秋賽曲之事，會友人於蕺山亭，當時：

> 在席七百餘人，同聲唱「澄湖萬頃」，聲湧如潮，山爲雷動。……命小僕岕竹、楚煙，於山亭演劇十餘齣，妙入情理，擁觀者千人，無蚊虻聲，四鼓方散。〔註76〕

文人們追求風雅，在水鄉澤國的江南，更別出心裁地設計「樓船」。據張岱《陶庵夢憶》〈包涵所〉中所述，此風創自包涵所，且以之演劇：

> 西湖三船之樓，實包副使涵所創爲之。大小三號：頭號置歌筵、儲歌童，次載書畫，再次侍美人。涵老聲妓非侍妾比，仿石季倫、宋子京家法，都令見客。……客至則歌童演劇，隊舞鼓吹，無不絕倫。

人觀戲之場地與劇場形製・二、家宅演劇〉：「家宅演劇的舞臺設置：1、家宅自建舞臺。2、氍毹演出。」前揭書，頁69～72。齊森華〈試論明代家樂・二〉：「家樂一般在士大夫家的廳堂演出，……有時也在書齋或花園擺宴觀劇。」前揭文，頁6～7。

〔註74〕 詳見明・呂天成《曲品》卷下〈新傳奇品・上中品〉「《冬青》」條，此書收於《中國古典戲曲論著集成》六，前揭書，頁233。

〔註75〕 詳見明・張岱《陶庵夢憶》卷1〈金山夜戲〉，前揭書，頁4。

〔註76〕 詳見明・張岱《陶庵夢憶》卷7〈閏中秋〉，前揭書，頁67。

乘興一出，住必浹旬，觀者相逐，問其所止。〔註77〕

文中清楚地描述了樓船的創始、形製及功能，演出之際更有「觀者相逐」的盛況。此風既開，立即引起士大夫們的仿傚，同書卷八即記其家亦造樓船：

家大人造樓，船之；造船，樓之。故里中人謂船樓，謂樓船，顛倒
之不置。是月落成爲十月十五日，自太父以下，男女老稚靡不集焉。
以木排數重搭臺演戲，城中村落來觀者，大小千餘艘。午後颶風起，
巨浪磅礡，大雨如注，樓船孤危，風逼之幾覆，以木排爲戧索纜數
千條，網網如織，風不能撼。少項風定，完劇而散。〔註78〕

樓船演戲必定造成轟動，不僅其家男女老稚畢集，甚至「城中村落來觀者，大小千餘艘」，他們對戲劇之熱誠，就連在颶風刮起、大雨如注的惡劣天候之下，仍要堅持演完。主人如此，觀者小復如此，晚明戲劇熱潮席捲了社會每一階層、每一角落的盛況，正可由此見其人略。

　　文人士夫的家樂，多用於自娛、應酬及藝術實踐上，自與營利爲主的職業戲班風格不同，但二者之間仍有交流的情況，如：馮夢禎《快雪堂日記》「萬曆甲辰（萬曆三十二年，西元 1604 年）八月初八日記」：

楊蘇門與余共十三輩，請馬湘君，治酒於包涵所宅。馬氏三姊妹從
涵所家優作戲。晚馬氏姊妹演《北西廂》二出，頗可觀。〔註79〕

此爲歌妓與家樂合演之例。又如前引張岱《陶庵夢憶》〈嚴助廟〉，即由南院妓女王岑扮李三娘、串客楊四扮火工竇老、串客徐孟雅扮洪一嫂、家伶馬小卿扮咬臍郎，合演《白兔記》中〈磨房〉等四齣，正是一場成功的演出。此外，家樂也有走入民間戲班之情況，如興化大班的馬小卿、陸子雲，原是張岱家班成員（見前引《陶庵夢憶》〈過劍門〉），這類演員在演出的過程中必然展現其所受嚴格訓練後的精湛技藝，進而影響其他演員；又如張鳳翼《紅拂記》第三十四出〈華夷一堂〉，在吳興凌氏刻本〈相見讀詔科〉上有一段

〔註77〕詳見明・張岱《陶庵夢憶》卷 3〈包涵所〉，前揭書，頁 27。
〔註78〕詳見明・張岱《陶庵夢憶》卷 8〈樓船〉，前揭書，頁 73。關於樓船演劇之盛
　　　況，可參見：王安祈《明代傳奇之劇場及其藝術》第二章〈明傳奇的演出場
　　　合及其劇場形製〉第六節〈船舫演劇〉，前揭書，頁 171～173。廖奔《中國古
　　　代劇場史》第十章〈其它劇場〉第二節〈船上戲臺〉（河南：中州古籍出版社，
　　　1997 年 5 月第 1 版），頁 153～154。洪麗淑《明中葉至清初文人與戲劇關係
　　　之研究》第四章〈明中葉至清初文人參與戲劇的情況〉第二節〈文人觀戲之
　　　場地與劇場形製・三、船舫演劇〉，前揭書，頁 72～78。
〔註79〕此處參考齊森華〈試論明代家樂・五〉之說，前揭文，頁 19。

眉批：

> 近吳中演劇，作虬髯公聞詔至，乃謂衛公曰：「恩綸且至，請從此辭。
> 後會未期，李郎珍重。」遂飄然先下。此殷司馬串頭，余以爲極得
> 虬髯之概，惜伯起見不及此。〔註80〕

張鳳翼《紅拂記》一改〈虬髯客傳〉中虬髯客稱王海外之結局，而作〈華夷一堂〉，劇中李靖夫婦與虬髯客相逢，劉文靜宣讀詔書：「扶餘國王張仲堅，手縛大醜，歸順中國，特賜節鉞，加封海道大總管。」在接詔受封之後，又與眾人合唱：「息邊烽蒼生阜康，閭閻擊壤樂未央。虞庭管取儀鳳凰，惟願天心永佑皇唐。」（【山花子】）這樣的安排，雖合於傳奇大收煞團圓結局之通則，但就虬髯客之性格而言，則未若唐小說〈虬髯客傳〉深刻。因此「殷司馬另有安排，使虬髯不接詔即飄然遠去，可謂深得虬髯之概。這種演法由殷司馬先於家樂中修改，後來職業戲班也效法照演，遂成吳中演戲之常例。家樂對職業戲班之影響可見一般。」〔註81〕

此外，家樂班子往往隨士大夫之外任、升遷貶降在各地流動，甚或有因士大夫的死亡、拿問而流落異鄉、與當地民間藝人結合，形成聲腔的流變與劇目的移植、劇種的發展……，這些在許多地方戲中是不難追溯它的痕跡與影響的。〔註82〕

第三節　樂戶興起與戲曲發展

一、樂戶的來源

明中葉之後，工商業繁榮，人們的消費能力提昇，生活亦日趨奢靡。在這樣的風尚中，豪門貴族競誇奢華、附庸風雅，市井百姓也逐利追歡，於是各色藝術便在這樣的環境中相互競爭發展，這對戲劇而言，自是有利的發展溫床。商業的繁榮也促進了樂戶的興起，樂戶中之妓女又爲戲劇演員的來源之一，其對戲劇之興盛自有影響。

〔註80〕 吳興凌氏校刻本張鳳翼《紅拂記》，今見於《全明傳奇》第 34 種，卷 4，頁 28。
〔註81〕 詳見王安祈《明代傳奇之劇場及其藝術》第一章〈明代劇團之類別及其組織〉第三節〈私人家樂〉，前揭書，頁 112～113。
〔註82〕 詳見趙景深、李平、江巨榮《中國戲劇史論集・明代演劇狀況的考察》（南昌：江西人民出版社，1987 年出版），頁 70。

　　樂戶，作為古代專門從事音樂歌舞之人，其歷史可以溯自殷商時代，殷商巫人掌管占卜祭祀，以樂舞娛神，故職司婆娑樂神的巫同時也是專業樂舞之人，西周王室已有龐大的樂舞機構，據《周禮》〈春官・大司樂〉記載，周朝王家的音樂歸大司樂領導，其工作人員，計有奏樂、歌唱、舞蹈及其他人員，其中除了「旄人」屬民間樂舞，人數無法確定之外，共有一千四百六十三人。〔註83〕樂戶之名最早可見於《魏書》〈刑罰志〉：「京畿群盜頗起，有司奏立嚴制：諸強盜殺人者，皆從斬首，妻子同籍，配為樂戶。」〔註84〕意即將罪犯之妻女沒入官府，名隸樂籍，從事吹彈歌舞乃至演戲等工作，以供人取樂。到了明代，戲劇的熱潮席捲了上至帝王、士大夫下至市井小民的每一個層面。其中宮廷負責演戲的單位為「鐘鼓司」和「教坊司」，而其來源則為樂戶中的妓女。

　　明代樂戶的主要來源有三：一是前朝遺民流落中原者，如瀛若氏《三風十愆記・記色荒》中言：

　　　　明滅元，凡蒙古部落子孫流竄中國者，令所在編入戶籍。其在京、
　　　　省者謂之樂戶，在州、邑者謂之丐戶。〔註85〕

王士禎《池北偶談》「脫十娘鄭妥娘」條下言：

　　　　金陵舊院有頓、脫諸姓，皆元人後沒入教坊者。順治末，予在江寧，
　　　　聞脫十娘者，年八十餘尚在，萬曆中北里之尤也。〔註86〕

明滅元後，對於蒙古部族家屬後裔流落中原的，便編入樂籍，從事人們認為是賤業的工作。此外，祝允明《猥談》「丐戶」條則言：

〔註83〕此段所述詳見張正明〈明代的樂戶〉，《明史研究》第一輯（中國明史學會主辦，黃山書社，1991年出版），頁208～215。王安祈《明代傳奇之劇場及其藝術》第一章〈明代劇團之類別組織〉，前揭書，頁73～120。又關於《周禮》卷17〈春官・大司樂〉中之人數統計，見楊蔭瀏《中國古代音樂史稿》第1冊第三編〈西周、春秋、戰國・四、音樂機構和音樂教育〉（臺北：丹青圖書有限公司，民國74年5月臺1版），頁31。

〔註84〕詳見北齊・魏收《魏書》卷111〈刑罰志七第十六〉：「孝昌以後，天下淆亂……至邊鄙，京畿群盜頗起。有司奏立嚴制：諸強盜殺人者，首從皆斬，妻子同籍，配為樂戶。其不殺人，及贓不滿五匹，魁首斬，從者死，妻子亦為樂戶。」（臺北：鼎文書局，民國64年9月初版），頁2888。

〔註85〕詳見瀛若氏《三風十愆記・記色荒》，轉引自王安祈《明代傳奇之劇場及其藝術》，前揭書，頁93。

〔註86〕詳見清・王士禎《池北偶談》卷12〈談藝二〉「脫十娘鄭妥娘」條，（臺北：漢京文化事業有限公司，民國73年5月初版），頁278。

奉化有所謂丐戶，俗謂之大貧，聚處城外，自爲匹偶，良人不與接
婚，官給衣糧，而本不甚窘赤，婦女稍妝澤業枕席。其始皆官家以
罪殺其人而籍其牝，官穀之而徵其淫賄，以迄今也。金陵教坊二十
八家亦然。〔註87〕

文中可以看到一旦身爲「大貧」，就不能與良民通婚，只能世世代代充當賤業。
其中又提到樂戶的第二個來源，即：罪犯家屬。如靖難之役，成祖將建文舊
臣之家屬沒入樂籍，見諸《明史》的有：建文時兵部尚書鐵鉉，因不附於燕
王被磔於市，其妻楊氏，年三五，發教坊司；副都御史茅大芳，燕王稱帝不
屈死，其妻送教坊司……等，皆爲典型之例。〔註88〕在沈德符《萬曆野獲編》
〈刑部〉「籍沒奸黨」、「罪臣家口異法」條中有清楚的記載：

永樂初，發教坊及浣衣局，配象奴，送軍營奸宿者，多黃子澄、練
子寧、方孝儒、齊泰、卓敬親屬，而其他奸惡則稍輕矣。

叛臣妻女賜勳臣，此國初例，至今行之。若永樂初，將奸黨方、黃
諸臣妻子配象奴，發教坊司，發浣衣局，此文皇特典，非律令所有
也。〔註89〕

〔註87〕 詳見明・祝允明《猥談》「丐戶」條，此書收於明・陶宗儀等編《說郛三種》
第 10 冊，《說郛續》46 卷，（上海：古籍出版社，1998 年第 1 版），頁 2100
～2101。

〔註88〕 詳見清・張廷玉等撰《明史》卷 94〈志第七十・刑法二〉：「成祖起靖難之師，
悉指忠臣爲奸黨，甚者加族誅、掘塚，妻女發浣衣局、教坊司。」前揭書，
頁 2320。同書卷 141〈列傳第二十九・茅大芳〉：「茅大芳，建文中遷副都御
史，燕師起，遺詩淮南守將梅殷，辭意激烈，聞者壯之。燕王稱帝，不屈死。」
頁 4023。同書卷 142〈列傳第三十・鐵鉉〉：「鐵鉉，建文初爲山東參政。……
燕王自起兵以來……故乘大破景隆之銳，盡力以攻，期於必拔，而竟爲鉉等
所挫，帝聞大悅……擢爲山東布政使，尋進兵部尚書。……燕王即皇帝位，
執之至，反背坐廷中嫚罵，令其一回顧，終不可，遂磔於市，年三十七。」
頁 4032。
又清・俞正燮《癸巳類稿》卷 12〈除樂戶丐戶籍及女樂考附古事〉中「附古
事」部分言：「王世貞《弇州史料・南京法司所記》又云：『鐵鉉妻楊氏，年
三十五，送教坊司。茅大芳妻張氏，年五十六，送教坊司。』」此書收於《藏
書傳世・文史筆記・3》（誠成企業集團（中國）有限公司組織編纂，海南國
際出版中心出版，1996 年 12 月版），頁 196。

〔註89〕 詳見明・沈德符《萬曆野獲編》卷 18〈刑部〉「籍沒奸黨」、「罪臣家口異法」
條，前揭書，頁 487、488。關於罪犯妻女沒入樂籍之相關資料，可參見王安
祈《明代傳奇之劇場及其藝術》第一章〈明代劇團之類別組織〉第二節〈職
業戲班・附娼妓〉，前揭書，頁 92，此不贅述。

　　至於樂戶的第三個來源是：因家貧或被騙而被賣入樂戶為妓。尤其明中葉以後，隨著土地兼併日趨惡劣，農民大量逃亡，甚至鬻妻賣子，在山西太原還出現所謂的「人市」〔註90〕。在余繼登《典故紀聞》就曾記載：

> 彭城衛千戶吳能以家貧出其女滿倉兒，令張媼鬻之，媼鬻於樂戶張氏，而紿言周官家人。後張氏轉鬻於樂工焦義，義又鬻於樂工袁璘，璘使為娼。〔註91〕

不管樂戶的來源為何，他們的社會地位都很低，甚至在服色、行動上都加限制。如徐復祚《曲論・附錄》中記：

> 國初之制，伶人常戴綠頭巾，腰繫紅裍膊，足穿布毛豬皮靴，不容街中走，止於道旁左右行。樂婦布皂冠，不許金銀首飾，身穿皂被子，不許錦繡衣服。〔註92〕

即便是教坊官，亦是「與士人絕不相侔」，務必「別於士庶」〔註93〕，更遑論其他樂戶中人了！

二、樂戶興起與戲曲發展

　　在明代樂戶妓女歸教坊司管理，余懷《板橋雜記》〈雅游〉云：

> 樂戶統於教坊司，司有一官以主之，有衙署、有公座，有人役刑杖籤牌之類，有冠有帶，但見客則不敢拱揖耳。〔註94〕

謝肇淛《五雜組》〈人部四〉中說：

〔註90〕詳見清・張廷玉等撰《明史》卷223〈列傳第一百十一・王宗沐〉：「王宗沐……三邊山西右布政使，所部歲祲宗沐因入覲上疏曰：『山西列郡俱荒，太原尤甚。三年於茲，百餘里不聞雞聲。父子夫婦互易一飽，命曰『人市』。』」前揭書，頁5876。

〔註91〕詳見明・余繼登《典故紀聞》卷16，收於《元明史料筆記叢刊》（北京：中華書局，1981年7月），頁287。

〔註92〕詳見明・徐復祚《曲論・附錄》，收於《中國古典戲曲論著集成》（四），前揭書，頁243。

〔註93〕詳見明・沈德符《萬曆野獲編》卷14〈禮部〉「教坊官」條：「教坊官在前元最為尊顯，秩至三品，階曰雲韶大夫，以至和聲郎，蓋亦與士人絕不相侔。我朝教坊之長，曰奉鑾，雖止正九品，然而御前供役，亦得用幞頭公服，望之儼然朝士也。按祖制，樂工俱戴青卍字巾，繫紅綠裍膊，常服則綠頭巾，以別於士庶，此《會典》所載也。又有穿戴毛豬皮之制。今進賢冠束帶，竟與百官無異，且得與朝會之列。吁！可異哉！」前揭書，頁392。

〔註94〕詳見明・余懷《板橋雜記》上卷〈雅游〉，收於《叢書集成初編》（2732～38），（北京：中華書局，1985年北京新1版），頁1。

今時娼妓布滿天下，其大都會之地動以千百計，其他窮州僻邑，在
在有之，終日倚門獻笑，賣淫爲活，生計至此，亦可憐矣。兩京教
坊，官收其稅，謂之脂粉錢。隸郡縣者則爲樂戶，聽使令而已。唐
宋皆以官妓佐酒，國初猶然，至宣德初始有禁，而縉紳家居者不論
也。故雖絕跡公庭，而常充牣里閈。又有不隸於官，家居而賣姦者，
謂之土妓，俗謂之私窠子，蓋不勝數矣。〔註95〕

在這段資料中除了看到樂戶需向教坊官繳納「脂粉錢」之外，更看到當時「娼
妓布滿天下」、「大都會之地動以千百計」的情況，這當然和是明中葉之後，
商業繁榮、交通便利的社會背景有關。

事實上，早在太祖洪武年間，就在南京建酒樓以處官妓，據劉辰《國初
事蹟》所記：

太祖立富樂院於乾道橋，男子令戴綠巾，腰繫紅搭膊，足穿帶毛豬
皮靴，不許街道中走，止於道邊左右行。或令作匠穿甲，妓婦戴皂
冠，身穿皂褙子，出入不許穿華麗衣服。專令禮房吏王迪管領。此
人熟知音律，又能作樂府。禁文武官吏及舍人不許入院，只容商賈
出入院內。〔註96〕

又有著名的十六樓，遍佈京師各處的通衢鬧市，也是官妓聚集之處，如顧起
元《客座贅語》「十四樓」條：

國初，市之樓有十六，蓋所以處官妓也。而《南畿志》止十四，曰
南市、北市、鳴鶴、醉仙、輕煙、澹粉、翠柳、梅妍、謳歌、鼓
腹、來賓、重譯、集賢、樂民。按李泰……洪武時進士，……有集
句詠十六樓，中有清江、石城二樓。……今獨南市樓存，而北市在
乾道橋東北，似今之豬市，疑劉辰《國初事蹟》所記富樂院，即此
地也。〔註97〕

沈德符《萬曆野獲編》〈畿輔〉「建酒樓」條：

洪武二十七年，上以海內太平，思與民偕樂，命工部建十酒樓於江
東門外，有鳴鶴、醉仙、謳歌、鼓腹、來賓、重譯等名。既而又增
作五樓，至是皆成，詔賜文武百官鈔，命宴於醉仙樓，而五樓則專

〔註95〕 詳見明・謝肇淛《五雜組》卷8〈人部四〉，前揭書，頁199。
〔註96〕 詳見明・劉辰《國初事蹟》，收於《叢書集成初編》（3959～62），（北京：中
　　　　華書局，1991年北京第1版），頁13～14。
〔註97〕 詳見明・顧起元《客座贅語》卷6〈十四樓〉條，前揭書，頁202。

以處侑酒歌妓者。蓋仿宋故事，但不設官醞以收榷課，最爲清朝佳

事。〔註98〕

周暉《續金陵瑣事》「不禁官妓」條說：

> 太祖造十六樓待四方之商賈、士大夫，用官妓無禁。宣德二年，大
> 中丞顧公佐始奏革之。〔註99〕

可見太祖之時，除了有專爲商賈設立之富樂院，又有十六樓之興建以作爲賜
宴文武百官及招待四方商賈之場所，這對南京的繁榮必有極大之影響。經濟
繁榮，促進樂戶興起，樂戶中之妓女又爲戲劇演員的來源之一，對明代戲劇
發展而言，自是有利的溫床。

　　明代官吏縉紳召妓佐酒行樂的風氣極盛，如前引謝肇淛《五雜組》中所
述：「唐宋皆以官妓佐酒，國初猶然」，早在太祖時期，中書庶吉士解縉即曾
上書言：「人常非俗樂之可肆，自妓非人道之所爲。禁絕倡優，易置寺閹。」
〔註100〕當時太祖並未採納其禁官妓之建議，只規定官員不准宿娼及娶樂戶爲
妻妾。〔註101〕在《明史》〈列傳第三十九‧劉觀〉中亦說：「時未有官妓之禁，

〔註98〕詳見明‧沈德符《萬曆野獲編》補遺卷3〈畿輔〉「建酒樓」條，前揭書，頁
　　　968。
〔註99〕詳見明‧周暉《續金陵瑣事》上卷「不禁官妓」條，收於《筆記小說大觀》
　　　16編，第4冊，頁1953。又，明‧周暉《金陵瑣事》有「咏十六樓集句」條
　　　中說：「藝林學山云：永樂中，晏振之金陵春夕詩：花月春江十四樓，人多不
　　　知其事。蓋洪武中，建來賓、重譯、清江、石城、鶴鳴、醉仙、樂民、集賢、
　　　謳歌、鼓腹、輕煙、淡粉、梅妍、翠柳十四樓於南京，以處官妓，蓋當時未
　　　禁縉紳用妓也。……按金陵本十六樓，今稱十四樓，而遺南市、北市二樓。
　　　何也？諸樓盡廢，獨南市樓尚存。」收於《筆記小說大觀》16編，第3冊，
　　　頁1403。至於樓數之說，有十四、十五、十六等說法，但皆不影響太祖建酒
　　　樓繁榮南京之事實，此處並存各說，不加詳究。
〔註100〕詳見清‧張廷玉等撰《明史》卷147〈列傳第五十三‧解縉〉，前揭書，頁
　　　4116。
〔註101〕詳見明‧王錡《寓圃雜記》卷1「官妓之革」：「唐、宋間，皆以官妓祇候，
　　　仕宦者被其牽制，往往害政，雖正人君子亦多惑焉。至勝國時，愈無恥矣。
　　　我太祖盡革去之。官吏宿娼，罪亞殺人一等，雖遇赦，終身弗敘。其風遂
　　　絕。」收於《元明筆記史料叢刊》（北京：中華書局，1997年11月湖北第2
　　　次印刷），頁7。
　　　見諸法律上之規定，如《明律‧刑律》：「凡官吏宿娼者杖六十，媒合人減一
　　　等，若官員子孫宿娼亦如之。」至於官員娶樂戶之人爲妻妾者亦有規定，《明
　　　律‧戶律》：「凡官吏娶樂人爲妻妾者杖六十并離異，若官員子孫娶者，罪亦
　　　如之。」轉引自張正明〈明代的樂戶〉，前揭文，頁231。

宣德初，臣僚宴樂，以奢相尚，歌妓滿前。」〔註102〕可知官妓之禁當在宣德年間，在沈德符《萬曆野獲編》〈畿輔〉「禁歌妓」條中記載：

> 至宣德中，以百僚日醉狹邪，不修職業，爲左都御史顧佐奏禁，廷臣
> 有犯至褫職，迄今不改。好事者以爲太平缺陷，遠遜唐宋。〔註103〕

自從顧佐整飭風憲，英宗又於正統元年（西元1436年）放出教坊司樂工三千八百人。之後天順年間的右僉都御史李侃、嘉靖間的大宗伯沈鯉、隆慶時的左都御史葛守禮曾奏議禁娼，雖未果行，但在一定程度上限制了官營教坊的發展，則是可以想見的狀況。〔註104〕

但就民間之青樓及地方上的樂戶而言，仍因富庶的時代背景而日益發達，如前引謝肇淛《五雜組》中所言：「今時娼妓布滿天下」即爲明顯之例。尤其嘉、隆之後，社會風尚以奢靡相高，狹妓之風更盛，加上優伶與娼妓常是不分的，文人赴宴又往往合狹妓、觀劇爲一時風尚，這都影響著當時戲劇之發展，進而成爲劇作中文人雅會和及時行樂之創作主題。

〔註102〕詳見清・張廷玉等撰《明史》卷151〈列傳第三十九・劉觀〉，前揭書，頁4185。

〔註103〕詳見明・沈德符《萬曆野獲編》補遺卷3〈畿輔〉「禁歌妓」條，前揭書，頁969。

〔註104〕以上所述參見陶慕寧《青樓文學與中國文化》第四章〈明季資本主義萌芽在青樓文學中的表現〉第一節〈明代青樓體制之沿革及世風之流變〉（北京：東方出版社，1996年5月北京第4次印刷），頁132。

第參章　嘉隆年間的戲曲演出概況

　　在中國傳統文人的觀念中，經史詩文才是文學的正統，而以詞曲、小說、戲劇為小道而加輕視。雖然宋元戲劇漸興，但輕戲劇的文學觀念並沒有多大的改變，一直到了明代李贄〈童心說〉提出了以對等的態度面對戲劇和古文、古詩，並以《西廂曲》、《水滸傳》為古今至文，戲曲在文學史上才開始有了新的評價。〈童心說〉說：

> 夫童心者，絕假純真，最初一念之本心也。……天下之至文，未有不出於童心者也。苟童心常存，……無時不文，無人不文，無一樣創制體格文字而非文者。詩何必古選，文何必先秦，降而為六朝，變而為近體，又變而為傳奇，變而為院本，為雜劇，為《西廂曲》，為《水滸傳》，為今之舉子業，皆古今至文，不可得而時勢先後論也。〔註1〕

當然一個觀念或學說的形成，不會是空穴來風，它必然與所處環境的各個面向環環相扣。

　　如本文第壹章所述，明代中葉以後，經濟日趨發達，社會風尚亦趨於奢靡，人們改變了以往簡樸的生活習慣，其中最具體的表現便是提昇生活享樂，這也為戲曲演出提供一個客觀的環境。在學術思想上，摒棄了程朱禮教的束縛，把王學中「日用間何用非天理流行，但此心常存不放，則義理自明」之說〔註2〕，進一步肯定了人們的慾望應該得到滿足。對於在文學上，復古擬古

〔註1〕 詳見明・李贄《焚書》卷3〈雜述・童心說〉，前揭書，頁99。
〔註2〕 詳見明・王陽明《王文成公全書》卷4〈文錄一・書一・答徐成之〉，前揭書，頁49。

的寫作方式，早不見作者之眞性情，於是一代有一代文學的聲音在文壇中響起，文人們不必再到古人的背影中，尋找自己的影子；於是提倡性靈、強調自我眞情的表現成爲文人的創作主張。這樣的環境都對嘉隆間的戲曲演出有著相當的影響，其中最明顯者即是通俗文學的擡頭，人們提高了詞曲、小說、戲劇之地位，爲戲劇注入生命力；此外，各種場合的演出，不論是民間迎神賽會中的演出，或是豪門家宴中的堂會演出，乃至於勾欄廣場中的商業性演出，都爲嘉隆時期的戲曲活動作了最生動的紀錄。以下論之。

第一節　通俗文學擡頭

民間文學的擡頭，肯定了作品中眞實情感的自然流露，及不假雕琢的寫作方式。如李贄〈童心說〉即以絕假純眞之童心爲品評至文之準則，肯定一代有一代之文學特色。爲當時擬古、復古之文壇，注入一股清流，文人開始以提倡性靈及表達自我眞情作爲創作之出發點。於是，久被摒之於廟堂之外的民歌、小說、戲曲，逐漸受到人們的重視，更向著繁盛的路上發展。

一、民歌小曲盛行

民歌本是人們用來表達心聲，反映時代面貌的最佳憑藉，民歌亦有稱爲時曲、小曲、山歌者。明中葉之後，民歌逐漸盛行。如卓珂月即說：

> 我明詩讓唐，詞讓宋，曲又讓元，庶幾【吳歌】、【掛枝兒】、【羅江
> 怨】、【打棗竿】、【銀鉸絲】之類，爲我明一絕耳。〔註3〕

他把流行於閭閻里巷的【吳歌】、【掛枝兒】一類的民歌，當作明代文學的代表，並與唐詩、宋詞、元曲爭一席之地，這正顯示著人們不再以廟堂文學爲唯一的創作途徑，不再以典雅駢麗爲辭采之唯一要求，文人們把視野向民間拓展，沿續著李贄、公安三袁等人強調眞情的創作主張，於是直抒胸臆、不事雕琢的民歌，開始受到文人的關注與喜愛。

如：李開先（西元 1502～1568 年）掇拾里巷歌謠，編成《市井豔詞》，在〈《市井豔詞》序〉中說：

> 憂而詞哀，樂而詞褻，此古今同情也。正德初尚【山坡羊】，嘉靖初
> 尚【鎖南枝】，一則商調，一則越調。商調，傷也；越調，悅也，時

〔註 3〕　明・卓珂月之說見於陳宏緒《寒夜錄》卷上，收於《叢書集成初編》（2952～
　　　　57），（北京：中華書局，1985 年北京新 1 版），頁 6。

可考見矣。二詞嘩於市井，雖兒女于初學者，亦知歌之，但淫艷褻狎不堪入耳，其聲則然矣。語意則直出肝肺，不加雕刻，俱男女相與之情，雖君臣友朋，亦多有託此者，以其情尤足感人也。故風出謠口，真詩只在民間。三百篇太半采風者歸奏，予謂古今同情者，此也。〔註4〕

同書《《市井豔詞》又序》中說：

予詞散見者勿論，已行世者，……甲辰有南呂小令，《登壇》及《寶劍記》，脫稿於丁未夏，俗以漸加，而文隨俗遠。至於市井豔詞，鄙俚甚矣，而予安之，遠近傳之。……予獨無他長，長於詞，歲久愈長於俗。遠交王渼陂，近交袁西野，足以資而忘世，樂而忘老，三日不編詞則心煩，不聞樂則耳聾，不觀舞則目瞀，此康對山之託言，而予之事實也。況樂以詞合，舞與詞偕，非予之獨長，乃予之獨辛耳。豔詞已有二跋，意猶不足，復侈言之，以見一時人文之盛，而予無他長，亦得廁名曾與之遊，更爲獨幸中之大幸云。〔註5〕

他強調「真詩只在民間」，原因即在這些里巷歌謠、市井豔詞「語意直出肝肺，不加雕刻」，作品中蘊涵著真切的情感，故能感人肺腑。這樣的觀念在當時文壇上復古派領袖中也有類似的聲音，如李夢陽在其晚年已肯定地說出「真詩乃在民間」〔註6〕，在李開先《詞謔》也記載了李夢陽和何景明對【鎖南枝】等山歌時調的看法：

有學詩文於李崆峒者，自旁郡而之汴省。崆峒教以：「若似得傳唱【鎖南枝】，則詩文無以加矣。」請問其詳，崆峒告以：「不能悉記也。只在街市上閒行，必有唱之者。」越數日，果聞之，喜躍如獲至寶，即至崆峒處謝曰：「誠如尊教。」何大復繼至汴省，亦酷愛之，曰：「時詞中狀元也。如十五國風，出諸里巷婦女之口者，情詞

〔註4〕 詳見明·李開先《李中麓閒居集·序文六之五》《《市井豔詞》序》，此書收於《四庫全書存目叢書》〈集部·別集類〉第92冊，前揭書，頁576～577。

〔註5〕 詳見明·李開先《李中麓閒居集·序文六之八》《《市井豔詞》又序》，此書收於《四庫全書存目叢書》〈集部·別集類〉第92冊，前揭書，頁578～579。

〔註6〕 詳見明·李夢陽《空同先生集》卷50〈詩集自序〉：「夫詩者，天地自然之音也。今途咢而巷謳，勞呻而康吟，一唱而群和者，其真也，斯之謂風也。孔子曰：『禮失而求之野』，今真詩乃在民間，而文人學士顧往往爲韻言謂之詩。……予之詩，非真也。」收於《明代論著叢刊》（臺北：偉文圖書出版社有限公司，民國65年5月出版），頁1436～1439。

> 婉曲，有非後世詩人墨客操觚染翰，刻骨流血所能及者，以其眞
> 也。」〔註7〕

他們都從情感的眞切自然，肯定了民歌的價值。

徐渭（西元 1521～1593 年）在《南詞敘錄》中說：「永嘉雜劇興，則又即宋人詞而益以里巷歌謠，本無宮調，亦罕節奏，徒其取畸農仕女順口可歌而已，諺所謂『隨心令』者，即其技矣。」在這裡可以看出他肯定「里巷歌謠」在戲曲形成過程中的作用。又說：「夫南曲本市里之談，即如今吳下【山歌】、北方【山坡羊】，何處求取宮調？」因此，自然會對《香囊記》「以時文爲南曲」的創作方式大表不滿了。〔註8〕他在〈奉師季先生書〉中說：

> 樂府蓋取民俗之謠，正與古國風一類。今之南北東西雖殊方，而婦
> 女兒童、耕夫舟子、塞曲征吟、市歌巷引，若所謂【竹枝詞】，無不
> 皆然。此眞天機自動，觸物發聲，以啓其下段欲寫之情，默會亦自
> 有妙處，決不可以意義說者。〔註9〕

此段話可以看出徐渭認爲樂府、國風乃至民歌一類的作品，都是經由外在事物的觸發，啓動主體內在之天機，是自然而然的呈現，因此說其妙處只可意會，而難以言傳。所謂「天機自動，觸物發聲」，正是眞實情感的流露，視之爲天籟可矣！

這樣的觀念也反映在徐渭的劇作之中，如《玉禪師》、《女狀元》取材於民間傳說，《雌木蘭》取材於民歌樂府，《玉禪師》中還可以看得到民間元夕隊舞中「耍和尚」的表演。這是徐渭將理論與創作結合的成果。（詳見下編：嘉隆年間雜劇之特色：一、題材來源及運用）

王驥德（約西元 1560～1623 年）《曲律》〈論曲源流第一〉中說：

> 至北之濫流而爲【粉紅蓮】、【銀紐絲】、【打棗竿】，南之濫流而爲吳
> 之【山歌】，越之【採茶】諸小曲，不啻鄭聲，然各有其致。〔註10〕

〔註7〕 詳見明‧李開先《詞謔》〈二七〉，收於《中國古典戲曲論著集成》三，前揭書，頁 286。

〔註8〕 文中三段引文見明‧徐渭《南詞敘錄》，收於《中國古典戲曲論著集成》三，前揭書，頁 240、241、243。

〔註9〕 詳見明‧徐渭《徐渭集》（第二冊）卷 16〈奉師季先生書‧三〉（北京：中華書局，1999 年 2 月第 2 次印刷），頁 458。

〔註10〕 詳見明‧王驥德《曲律》卷 1〈論曲源流第一〉，收於《中國古典戲曲論著集成》四，前揭書，頁 56。下兩段引文見卷 3〈論套數第二十四〉、〈雜論第三十九上〉，頁 132、149。

〈雜論第三十九上〉中說：

> 北人尚餘天巧，今所流傳【打棗竿】諸小曲，有妙入神品者，南人
> 苦學之，決不能入。蓋北之【打棗竿】，與吳人之【山歌】，不必文
> 士，皆北里之俠，或閭閻之秀，以無意得之，猶詩〈鄭〉、〈衛〉諸
> 風，修〈大雅〉者反不能作也。

〈論套數第二十四〉中更說：

> 套數之曲……其妙處，正不在聲調之中，而在句字之外。又須烟波
> 渺漫，姿態橫逸，攬之不得，挹之不盡。摹歡則令人神蕩，寫怨則
> 令人斷腸，不在快人，而在動人。此所謂「風神」，所謂「標韻」，
> 所謂「動吾天機」。不知所以然而然，方是神品，方是絕技。

可見王驥德認為一個好的作品，其「妙處」是在「聲調」、「句子」這些形跡
法度之外的東西，其感染力強，動人心絃，就是所謂「風神」，是大機自成
的。從這一角度出發，王驥德亦不能不承認民間小曲的感人力量。民間小曲
是以其純真的感情動人，是「無意得之」、「妙入神品」的，而這正是通俗文
學動人的藝術境界。

之後，公安派的代表人物袁宏道在〈敘小修詩〉中說：

> 吾謂今之詩文不傳矣，其萬一傳者，或今閭閻婦人孺子所唱【擘破
> 玉】、【打草竿】之類，猶是無聞無識真人所作，故多真聲。不效顰
> 於漢、魏，不學步於盛唐，任性而發，尚能宣于人之喜怒哀樂嗜好
> 情慾，是可喜也。〔註11〕

他肯定這些閭閻婦人孺子、無聞無識之人所作【擘破玉】、【打草竿】之類的
作品，原因即在其為「真聲」，能真實地傳達人們喜怒哀樂嗜好情慾等感受，
因之必能傳之久遠。看來文人們面對這些民歌小曲都是從其情真動人處著
眼，所謂「滿心而發，肆口而成」，正是其不假雕琢而真情流露的寫照。

對於民間歌謠大加讚賞，並且整理收集的，自是非馮夢龍莫屬了。他將
【掛枝兒】編輯《童痴一弄》，【山歌】編輯成《童痴二弄》，在〈序山歌〉中
清楚地道出他對民歌的看法：

> 書契以來，代有歌謠，太史所陳，並稱風雅，尚矣。自楚騷唐律，
> 爭妍競暢，而民間性情之響，遂不得列於詩壇，於是別之曰山歌，
> 言田夫野豎矢口寄興之所為，薦紳學士家不道也。唯詩壇不列，薦

〔註11〕詳見明・袁宏道《袁中郎全集・袁中郎文鈔》〈敘小修詩〉，前揭書，頁5。

紳學士不道，而歌之權愈輕，歌者之心亦愈淺。今所盛行者，皆私
情譜耳。雖然，桑間、濮上，國風刺之，尼父錄焉，以是爲情眞而
不可廢也。山歌雖俚甚矣，獨非鄭、衛之遺焉歟？且今雖季世，而
但有假詩文，無假山歌，則以山歌不與詩文爭名，故不屑假。苟其
不屑假，而吾藉以存眞，不亦可乎？抑今人想見上古之陳於太史者
如彼，而近代之留於民間者如此，倘亦論世之林云爾。若夫借男女
之眞情，發名教之僞藥，其功於【掛枝兒】等，故錄【掛枝詞】而
次及山歌。〔註12〕

文中馮夢龍提到山歌雖不列於詩壇，不爲薦紳學士所樂道，他卻極爲肯定山
歌的存在價值，認爲它是「民間性情之響」、是「田夫野豎矢口寄興之所
爲」，其之眞情自然流露，全無虛僞，故言今世但有「假詩文」，卻無「假山
歌」。文中又以孔子整理編定《詩經》，而未曾將歌詠男女之情的鄭衛之音刪
去爲證，強調其之價值即在「情眞」，故不可廢也。因此要「借男女之眞情，
發名教之僞藥」，意即藉自然之眞情，揭穿禮教的虛僞與不合理處。很明顯
的，這與李贄〈童心說〉及公安派「獨抒性靈，不拘格套」的主張是相互輝
映的。

　　至於明代民歌之發展，沈德符（西元1578～1646年）在《萬曆野獲編》
〈詞曲・時尚小令〉中有清楚的記載：

元人小令行於燕、趙，後浸淫日盛。自宣、正、至成、弘後，中原
又行【鎖南枝】、【傍粧臺】、【山坡羊】之屬，李崆峒先生初自慶陽
徙居汴梁，聞之以爲可繼〈國風〉之後。何大復繼至，亦酷愛之。
今所傳【泥捏人】及【鞋打卦】、【熬鬏髻】三闋，爲三牌名之冠，
故不虛也。自茲以後，又有【耍孩兒】、【駐雲飛】、【醉太平】諸曲，
然不如三曲之盛。嘉、隆間乃興【鬧五更】、【寄生草】、【羅江怨】、
【哭皇天】、【乾荷葉】、【粉紅蓮】、【桐城歌】、【銀紐絲】之屬，自
兩淮以至江南，漸與詞曲相遠，不過寫淫媟情態，略具抑揚而已。
比年以來，又有【打棗竿】、【掛枝兒】二曲，其腔調約略相似，則
不問南北，不問男女，不問老幼良賤，人人習之，亦人人喜聽之，
以至刊布成帙，舉世傳誦，沁人心腑，其譜不知從何來，眞可駭嘆！

〔註12〕詳見魏同賢主編《馮夢龍全集・掛枝兒山歌》〈序山歌〉（上海：上海古籍出
　　　　版社，1993年6月第1版），頁1～4。

又【山坡羊】者，李、何二公所喜，今南北詞俱有此名，但北方惟
盛愛【數落山坡羊】，其曲自宣、大、遼東三鎮傳來，今京師妓女，
慣以此充絃索北調。其語穢褻鄙淺，並桑濮之音亦離去已遠，而羈
人游婿，嗜之獨深，丙夜開樽，爭先招致。而教坊所隸箏纂等色，
及九宮十二則，皆不知為何物矣。俗樂中之雅樂，尚不諧里耳如此，
況眞雅樂乎！〔註13〕

沈德符爲萬曆年間人，在所寫這段資料，我們可以看到從元代到明萬曆年間
民歌發展的大致輪廓。首先，沈德符依著時代的發展說明明代各個時期民歌
小調的流行狀況及常用曲調，在宣宗宣德、英宗正統到憲宗成化、孝宗弘治
這一段期間，民歌小調主要流行在中原地區，因而引起李夢陽、何景明等文
壇領袖之注意；到了世宗嘉靖、穆宗隆慶年間，民歌的發展更爲興盛，不僅
曲調種類繁多，流行區域也更爲廣泛；到了萬曆年間，由作者所述「不問南
北，不問男女，不問老幼良賤，人人習之，亦人人喜聽之」、「舉世傳誦」就
可知民歌在當時受歡迎的程度了。其次，民歌的內容，從題目可知其取材於
日常生活，反映人民之心聲，故李夢陽見之以爲可繼〈國風〉之後。又其中
所述多爲男女之情，故言「淫媟情態」、「漸與詞曲相遠」、「其語穢褻鄙淺」，
這與文人寫作所要求的典雅含蓄自是不同，但卻不減其受歡迎的程度，由所
述京師妓女演唱時，羈人游婿爭相招致即可看出。第三，文中所述「刊布成
帙，舉世傳誦」，可知當時已有專門從事整理、刊刻民歌的人了，這對民歌的
流行與流傳都有極重大的意義。

今日可見明代民歌選集，據楊蔭瀏《中國古代音樂史稿》〈民間歌謠〉所
記有：

1～4、明成化間（1465～1487）金臺魯氏所刊的《四季五更駐雲飛》、
《題西廂記詠十二月賽駐雲飛》、《太平時賽賽駐雲飛》、《新編寡婦
烈女詩曲》。

5、明萬曆（1573～1620）刊本《玉谷調簧》。

6、明萬曆刊本《詞林一枝》。

7～8、明天啓（1620～1627）崇禎（1628～1644）間吳縣馮夢龍輯
《挂枝兒》及《山歌》。

〔註13〕詳見明・沈德符《萬曆野獲編》卷25〈詞曲・時尚小令〉，前揭書，頁692。

9～10、明醉月子《新鐫雅俗同觀掛枝兒》及《新鍥千家詩吳歌》。

……

明代的民歌、小曲歌詞除上列 1～10 種專輯以外，在正德刊本的曲詞《盛世新聲》、嘉靖刊本的曲詞《詞林摘艷》和《雍熙樂府》裡，還可以找到一部分；若連同散見於明人筆記和雜著等書中的，一併計算在內，則約有千首左右。〔註14〕

　　民歌以質樸的寫作技巧，情感流露的眞實，讀來清新可喜，略舉數例於下。《詞林一枝》中層有〈新增楚歌〉，其中有【羅江怨】，今舉兩首於下：

　　紗窗外，月正收，送別情郎上玉舟。雙雙攜手叮嚀囑，囑咐你早早回頭。熱碌碌難捨難丟，難丟難捨心肝肉。旱路兒去，早早投宿。水路兒去，少坐舡頭，夜風吹了無人顧。那時節郎在京都，小妹子獨守秦樓，相思兩下難禁受。

　　紗窗外，月影昏，我爲冤家半掩門。綉裳駕枕安排定，等得我意懶心慵。向燈前撫會瑤琴，彈來滿指都是相思韻。在誰家戀著閒花，別得我冷冷清清，清清冷冷誰愁問。也不是棄舊迎新，也不是負義忘恩，算來還是奴薄命〔註15〕。

馮夢龍所輯《掛枝兒》：

　　〈噴嚏〉對粧臺忽然間打個噴嚏，想是有情哥思量我。寄個信兒，難道他思量我剛剛一次？自從別了你，日日珠淚垂。似我這等把你思量也，想你的噴嚏兒常似雨！〔註16〕

　　〈夢〉正三更，做一夢團圓得有興。千般恩，萬般愛，摟抱著親親。猛然間驚醒了，教我神魂不定。夢中的人兒不見了，我還向夢中去尋。囑咐我夢中的人兒也，千萬在夢中兒等一等。

《山歌》：

　　〈模擬〉弗見子情人心裡酸，用心模擬一般般，閉子眼睛望空親箇

〔註14〕詳見楊蔭瀏《中國古代音樂史稿》第 4 冊〈第八編明清〉第二十九章〈民間歌謠〉（臺北，丹青圖書有限公司，民國 75 年 3 月臺 3 版），頁 4。

〔註15〕兩首【羅江怨】，詳見明・黃文華編撰《詞林一枝》，此書收於王秋桂主編《善本戲曲叢刊》第一輯，（臺北：臺灣學生書局，民國 73 年 7 月景印初版），頁 11～12、29～30。

〔註16〕《掛枝兒》〈噴嚏〉、〈夢〉，見魏同賢主編《馮夢龍全集・掛枝兒山歌》，前揭書，頁 61、69。《山歌》〈模擬〉，見頁 12。

嘴，接連叫句俏心肝。

白描的寫作技巧，把心裡的情感不加遮掩地流露出來，民歌引人入勝處，亦正在此。

二、小說日趨繁榮

　　中國傳統的文學觀念，以詞曲、小說為小道末技，難登大雅之堂，故不受重視。但這觀念在明代中葉以後開始有了改變，也為小說、戲曲的空前盛況帶來了契機。〔註17〕

　　如：李贄在〈童心說〉中強調只要童心常存，所有作品皆可視為至文，更舉時人評為「誨淫」、「誨盜」的《西廂曲》、《水滸傳》為天下至文，原因無他，「絕假純真」而已。他在〈忠義水滸傳序〉文中亦說：

> 太史公曰：「〈說難〉、〈孤憤〉，賢聖發憤之所作也。」由此觀之，古之賢聖，不憤則不作矣。……《水滸傳》者，發憤之所作也。……故有國者不可以不讀，一讀此傳，則忠義不在水滸，而皆在君側矣。賢宰相不可以不讀，一讀此傳，則忠義不在水滸，而皆在朝廷矣。兵部掌軍國之樞，督府專閫外之寄，是又不可以不讀也，苟一日而讀此傳，則忠義不在水滸，而皆為干城心腹之選矣。否則，不在朝廷，不在君側，不在干城心腹。烏乎在？在水滸。此傳之所為發憤矣。〔註18〕

李贄指出小說亦有教化之功能，這種想法似乎也影響了袁宏道，在他寫給董其昌的信中提到對《金瓶梅》的看法：

〔註17〕關於明代小說戲曲興盛之因，可參見劉輝〈論明代小說戲曲空前興盛之原因——中國小說與戲曲比較研究弁言〉一文，此文從較多層面加以探討。在論及小說戲曲興盛之因，除了工商業經濟的繁榮、王學左派思想的影響、小說戲曲與現實生活關係密切及印刷術的發達之外，還與封建社會走向衰亡，宗法禮教、道德倫理亦隨之逐漸解體有關。在這種社會背景下，有一批有識之士大力鼓吹，遂使小說戲曲的社會地位得以空前提高，而有了不同於往的現象，如：小說戲曲始見著錄於官家書目、作家文集始收讀小說戲曲之文序跋、選本收小說戲曲、書畫家傳鈔小說戲曲並為之作圖等。最後論及小說戲曲地位之鞏固確立，實有賴於對它的文學價值和美學價值的充分肯定，而擔此大任者，則為小說戲曲的理論批評，因此評點家的出現，更與小說戲曲的空前興盛，有著直接的關係。此文收於劉輝《小說戲曲論集》（臺北：貫雅文化事業有限公司，民國81年3月初版），頁1～16。

〔註18〕詳見明‧李贄《焚書》卷3〈雜述‧忠義水滸傳序〉，前揭書，頁109～110。

《金瓶梅》從何得來？伏枕略觀，雲霞滿紙，勝於枚乘《七發》多矣。〔註19〕

袁宏道以《金瓶梅》比枚乘《七發》，應是著眼於社會教育的價值上，「指《金瓶梅》能夠更有效的發揮諷諫的作用，能夠在色慾淫情的描繪中，讓讀者知所警惕，因而不蹈西門慶的覆轍。」〔註20〕他在〈聽朱先生說《水滸傳》〉一詩中說：

少年工詼諧，頗溺〈滑稽傳〉，後來讀《水滸》，文字益奇變。六經非至文，馬遷失組練。一雨快西風，聽君酣舌戰。〔註21〕

在〈東西漢通俗演義序〉中又說：

人言《水滸傳》奇，果奇。予每撿《十三經》或《二十一史》，一展卷即忽忽欲睡去，未有若《水滸》之明白曉暢，語語家常，使我捧玩不能釋手者也。若無卓老揭出一段精神，則作者與讀者千古俱成夢境。〔註22〕

可見袁宏道和李贄一樣，把《水滸傳》置於六經之上，且讚賞其文字「明白曉暢，語語家常」，則是注意到小說的寫作特色，對之後馮夢龍等人之小說理論應有啟迪之功。

前段曾述馮夢龍刊行《山歌》之類的作品，要「借男女之真情，發名教之偽藥」，他看到了通俗文學的價值和在文學上之地位，這種態度也同樣反映在他對小說的刊行。如綠天館主人在《古今小說·序》中說：

大抵唐人選言，入於文心；宋人通俗，諧於里耳。天下之文心少而里耳多，則小說之資於選言者少，而資於通俗者多。試令說話人當場描寫，可喜可愕，可悲可涕，可歌可舞，再欲捉刀，再欲下拜，再欲決胜，再欲捐金。怯者勇，淫者貞，薄者敦，頑鈍者汗下。雖小誦《孝經》、《論語》，其感人未必如是之捷且深也。噫！不通俗能之乎？〔註23〕

〔註19〕 詳見明·袁宏道《袁中郎全集》〈袁中郎尺牘〉〈董思白〉，前揭書，頁21。
〔註20〕 詳見周質平〈論晚明文人對小說的態度〉，《中外文學》第11卷第12期，民國72年5月，頁102。
〔註21〕 詳見明·袁宏道《袁中郎全集·袁中郎詩集》〈聽朱先生說水滸傳〉，前揭書，頁21。
〔註22〕 詳見明·袁宏道〈東西漢通俗演義序〉，《袁中郎全集》未見此篇，轉引自馬信美《晚明文學新探》，頁97。
〔註23〕 詳見魏同賢主編《馮夢龍全集·古今小說》〈古今小說敘〉，前揭書，頁5～7。

《古今小說》，即《喻世明言》，其序雖署名「綠天館主人」，實則可視爲馮夢龍對小說的看法。他強調小說俱有感染、教育人心的作用，其功能甚至比文人奉爲規桌的《四書》、《五經》來得更快更深。當然，這是站在儒家教化的立場，強調小說也有益於世道人心，藉此提昇小說的地位。但他突顯了小說通俗化的藝術特色，則是難能可貴之處。類似之說在豫章無礙居士《警世通言‧序》中亦可看到：

> 野史盡眞乎？曰：不必也。盡贗乎？曰：不必也。然則，去贗而存
> 其眞乎？曰：不必也。……人不必有其事，事不必麗其人。其眞者
> 可以補金匱石室之遺，而贗者亦必有一番激揚勸誘、悲歌感慨之
> 意。事眞而理不贗，即事贗而理亦眞，不害于風化，不謬于聖賢，
> 不戾于詩書經史，若此者其可廢乎？……夫能使里兒頓有刮骨療毒
> 之勇，推此說孝而孝，說忠而忠，說節義而節義。觸性性通，導情
> 情出，視彼切磋之彥，貌而不情；博雅之儒，文而喪質；所得竟未
> 知孰贗而孰眞也。〔註24〕

除了教化的功能，他也提出了小說和眞實生活的關係，藝術雖離不開生活，卻不等於生活，但其之眞情卻是不可少的，否則如何有「激揚勸誘、悲歌感慨」之感染力。至於隴西可一居士《醒世恆言‧序》中所說：

> 六經國史而外，凡著述皆小說也。而尚理或病于艱深，修詞或傷于
> 藻繪，則不足以觸里耳而振恆心。此《醒世恆言》四十種所以繼
> 《明言》、《通言》而刻也。明者，取其可以導愚也；通者，取其
> 可以適俗也；恆則習之而不厭，傳之而可久。三刻殊名，其義一
> 耳。〔註25〕

此篇可視爲《三言》之總序，更看出馮夢龍對小說的體認，既有導愚、通俗的功用，更有傳之久遠的特質，其之影響豈在六經國史之下！在《三言》的影響下，作家模擬話本形式創作的短篇小說，即所謂「擬話本」，日漸盛行，如：凌濛初《二拍》及抱甕老人於《三言》、《二拍》近兩百篇的作品中，選出四十篇，重新題爲《今古奇觀》，盛行至今。此外，天然癡叟《石點頭》、周清源《西湖二書》、東魯古狂生《醉醒石》等，皆爲重要作品。

　　文人們對小說觀念的改變，只能視之爲創作視野的開闊，若要小說普遍

〔註24〕詳見魏同賢主編《馮夢龍全集‧警世通言》〈警世通言敘〉，前揭書，頁1～8。
〔註25〕詳見魏同賢主編《馮夢龍全集‧醒世恆言》〈醒世恆言敘〉，前揭書，頁1～2。

流行於世，還要有著時空環境的配合才能成其盛況。

明中葉嘉靖以後，工商業活躍，城市經濟繁榮，人們對於娛樂的需求也日漸增加。此時印刷技術的改革〔註26〕，大幅度地提昇印書效率和降低成本，書商們有利可圖，便積極刊印各種書籍，其中受到歡迎的小說，更為書商所喜愛；也為通俗文學如小說、話本之廣泛流行，提供了有利的契機。陸容《菽園雜記》中寫道：

> 國初書版，惟國子監有之，外郡縣疑未有。……宣德、正統間，書籍印版尚未廣。今所在書版，日增月益，天下古文之象，愈隆於前已。但今士習浮靡，能刻正大古書以惠後學者少，所刻皆無益，令人可厭。上官多以餽送往來，動輒印至百部，有司所費亦繁，偏州下邑寒素之士，有志佔畢，而不得一見者多矣。嘗愛元人刻書，必經中書省看過下所司，乃許刻印。此法可救今日之弊，而莫有議及者，無乃以其近於不厚與。〔註27〕

可見當時刻書的目的，不僅可以謀利，還可以作為餽贈上司的禮物。雖然他站在傳統文人的立場，認為當時所刻多為無益之書，且以之餽贈上司，多有不滿之意。其所謂無益之書，當指通俗小說、話本、戲曲之類的作品，而這正是一般百姓所喜聞樂見的。

又如：焦循《劇說》引葉盛《水東日記》所說：

> 今書坊相傳射利之徒，偽為小說雜書。南人喜談如漢小王光武、楊六使文廣，北人喜談如繼母大賢等事，甚多。農工商販，抄寫繪畫，家蓄而人有之。痴騃女婦，尤所酷愛，好事者因目為「女通鑑」。甚者，呂文穆、王龜齡諸名賢，百態誣衊，作為戲劇，以為佐酒樂客之具。士大夫不以為非，亦相率而推波助瀾，遂氾濫而莫

〔註26〕 關於明代印刷技術之提昇，可參見：李光璧《明朝史略》第四章〈商品經濟的發展與資本主義萌芽的滋長。沿海倭寇的侵擾與歐洲資本原始積累時期海盜商人得東來〉第一節〈商品經濟的發展與資本主義萌芽的滋長〉「造紙和印刷業上的成就」，前揭書，頁 108～111。《中華文明史》第八卷（明代）第三章〈自然科學和技術的進步〉第三節〈手工業技術的極大提高・五、印刷和火藥技術的空前進步〉，前揭書，頁 170～171。韓大成《明代城市研究》第十章〈城市的作用〉第二節〈繁榮文化・三、出版印刷業的進步〉，前揭書，頁 619～623。

〔註27〕 詳見明・陸容《菽園雜記》卷 10，收於《元明史料筆記叢刊》（北京：中華書局，1997 年 12 月湖北第 2 次印刷），頁 128～129。

之救。〔註28〕

可見印刷業的發達和一般大眾的閱讀需求，都給了通俗文學有利的發展條件。而小說的內容亦為戲劇所吸收，在宴客之際演出，以達樂客助興的目的，這種風氣更因文人的推波助瀾而盛行，遂成當時的文化氛圍。以下進一步進嘉隆間戲劇演出的情況。

第二節　賽社演劇

一、賽社演劇淵源久遠

　　中國以農立國，年終時節有所謂「蠟祭」，在戲曲的形成淵源中，它展現著歌舞樂的初步結合。如王肅《孔子家語》〈觀鄉射〉中所述：

> 子貢觀於蠟。孔子曰：「賜也，樂乎？」對曰：「一國之人皆若狂，
> 賜未知其為樂也。」孔子曰：「百日之勞，一日之樂，一日之澤，非
> 爾所知也。」〔註29〕

又有所謂「賽社」之名，如高承《事物紀原》〈歲時風俗部〉「賽神」條即言：

> 《禮・雜記》曰：「子貢觀於蠟。子曰：『百日之勞，一日之樂。』」
> 鄭康成謂：歲十二月，索鬼神而祭祀，則黨正以禮屬民而飲酒，勞
> 農而休息之，使之燕樂，是君之澤也。今賽社則其事爾。今人以歲
> 十月農工畢，里社致酒食以報田神，因相與飲樂，世謂社禮始於周
> 人之「蠟」云。〔註30〕

人們藉著「百日之勞，一日之樂」的賽社盛況，使久積的疲憊，得到盡情的釋放、紓解，這樣的心理是可以理解的。於是敬神之中，自帶有濃厚的娛人興味。在孟元老《東京夢華錄》〈六月六日崔府君生日二十四日神保觀神生日〉條中，即可清楚看出賽社敬神娛人的盛況：

> 二十四日州西灌口二郎生日，最為繁盛。……至二十四日，夜五更

〔註28〕詳見清・焦循《劇說》卷1引葉盛《水東日記》卷21之說法，收於《中國古典戲曲論著集成》八，（北京：中國戲劇出版社，1982年11月第4次印刷），頁88。

〔註29〕詳見三國魏・王肅《孔子家語》卷7〈觀鄉射第二十八〉（臺北：拔提書局，民國45年8月臺1版），頁271。

〔註30〕詳見宋・高承《事物紀原》卷8〈歲時風俗部〉「賽神」條，收於《叢書集成初編》（1209～13），（北京：中華書局，1985年北京新1版），頁310。

> 爭燒頭爐香,有在廟止宿,夜半起以爭先者。天曉,諸司及諸行百
> 姓獻送甚者。其社火呈於露臺之上,所獻之物,動以萬數。自早呈
> 拽百戲,如:上竿、趯弄、跳索、相撲、鼓板、小唱、鬥雞、說諢
> 話、雜扮、商謎、合笙、喬筋骨、喬相撲、浪子、雜劇、叫果子……
> 色色有之,至暮呈拽不盡。〔註31〕

在酬神謝恩、祈福逐疫、敬神娛人的賽社活動中,許多習俗、技藝、百戲、雜劇……等,也因之流傳下來。

明代經濟繁榮、社會風尚日趨奢靡,歲時節令、迎神賽會的活動自亦隨之熱鬧紛華。如劉侗、于奕正《帝京景物略》「燈市」條中所記北京城元宵節的燈市盛況:

> 上元十夜燈,則始我朝。太祖初建南都盛為綵樓,招徠天下富商,
> 放燈十日。今北都燈市,起初八至十三而盛,迄十七乃罷也。……
> 向夕而燈張、樂作、烟火施放。于斯時也,絲竹肉聲,不辨拍煞。

> 原文於「樂作」下有作者註云:「樂則鼓吹、雜耍、絃索。鼓吹則橘
> 律、陽撼、東山、海青、十番。雜耍則隊舞、細舞、筒子、觔斗、
> 蹬罈、蹬梯。絃索則套數、小曲、數落、打碟子。」〔註32〕

帝京元宵節持續十天的燈節,百戲雜耍並陳競技,鼓吹絃索更極音樂宴饗之能事,當時熱鬧盛況,實可想見,至於其他節慶應可類推。

帝京之外的其他地區,也同樣看得到人們節慶活動的盛況,田汝成《西湖游覽志餘》(成書於嘉靖二十六年,西元 1547 年),也記載杭州一年中的賽社獻藝至少有下列幾次:

> 立春之儀,附郭兩縣,輪年遞辦。仁和縣於仙林寺,錢唐縣於靈芝
> 寺,前期十日,縣官督委坊甲,整辦什物,選集優人、戲子、小妓,
> 裝扮社夥(筆者按:火),如《昭君出塞》、《學士登瀛》、《張仙打
> 彈》、《西施採蓮》之類,種種變態,競巧爭華,教習數日,謂之演
> 春。至日,郡守率群僚往迎,前列社夥,殿以春牛,士女縱觀,闐

〔註31〕 詳見宋・孟元老《東京夢華錄》卷8〈六月六日崔府君生日二十四日神保觀神
　　　　 生日〉條,收於宋・孟元老等著,周峰點校《東京夢華錄》(外四種)(北京:
　　　　 文化藝術出版社,1998 年 8 月北京第 1 版),頁 53。
〔註32〕 詳見明・劉侗、于奕正《帝京景物略》卷 2「燈市」條,此書收於《北平地方
　　　　 叢書第二輯・1、帝京景物略八卷》(臺北:古亭書屋,民國 59 年 11 月影印
　　　　 初版),頁 103～105。

塞市街。

正月十五爲上元節，前後張燈五夜。……或祭賽神廟，則有社夥、
鰲山、臺閣、戲劇、滾燈、烟火，無論通衢委巷，星布珠懸，皎如
白日，喧闐徹旦。

清明，……蘇堤一帶，桃柳陰濃，紅翠間錯，走索、驃騎、飛錢、
拋鈸、踢木、撒沙、吞刀、吐火、躍圈、觔斗、舞盤，及諸色禽蟲
之戲，紛然叢集。而方外優妓，歌吹覓錢者，水陸有之，接踵承
應。

郡人觀潮，自八月十一日爲始，至十八日最盛，……是日，郡守以
牲醴致祭於潮神，而郡人士女雲集，……伺潮上海門，則泅兒數十，
執綵旗，樹畫傘，踏浪翻濤，騰躍百變，以誇材能。豪民富客，爭
賞財物。其時，擊毬關（筆者按：似宜作鬥）攢，魚鼓彈詞，聲音
鼎沸，蓋人但藉看潮爲名，往往隨意酣樂耳。〔註33〕

在節慶之中可以清楚地看到，「社火」亦爲重要活動，如立春「優人、戲子、
小妓裝扮社火」、上元「戲劇」、錢塘觀潮「優人百戲」，這是自古以來百戲並
陳的表演方式的延續，而「人但藉看潮爲名，往往隨意酣樂」，正可看出藉節
慶自娛的心態。

至於迎神賽會，可以王穉登《吳社編》中所記明代東吳一帶的賽社情況
作爲說明：

里社之設，所以祈年穀、祓災祲、洽黨閭、樂太平而已。吳風淫
靡，喜訛尚怪，輕人道而重鬼神，舍醫藥而崇巫覡，毀宗廟而建
淫祠，黜祖禰而尊野屬。嗚呼！弊也久矣。每春夏之交，妄言神
降……百戲羅列，威儀雜遝。……凡神所棲舍，具威儀簫鼓雜戲迎
之曰會。優伶伎樂、粉墨綺縞、角觝魚龍之屬，繽紛陸離，靡不畢
陳。……雜劇則《虎牢關》、《曲江池》、《楚霸王》、《單刀會》、《遊
赤壁》、《劉知遠》、《水晶宮》、《勸農丞》、《采桑娘》、《三顧草廬》、
《八仙壽慶》。〔註34〕

〔註33〕詳見明‧田汝成《西湖游覽志餘》第 20 卷〈熙朝樂事〉（臺北：世界書局，
　　　民國 52 年 5 月初版），文中所述各節令之活動見頁 354、355、359、361～
　　　362。
〔註34〕詳見明‧王穉登《吳社編》，收於明‧陶宗儀等編《說郛三種》第 10 冊〈說

雖然王稺登不滿當時淫靡尚怪的風尚，但在其文中我們卻可看見民間「百戲羅列，威儀雜遝」的賽社盛況，其中雜劇的搬演，更為盛事。雖然北曲雜劇在明代中葉以後，漸趨衰微，而朝著「南雜劇」及「短劇」的方向發展（詳見本文下編，第壹章第一節　嘉隆年間雜劇之演進情勢），但在民間迎神賽社活動中仍可見其演出，這正反映出文人士夫與庶民百姓審美觀的不同。此外，范濂《雲間據目抄》〈記風俗〉亦云：

> 倭亂後，每年鄉鎮，二三月間迎神賽會，地方惡少喜事之人，先期聚眾，演雜劇故事，如《曹大本收租》、《小秦王跳澗》之類，皆野史所載，俚鄙可笑者。然初猶僅學戲子裝束，且以豐年舉之，亦不甚害。至萬曆庚寅（萬曆十八年，西元 1590 年），各鎮賃馬二三百匹，演劇者皆穿鮮明蟒衣靴革……如扮狀元遊街，用珠鞭三條，價值百金有餘。又增妓女三四十人，扮為寡婦征西、昭君出塞，名色華麗……種種精奇，不能悉述。……郡中士庶，爭挈家往觀，遊船馬船，擁塞河道，正所謂舉國若狂也。每鎮或四日，或五日乃止，日費千金。且當歷年饑饉，而爭舉孟浪不經，皆予所不解也。〔註35〕

由文中所述可知：迎神賽會演劇之風氣，在明代中葉以後已極普遍，在爭奇鬥豔的心態下，已由之前戲子裝束到價值百金有餘的行頭，種種精奇，自是所費不貲，甚至在饑饉之年，亦不減其奢華，「舉國若狂」、「郡中士庶，爭挈家往觀」，則是觀劇者遍及社會各階層的真實寫照。〔註36〕

綜上所述可知，迎神賽會演劇助興的風氣由來久遠。戲劇演出，不僅是

郭續四十六卷〕（上海：古籍出版社，1998 年第 1 版），頁 1356～1358。

〔註35〕詳見明・范濂《雲間據目抄》卷 2〈記風俗〉，收於《筆記小說大觀二十二編》第 5 冊，前揭書，頁 2628。同書卷 2〈記風俗〉中另記一事，亦見民間祀神活動之熱鬧情形，今錄於此以供參考：「泗涇居民，私創小武當，翕然稱為靈應，松民進香者如歸市。越三年，為萬曆辛卯，郡有奸徒二十餘人，忽謀建小武當於南門外，演武場面，前後殿宇，窮極壯麗。……已又卜日，迎祖師登殿，亦用王靈官淨街，戲子妓女約十餘班，鼓樂旂燈無算，復扮背敕捧印員役，竟不知敕印從何處得來，男婦遨遊，拈香念佛者千計。」頁 2635～2636。

〔註36〕觀劇者遍及社會各階層之記載，在明・王稺登《吳社編》中也說：「每春夏之交，妄言神降。於是游手逐末、亡賴不逞之徒，張皇其事，亂市井之聽，惑稺狂之見。朱門纓笏之士，白首耄耋之老，芬鐒篁笠之夫，建牙羆虎之客，紅顏窈窕之媛，無不驚心奪志，移聲動色，金錢玉帛，川委雲輸，百戲羅列，威儀雜遝。」前揭書，頁 1356。

農業社會人民最佳的休閒消遣，又因節令慶典與迎神賽會的結合，使得帶有祭祀性質的演劇，便成為「酬神」兼「娛人」神人共樂的重要節目，這就是孔子所謂「百日之勞，一日之樂」的浮世繪。而此類民間演劇，自然是由民間職業戲班擔綱演出；節令迎神的公演，民間劇團除了藉此謀生，也是展露劇藝的機會。

二、嘉隆年間賽社演劇之盛況

（一）《迎神賽社禮節傳簿四十曲宮調》述略

西元 1985 年，一批大陸戲曲學者在山西省潞城縣崇道鄉南舍村堪輿家曹占標處，得到他們珍藏四百餘年的《迎神賽社禮節傳簿四十曲宮調》（以下行文簡稱《禮節傳簿》）手抄本。曹家自遠祖曹震興於明朝中葉充任陰陽官（即：堪輿先生）開始，歷代都以此為業。到了明神宗萬曆二年（西元 1574年），曹震興之孫曹國宰抄錄此本，作為曹家參與「官賽」或本村「調家龜」時〔註37〕，充任科頭（即：唱禮生）唱禮的依據，代代珍藏，至今已四百餘年。

《禮節傳簿》封面左側近書口處，直書「迎神賽社禮節傳簿四十曲宮調」，中間書寫「萬曆二年正月十三日　抄立」，右卜方書寫「選擇堂　曹國

〔註37〕何謂「官賽」？「調家龜」？據寒聲之解釋為：
「這種迎神賽社和一般村社節目祀神的『社火』活動不同，要由堪輿家掌禮，樂戶演出。『官賽』又稱『大賽』，是圍繞一座神廟由許多村社聯合舉辦的。總負責人稱『維首』，具體組織賽社祭祀者稱『科頭』。每年按照該神廟的傳統祀神日舉行。……官賽除由堪輿家擔任科頭（主禮生）外，其演出節目均由樂戶擔任。唱的戲總稱『隊戲』，又名『樂劇』，包括隊戲（又可分正隊戲、供盞隊戲、啞隊戲三種）、院木、雜劇、清戲等。辦賽一次，往往要組織全縣或幾個縣的樂戶參與組班。『調家龜』是由一個自然村的村民自行辦賽。潞城縣崇道鄉南舍村就是這樣。據說是為了保佑全村男女平安，每五年舉辦一次。隊戲又名『龜戲』或『調龜』，是舊社會對樂戶的辱稱。南舍村的『調家龜』，是本村男丁在本村辦賽，不出村服務。其祀神演出程序與官賽相同。由於『隊舞』、『隊戲』、『啞隊戲』演出規模龐大，有些節目需百多名演員上場，加上四班後行樂隊演奏，祀神供盞儀式等等，用人很多。演出場所，除了本村玉皇廟舞臺外，尚需臨時再搭草臺五座，戲棚一個。這樣，南舍村辦一次賽，就須動員全村近千人參加，還必須請一些樂戶排戲和協助演奏，耗資很多。」
詳見寒聲、栗守田、原雙喜、常坦之〈《迎神賽社禮節傳簿四十曲宮調》注釋〉一文，寒聲執筆之〈前言〉部份。《中華戲曲》第 3 輯，（山西：山西師範大學戲曲文物研究所），1987 年 4 月，頁 52～53。

宰誌」〔註38〕。其中內容，大致可分爲四部分：

第一部分，題爲「周樂星圖本正傳四十曲宮調」，內容敘述中國音樂在周莊王時已極發達，因此先敘天府八樂星君，分掌金、石、絲、竹、匏、土、革、木八音之情況，以合其開首詩云：「吹動教坊四十曲，感動神靈側耳聽」之意。

第二部分，原文未有明顯標題，只書「又按：漢本正傳，司馬肅爲：後漢光武設朝，登九五之位，雲臺二十八宿詔宣闕下……」將輔佐光武中興的二十八位功臣，附會爲天上二十八星宿。

第三部分，原文題「二十八星宿值日開後」，並云「樂臺出排不寫值日姓名，只開形容、衣色、物件」，這一部分是《禮節傳簿》的主要容，記錄了祀神的禮儀程序、二十八宿之扮相、食性、分野及所奏宮調曲牌，繼而開列七次供盞時樂戶所演之樂舞、隊戲，及供盞完畢後在神殿外的舞臺上演出的正隊戲、院本、雜劇劇目。

第四部分，原文未有標題，直承上部分，而作「《齊天樂鬼母子揭缽》一單‧舞曲破」，據寒聲等人〈《迎神賽社禮節傳簿四十曲宮調》注釋〉一文，將此部分題爲「樂舞、啞隊戲角色排場單二十五個」，記錄了啞隊戲舞蹈中各個故事的人物、砌末及簡單的情節大要。如「《樊噲腳黨鴻門會》一單　舞」：

> 范曾定計，陳平斟酒，丁么、雍齒、項壯、項伯雙劍舞，樊噲喝開
> 鴻門會，收兵，韓信執戟郎中，漢王，張良保駕，上，散。

藉由「定計」、「斟酒」、「舞劍」、「喝開」、「收兵」、「保駕」等動作提示，描繪鴻門宴之情節，可見其藉著舞蹈化的動作傳達劇情，而非戲劇型態的演出。郝譽翔《儺：中國儀式戲劇之研究》〈《迎神賽社禮節傳簿四十曲宮調》〉中，考述啞隊戲之演出情況：

> 對照《禮節傳簿》第四部分啞隊戲的角色排場單，每一單上注明上
> 場人物和簡單的劇情提要，……以「舞」開始、「散」結束，顯見是
> 以透過舞蹈來演說故事，再從它列出的表演內容看來，《齊天樂鬼子
> 母揭缽》一齣爲觀音收服鬼子母，《關大王破蚩尤》爲諸神與關公、
> 五岳陰兵等降服蚩尤，……應屬於除煞的儀式戲劇。……總括二十

〔註38〕　《迎神賽社禮節傳簿四十曲宮調》手抄本影印，可見於《中華戲曲》第 3 輯，
　　　　前揭書，1987 年 4 月，頁 2～50。

　　五個啞隊排場單中，有三個除煞劇目，十九個祈福扮仙的劇目，可
　　以說幾乎全屬儀式戲劇的範疇。〔註39〕

這樣的表演性質正是賽社結合宗教與戲劇的具體表現。

　　綜觀以上所述可知《禮節傳簿》中第一、二部分，只是在交代八樂星
君、雲臺二十八將與二十八星宿的關係，第三、四部分才是迎神賽社中儀式
和演出節目的具體內容。《禮節傳簿》記錄了明中葉山西上黨地區迎神賽社的
禮儀，反映了當時宗教活動、民俗技藝和戲曲演出的關聯，更藉著這樣的宗
教活動保存了當時戲曲演出的情形的和劇目。此書雖抄立於萬曆二年（西元
1574年），所據卻爲生存於嘉靖年間的曹震興所記，作爲一個居於窮鄉僻壤的
陰陽先生，所記劇目自非即世之作，應是產生於此時之前，後來才流傳到彼
處的傳本〔註40〕。因此，這些劇目不僅反映了明嘉靖以前的戲曲活動狀況，
也說明了明朝前期的劇壇應是个寂寞的！

（二）《迎神賽社禮節傳簿四十曲宮調》所記供盞祀神的演出方式

　　在《禮節傳簿》「二十八星宿值日開後」部分有「享祀神祇供饌，獻樂事，
照得是日頭場、正賽、末賽之期，係星宿值日」之語。可知無論「官賽」或
「調家龜」，賽期均爲三天，第一天稱頭場，第二天稱正賽，第三天稱末賽。
辦賽前一天有迎神之俗，亦即將各路神祇從村內各廟迎進大廟，俗稱「上香
會」，並按流年月日十二辰次，決定二十八宿神祇當值。賽畢，則有送神儀
式，至此整個迎神賽社活動才算圓滿結束。〔註41〕至於賽社期間，每天早上

〔註39〕　詳見郝譽翔《儺：中國儀式戲劇之研究》第三章〈社儺〉第一節〈賽社文化
　　　　　與戲曲〉、第二節《迎神賽社禮節傳簿四十曲宮調》〉（國立臺灣大學中國文
　　　　　學研究所博士論文，民國87年6月），頁96~97。

〔註40〕　此說參見黃竹三〈我國戲曲史料的重大發現——山西潞城明代《禮節傳簿》
　　　　　考述〉一文，其言：「在這些劇目中，我們粗略考察一下，即可發現它們和宋雜
　　　　　劇、金院本、南戲以及元雜劇有密切的關係。其中一部分本身就是宋元時期的
　　　　　作品，一部分則由宋元劇目發展而來。」之後藉由劇目之考證以明其說無誤。
　　　　　此文收於《中華戲曲》第3輯，前揭書，1987年4月，頁137～152。

〔註41〕　「上香會」之名見於張振南〈樂劇與賽社〉一文之「迎神與賽社」、「劃壇與
　　　　　送神」及「補敘迎神一節」中，其言：「賽期先要迎神，（俗叫上香會）。所謂
　　　　　迎神，就是賽廟的主神要做東道主，要請應邀的諸神前來參赴盛會，……大
　　　　　賽正期一般都是三天，三峻神廟的賽期是六月六日，而迎神是在六月初五舉
　　　　　行。……上香會是用許多鼓樂、許多故事、許多傘扇執事和多種儀仗隊排成
　　　　　一列長長社火隊伍，最後，由三峻神法駕督陣而歸。」又言：「每一處大賽，
　　　　　在三天正期轟轟烈烈地過去之後，第四天，……樂隊人員和主禮生還有尚未

要在殿前舉行一套像皇帝大宴般的祀神供盞儀式，按照主禮生唱禮程序，在七次供盞的過程中，既要向神祇供獻饌餳，同時樂戶要在拜殿或露臺上奏樂、獻歌、舞曲破和演出供盞隊戲；待供盞完畢，樂戶合唱、收隊之後，便轉到神殿對面的舞臺上，繼續演出正隊、院本、雜劇等節目。

供盞節目，熱鬧紛華，令人目不暇給，稍加分析，則每一次演出之內容，又可分爲三部份；看似繁複，實則結構清楚。今舉第一條「角木蛟」所記爲例，說明如下：

> 虎頭，女面披髮，白袖朱履，右手執曲尺子，向東而立，置下等。
>
> 正宮，第一品，行三曲，【粉粧】、【夜叉】、【梁州】。好食素物，上居天秤宮，下臨鄭地，巳分。并前後兩衛，隊戲陳列於後。

> 計開：前行說《三元戲竹》。
>
> 第一盞：【長壽歌】曲子，補空，【天淨沙】、【樂三台】。
>
> 第二盞：靠樂歌唱，補空【大清歌】。
>
> 第三盞：溫習「曲破」，補空，再撞再殺。
>
> 第四盞：《尉遲洗馬》，補空，《五虎下西川》。
>
> 第五盞：《天仙送子》，補空，《敬德戰八將》。
>
> 第六盞：《周氏拜月》，補空，《尉遲賞軍》。
>
> 第七盞：合唱，補空，收隊。
>
> 正隊：《大會坵》。
>
> 院本：《土地堂》。
>
> 雜劇：《長板坡》。

我們可將之分爲三部分：第一部分爲供盞前、第二部分爲供盞過程、第三部分爲供盞結束後之表演節目，以下論之。

第一部分爲供盞前，記錄扮飾值日星宿的演員的裝扮：虎頭、女面、披髮，身著白袖朱履之衣，右手拿著曲木尺，以箏爲伴奏樂器；已將其面貌、

做完的事。他們在清早泡太陽之後，在廟裡還要完成劃壇、取水、送神、安神等複雜工作。……到此，這場迎神賽社才算整個結束了。」此文收於《中華戲曲》第 13 輯，（山西：山西師範大學戲曲文物研究所），1993 年 8 月，頁 230～259。類似之說，亦見於黃竹三〈談隊戲〉一文，其言：「各地賽祭日期，一般三天，分頭場、正場、末場，而正式享賽之前，又有『下請』、『迎神』活動，需兩天。享賽之後，又有『送神』一天。」此文收於黃竹三《戲曲文物研究散論》（北京：文化藝術出版社，1998 年北京第 1 版），頁 300。

髮型、衣著、手持之砌末，乃至上場時演奏的曲目及站立位置，都有清楚而嚴格的規定。這種以人扮神的情形，正類似古代的「尸」〔註42〕。

　　第二部分為「供盞過程」，陳列於後的隊戲在拜殿上表演，先有手持戲竹的前行說贊詞勾隊，與宋雜劇參軍色手持竹竿拂子引戲、引舞，十分相似，前行之說贊詞，大概就是參軍色之致語、作語。〔註43〕而供盞之具體演出情況為：供第一盞時演奏樂曲【長壽歌】，若儀式尚未進行完成，則以同類型之節目「補空」，其作用類似宋雜劇正雜劇演出前之「曲破斷送」，是額外表演

〔註42〕在王國維《宋元戲曲考》〈一、上古至五代之戲劇〉中說：「歌舞之興，其始於古之巫乎？巫之興也，蓋在上古之世。……古代之巫，實以歌舞為職，以樂人神者也。……古之祭也必有尸。宗廟之尸，以子弟為之。至天地百神之祀，用尸與否，雖不可考。然《晉語》載：『晉祀夏郊，以董伯為尸。』則非宗廟之祀，固亦用之。《楚辭》之靈，始以坐而兼尸之用者也。其詞謂坐曰靈，謂神亦曰靈；蓋群巫之中，必有象神之衣服形貌動作者，而視之為神所憑依；故謂之靈，或謂之靈保。……是則靈之為職，或偃蹇以象神，或婆娑以樂神，蓋後世戲劇之萌芽，已有存焉者矣。」詳見《王國維戲曲論著‧宋元戲曲考等八種》（臺北，純真出版社，民國71年9月），頁4～6。
王國維認為巫覡的職業是以歌舞娛樂人神，故說：「群巫之中，必有象神之衣服形貌動作者」、「或偃蹇以象神，或婆娑以樂神」，藉著扮神這樣的動作，已蘊含裝扮的意義，因此視之為後世戲劇萌芽之始。王氏之說，誤以為中國古典戲劇的根源是單純的，其說如瞎子摸象，雖得一體，終非全貌。此在曾師永義《中國古典戲劇的認識與欣賞》〈中國古典戲劇的形成〉一文中論述已詳，不再贅述。（臺北：正中書局，民國80年11月臺初版），頁1～33。

〔註43〕詳見宋‧孟元老《東京夢華錄》卷9「宰執親王宗室百官入內上壽」條：「諸雜劇色皆諢裹，各服本色紫緋綠寬衫，義襴，鍍金帶。自殿陛對立，直至樂棚。每遇舞者入場，……第四盞，……參軍色執竹竿拂子，念致語口號，諸雜劇色打和，再作語，勾合大曲舞。……第五盞御酒，……參軍色執竹竿子作語，勾小兒隊舞。……小兒班首入進致語，勾雜劇入場，一場兩段。……雜劇畢，參軍色作語，放小兒隊。……第七盞御酒慢曲子，……參軍色作語，勾女童隊入場。……女童進致語，勾雜劇入場，亦一場兩段訖，參軍色作語，放女童隊。」收於宋‧孟元老等著，周峰點校《東京夢華錄》（外四種）（北京：文化藝術出版社，1998年8月北京第1版），頁58～61。
類似的記載亦可見於：宋‧吳自牧《夢梁錄》卷3「宰執親王南班百官入內上壽賜宴」條：「第四盞進御酒，……參軍色執竹竿子拂子，奏俳語口號，祝君壽，雜劇色打和畢……參軍色再作俳語，勾合大曲舞。……第五盞進御酒，……參軍色執竿奏數語，勾雜劇入場，一場兩段。……第五盞進御酒，……參軍色作語，勾雜劇入場，一場兩段。……第七盞進御酒，……參軍色作語，勾雜劇入場，三段。」收於宋‧孟元老等著，周峰點校《東京夢華錄》（外四種），前揭書，頁138～139。

的節目。〔註44〕供第二盞時「靠樂歌唱」，也就是依前段所演奏之樂曲而加入歌唱，也有同類型節目補空。供第三盞時溫習「曲破」，也就是舞隊入場舞「曲破」，並以雜技百戲補空。第四至六盞則是表演已具情節之各種不同類型的「供盞隊戲」，如：隊戲、啞隊戲、院本及南曲戲文等。〔註45〕第七盞之後，則有收隊、合唱之儀。至此，在獻殿的演出則告一段落。

第三部分，演出的場地移到神殿對面的舞臺上，演出：正隊、院本、雜劇。三者並列，說明了它們應是不同三種戲劇形式。

關於隊戲（正隊戲）〔註46〕的演出方式，在《元史》〈志第二十七下・祭

〔註44〕 宋雜劇正雜劇演出中有「斷送」，是額外表演的節目。其例可見於宋・周密《武林舊事》卷1「聖節」後之「天基聖節排當樂次」（正月五日），其記：「初坐樂奏夷則宮，觱篥起【上林春】引子，王榮顯。……第四盞……吳師賢已下，上進小雜劇，雜劇，吳師賢已下，做《君聖臣賢爨》，斷送【萬歲聲】。第五盞……雜劇，周朝清已下，做《三京下書》，斷送【遶池遊】。……再坐第一盞，觱篥起【慶芳春慢】，楊茂。……第四盞……雜劇，何宴喜已下，做《楊飯》，斷送【四時歡】。……第六盞……雜劇，時和已下，做《四偌少年遊》，斷送【賀時豐】。」收於宋・孟元老等著，周峰點校《東京夢華錄》（外四種），前揭書，頁 328～330。吳自牧《夢粱錄》卷20「妓樂」條：「散樂傳學教坊十三部，唯以雜劇為正色。……先吹曲破斷送，謂之把色。」收於宋・孟元老等著，周峰點校《東京夢華錄》（外四種），前揭書，頁 301～302。

據曾師永義〈中國古典戲劇的形成〉一文之註17解釋「曲破斷送」之意為：「曲破即大曲的摘遍，即是不完整的大曲；斷送即額外贈送。曲破斷送的意思是在正劇演出之前額外吹奏的一段大曲」，收於《中國古典戲劇的認識與欣賞》，前揭書，頁30。

〔註45〕 在《禮節傳簿》所記供第四至六盞間，獻演各種不同類型的「供盞隊戲」，包括隊戲、啞隊戲、雜劇、院本乃至南曲戲文，其說詳見：馮俊杰〈賽社：戲劇史的巡禮〉一文，收於《中華戲曲》第3輯，前揭書，1987年4月，頁186～187。

〔註46〕 關於隊戲之名：宋・劉斧《青瑣高議後集》卷5〈隋煬帝海山記下〉說：「一夕，帝泛舟游北海，惟宮人數十輩相隨。帝升海山殿……帝恍惚，俄見水上一小舟，祇容兩人，帝謂十六院中美人。泊至，首一人登贊唱道：『陳後主謁帝。』帝亦忘其死，乃起迎之。後主再拜，帝亦躬勞謝。既坐，後主曰：『憶昔與帝同隊戲時，情愛甚於同氣，今陛下富有四海，令人欽服不已。始者謂帝將致理於三王之上，今乃取當時樂以快平生，亦甚美事。』」收於宋・劉斧《青瑣高議》（上海：古典文學出版社，1958年6月第1版），頁139。

元・楊維楨《東維子文集》卷6〈送朱女士桂英演史序〉中亦說：「錢塘為宋行都……孝宗奉太皇壽，一時御前應制多女流也。若碁待詔為沈姑姑，演史為張氏、宋氏、陳氏，說經為陸妙慧、妙靜，小說為史惠英，隊戲為李端娘，影戲為王潤卿，皆中一時惠（筆者按：應作慧）點之選也。」收於王雲五主

祀六〉「國俗舊禮」條中則對隊戲與祭祀的關係和它的演出情況，有了較爲清楚的記載：

> 歲正月十五日，宣政院同中書省奏，請先期中書奉旨移文樞密院，八衛撥傘鼓手一百二十人，殿後軍甲馬五百人，擡昇監壇漢關羽神轎軍及雜用五百人。宣教院所轄官寺三百六十所，掌供應佛像、壇面、幢幡、寶蓋、車鼓、頭旗三百六十壇，每壇擎執擡昇二十六人，鈸鼓僧一十二人。大都路掌供各色金門大社一百二十隊，教坊司雲和署掌大樂鼓、板杖鼓、簫管、龍笛、琵琶、箏、篆七色，凡四百人。興和署掌妓女雜扮隊戲一百五十人，祥和署掌雜把戲男女一百五十人，……凡執役者，皆官給鎧甲袍服器仗，俱以鮮麗整齊爲尚，珠玉金繡，裝束奇巧，首尾排列三十餘里。都城士女，閭閻聚觀，……歲以爲常，謂之游皇城。 [註47]

此段文字所述爲元世祖至元年間（西元 1260～1294 年）的「國俗舊禮」，列於〈祭祀志〉中，則說明此禮俗爲祭祀活動的內容，隊戲既爲其中之一，自可推知其與祭祀有關；而演出隊戲者爲興和署掌管之妓女，他們與其他儀隊排列成行，遍游皇城，自然引來「都城士女，閭閻聚觀」。由此可見，妓女裝扮演出人物，且以列隊的方式遊於都城之間，應是隊戲初期的演出特色，隊戲之名或許由此特色而來。

　　隊戲（正隊戲）的演出形式，還可見於《中國戲曲志・山西卷》「隊戲」條中所記：

> 隊戲係詩讚體戲曲，有唸白、有吟誦，都是大段成套的。白與現代戲曲的白大致相同；誦係押韻的上下句，每句一般七字，結構多是

持《四部叢刊初編縮本》079 冊，（臺北：臺灣商務印書館，民國 54 年 8 月臺 1 版），頁 46。

明・陳繼儒《太平清話》卷 1：「錢唐（筆者按：唐當作塘）爲宋行都，……孝宗奉太皇壽，一時御前應制多女流也。慕爲沈姑姑，演史爲張氏、宋氏、陳氏，說經爲陸妙靜、妙慧，小說爲史惠英，隊戲爲李端娘，影戲爲王潤卿，皆中一時慧點之選也。」收於《叢書集成初編》（2928～33），（北京：中華書局，1985 年北京新 1 版），頁 4。

綜上資料所見可知，在劉斧生存的北宋仁宗朝，隊戲應已流行，由元・楊維楨、明・陳繼儒所記，則推知隊戲在南宋必定相當流行，其技藝精湛者，更能御前應制。

〔註47〕詳見明・宋濂等撰《元史》卷 77〈志第二十七下・祭祀六〉「國俗舊禮」條，（臺北：鼎文書局，民國 66 年 10 月初版），頁 1926～1927。

二二三，也有三二二者，長句子有時多至二三十字。誦時不被管絃，
與戲曲中誦定場詩、說對相似。……隊戲是迎神賽社演出的主
體。……辦賽時，樂戶的隊戲在廟內演出，職業班社在廟外演出；
廟內煞了戲，廟外才能開演。〔註48〕

隊戲的演出情形，有固定在神廟戲臺上表演的，也有不受舞臺限制，根據故
事情節發展不斷變換地點演出。〔註49〕後者尤具特色，就《禮節傳簿》所記
正隊戲《過五關》（可見於「房日兔」、「箕水豹」、「虛日鼠」等值日星宿）為
例：此劇敘述關羽身在曹營心思蜀漢，在聽到劉備的下落後，即掛印封金，
帶著甘、糜兩位皇嫂千里尋兄，一路過關斬將的故事。演出時，除了廟門外
搭一戲棚，作為灞陵橋頭之外；還預先在村內搭好五個舞臺，作為關羽所過
五關。關羽在廟臺前演過掛印封金，即騎著真馬，保護甘、糜兩位皇嫂所坐
馬車，帶著全體演員，在樂隊伴奏下周村遊行，每到一關，就到舞臺上與守
關將領廝殺一番，斬將之後，下臺上馬繼續前進，直到過完五關，斬了六
將，才回到廟前舞臺上，表演斬蔡陽、古城會，全劇才告終了。它的特色除
了演出的場所不限於單一的舞臺之外，在演出過程中，關羽還可以隨意與觀
眾談笑，甚至吃取街上小販的食物。這種介乎生活與藝術的表演形式，正可
見其古老性。〔註50〕

〔註48〕 詳見《中國戲曲志·山西卷》「隊戲」條，（北京：文化藝術出版社，1990年
12月第1版），頁142。

〔註49〕 詳見黃竹三〈談隊戲〉文中言：「從隊戲的表演型態看，則可分為兩種類型。
一種不受舞臺限制，根據故事情節發展不斷變換地點演出，……具有初期隊
戲本色。另一種是固定在神廟戲臺上的表演。它先由前行手執戲竹上場，站
在臺口吟誦致語……指揮演員上場……指揮演員下場。……這種表演還不算
是完善的戲劇型態，而只能稱作從說唱文學向戲劇的過渡。」此文收於黃竹
三《戲曲文物研究散論》，前揭書，頁304～307。

〔註50〕 此處所述上黨隊戲《過五關》的演出情形，可見於《中國戲曲志·山西卷》
「隊戲」條、「出五關」條、「過五關」條，前揭書，頁142、172、407。該書
文前附有演出照片，可供參考。
　　此外在郝譽翔《儺：中國儀式戲劇之研究》第三章〈社儺〉第一節〈賽社文
化與戲曲〉第二節〈《迎神賽社禮節傳簿四十曲宮調》〉中考述隊戲之演出情
況，而得結論：「隊戲的特點就在於突破舞臺的限制，將演出的空間擴及到村
社的每一個角落，觀眾同時也是演員，這不止是一齣戲劇的表演而已，更是
一場由臺上臺下共同完成參與的驅邪除疫的儀式。……所以隊戲其實是個統
稱，泛指賽社中迎神隊伍的一切表演活動，而在鑼鼓、八音細樂的演奏下，
歌舞隊行列前進，走村串巷，驅瘟逐疫，以祈福禳災，這是一種不依託於舞
臺的流動型戲劇表演，故也可稱為『隊舞戲』、『流隊戲』、『走隊雜劇』或『行

　　院本，是金代流行的戲劇形式，與宋雜劇為名異實同的「小戲群」，二者腳色名目相同，不過易「雜劇」之名為「院本」而已。〔註51〕「院本」意指「行院之本」，據胡忌《宋金雜劇考》解釋「院本」之意為：「（行院）實包括舊時社會所稱的妓女、樂人、伶人、乞者等類人的意義，含義頗廣。……行院之本——即院本，也就是不十分簡單的東西了。但應該指出的是，不論伎者、伶人、樂人、乞者，在古代的界線是很不容易區分的，所以他們所演唱的底本是可以通同使用的。」〔註52〕在金院本的基礎上，經過了「院么」和「么末」的階段，而成就了中國古典戲劇的第一個黃金時期——元代北曲雜劇。〔註53〕在這個過程中金院本是否消失了呢？曾師永義在〈參軍戲及其演化〉一文中說：

> 中國戲曲由小戲發展成為大戲以後，表面上看來，做為參軍戲嫡派的「院本」從此也跟著消失了。而事實上不然，它先與北劇同臺先後演出，繼而在南戲北劇中作插入性的搬演，終於融入其中而成為

　　　隆雜劇』等等。往往一次大型的『官賽』要由幾個村了聯合舉辦……既有宗教儀式，也有介乎儀式與戲劇之間的隊戲，也有逐漸成熟的戲曲如院本、雜劇等等，涵蓋了戲曲發展的各個階段，亦可看出中原地區儺事如何朝向戲曲轉化的過程。」前揭書，頁95～99。

〔註51〕元‧夏庭芝〈青樓集志〉云：「唐時有傳奇……宋之戲文，乃有唱念，有諢。金則院本、雜劇合而為一。至我朝乃分院本、雜劇而為二。」詳見孫崇濤、徐宏圖箋注《青樓集箋注》（北京：中國戲劇出版社，1990年10月第1版），頁43～44。
　　　又元‧陶宗儀《輟耕錄》卷25「院本名目」條云：「唐有傳奇，宋有戲曲、唱諢、說詞，金有院本、雜劇、諸公（當作宮）調。院本、雜劇，其實一也。國朝，院本、雜劇始釐而二之。」收於《叢書集成初編》（0218～20），（北京：中華書局，1985年北京新1版），頁366。二說類似，都認為金院本與宋雜劇相同，不過易其名罷了。
　　　至於以金院本、宋雜劇為「小戲群」則可參見曾師永義〈中國古典戲曲之形成〉與〈參軍戲及其演化〉二文，前者收於曾師永義《中國古典戲劇的認識與欣賞》，前揭書，頁9～15；後者收於曾師永義《參軍戲與元雜劇》（臺北：聯經出版事業公司，民國81年4月初版），頁25～82。
〔註52〕詳見胡忌《宋金雜劇考》第一章〈名稱‧二、金元院本解〉，文中除了提出他對院本的解釋之外，也討論了如朱權、王國維、鄭振鐸等人對院本的不同看法，頗具參考價值。（上海：古典文學出版社，1957年4月第1版），頁6～15。
〔註53〕詳見曾師永義《戲曲源流新論》參〈也談「北劇」的名稱、淵源、形成與流播〉之〈二、北劇的形成：從院么到么末〉、〈三、北劇地位之確立：從么末到雜劇〉（臺北：立緒文化事業有限公司，民國89年4月初版），頁202～243。

南戲北劇的一份子。〔註 54〕

該文就插入性的演出，如《長壽仙》、《雙鬥醫》之類的院本，或是融入性的插科打諢兩方面來論述院本並未消失，只是改變存在的型式罷了。

在《禮節傳簿》所記院本只有八種：《土地堂》、《錯立身》、《三人齊》、《張端借鞋》、《改婚姻簿》、《神殺忤逆子》、《劈馬椿》、《雙揲紙》，其中《劈馬椿》、《雙揲紙》兩種可見於元・陶宗儀《輟耕錄》的「院本名目」中〔註 55〕，可能是較古的傳本，因此可以推知院本非但沒有消失，而且保存於明代中葉北方的迎神賽社的演出活動中〔註 56〕。至於院本的內容，就現存劇目來看，應以市井百姓的生活瑣事為題材，如就《土地堂》的口述本所見：秀才、富戶與張三結拜為兄弟，張三好賭貪杯，賭輸了錢，向老大、老二借貸，二人以出題對詩作為條件，欲藉此勸其回頭，張三答不上，聲言在土地堂（三人結拜之處）上吊尋死。死前希望兩位哥哥設宴敘舊，便無遺憾。二人信以為真，張三邊上吊邊吃祭品，兩位哥哥發現上當，甚怒，最後張三伸手挺足作「炸屍」狀，二人嚇得目瞪口呆，豈料張三還是沒死，只好作罷，每人說兩句對子下場。〔註 57〕全劇詼諧逗趣，正與今日所見院本滑稽詼諧的

〔註 54〕 詳見曾師永義〈參軍戲及其演化〉一文之〈參、參軍戲的變化——南戲北劇中的院本成份〉，此文收於曾師永義《參軍戲與元雜劇》，前揭書，頁 82～110。

〔註 55〕 詳見元・陶宗儀《輟耕錄》卷 25「院本名目」條，「諸雜院㸙」部分，其中《劈馬椿》作《四偌劈馬椿》、《雙揲紙》作《雙揲紙㸙》。名稱稍異，內容應無太大差異。此書收於《叢書集成初編》（0218～20），前揭書，頁 374、375。

〔註 56〕 關於院本在明代的演出情形，除了此段由《禮節傳簿》所述，知其流行於民間的迎神賽社活動之中。在明・沈德符《萬曆野獲編》補遺卷一「禁中演戲」條中亦言：「內廷諸戲劇俱隸鐘鼓司，皆習相傳院本，沿金元之舊，以故其事多與教坊相通。……又有所謂過錦之戲，聞之中官，必須濃淡相間，雅俗並陳，全在結局有趣，如人說笑話，只要末語令人解頤。蓋即教坊所稱耍樂院本意也。」前揭書，頁 857。又，胡忌《宋金雜劇考》第二章〈淵源與發展〉之〈五、院本四種〉、〈六、明代院本概況〉中，論述《獻香添壽》院本、《雙鬥醫》院本、《金瓶梅詞話》中的《王勃院本》、李開先《園林午夢》所見院本資料，又引述明代所記關於院本的各種資料，如朱有燉《瑤池會八仙慶壽》、《劉金兒復落娼》、……《暖姝由筆》、《震澤紀聞》、《莊嶽委談》……《西洋記通俗演義》等，而得結論：「在整個的明代——十四世紀末葉到十七世紀初，院本的演出在各方面的場合中仍是有相當勢力的。」前揭書，頁 96～100。

〔註 57〕 關於《土地堂》口述本的內容大要，見於黃竹三〈我國戲曲史料的重大發現——山西潞城明代《禮節傳簿》考述〉，前揭文，頁 147。張之中〈隊戲、院本與雜劇的興起〉，收於《中華戲曲》第 3 輯，（山西：山西師範大學戲曲文

風格相類，由此推測它保留了金院本的風格。

　　至於院本和雜劇的關係，就《禮節傳簿》所記而言，二者之區別在題材內容上的不同，院本所演，如《張端借鞋》、《改婚姻簿》等多爲生活瑣事，雜劇則多爲歷史故事，如《長坂坡》、《戰呂布》、《天門陣》、《岳飛征南》、《七擒孟獲》、《五關斬將》等，與院本表現民眾的日常生活不同，因之其表現方式也必定不同於院本的滑稽詼諧；爲了表現歷史劇複雜的人物、事件及場景，雜劇勢必發展出更高層次的藝術手法，這種情況也促使它往成熟的大戲劇種邁進。因此，我們可以判斷在上黨迎神賽會中演出的雜劇，應是我們現在所謂有嚴格體製規律的成熟大戲「雜劇」。

　　在《禮節傳簿》供盞祀神演出中，我們可以看到賽社演劇的明顯特色，因爲許願酬神、除祓驅疫、祈福禳災等因素，它必然帶著濃厚的宗教色彩，因此，在《禮節傳簿》紀錄的酬神節目中，都還保留著古代驅儺的遺風。它不同於一般酬神演戲通常在廟前固定的戲臺上演出，不受舞臺限制的演出形式，正見其古老性。在嘉隆年間南戲四大聲腔競陳的年代，山西省潞城縣因其地處偏僻，反而留下了古老的賽社演劇資料，益顯其珍貴。〔註58〕廖奔〈晉東南祭神儀式抄本的戲曲史價值〉中說：

<hr>

物研究所），1987 年 4 月，頁 163～164。亦見於《中國戲曲志・山西卷》「土地堂」條，前揭書，頁 155。諸文所述內容大同小異，皆不離「滑稽詼諧」的表演風格。

〔註58〕明代賽社演劇資料，還可參看：楊太康、曹占梅〈明代嘉靖年間的一例賽社活動──山西翼城曹公四聖宮考〉一文，山西翼城縣曹公村四聖宮在元代就建有戲臺，廟內現存明嘉靖三十八年（西元 1559 年）由「乙卯科本里舉人歷峰侯九臣」所撰之〈西閣曹公里重修堯舜禹湯之廟記〉，文中亦記錄了當時鄉村賽社的場面：「粵稽自饗祀之說□於《禮》，流而爲迎神賽社之風；自〈萃〉、〈渙〉之卦□於《易》，廣而爲建廟塑像之事。蓋享祀所以盡春祈秋報之典，而廟宇所以爲居□率神之地，其諸並行不悖之義也。自隆古以及今日，由王都以達窮鄉，無地無神，無神無廟。我曹公里乃古歷山之腳，舜建業之名地也。……我里之神廟在此而不□彼。此其起於至正，建於村北，分社人爲三甲，盡享祀於□時……如在後之人，當舉行成規，遵守定禮。清明取水，半途邀盤。先日送□□，次日迎神。音樂爲之喧嘩，神馬爲之縱橫，旗彩爲之飛揚，帶枷、執扇、拖鐵索者，各隨所願而盡迺心。既而底（抵）廟，大賽三日，樂人動百口。神筵□輪以三甲，飲食樂錢依派散而不違。賽罷將軟按輪至何村，每歲獻豬羊十二，此皆在後人世守之而勿失焉。」此文收於《民俗曲藝》第 107、108 期，（臺北：財團法人施合鄭民俗文化基金會），民國 85 年 5 月，頁 346～348。

隊戲表演中有些帶有驅儺逐疫的影子，……《過五關》……《鞭打黃癆鬼》……這類表演的產生自然與隊戲賽社祭祀的性質有關。……隊戲、鐃鼓雜戲和賽戲應該都起自民間說唱，爲山西宋、元民間說唱與迎神賽社祭祀演出的結合。惟其起自民間說唱，才能具備上述敘事說唱文學的特點；惟其爲迎神祭祀演出，才能繼承民間驅除疫鬼的形式。〔註59〕

廖氏此說與筆者此部分論述之觀點相同，引其說作爲此段之結論。

第三節　堂會演劇

明中葉以後，繁榮的經濟發展，不僅改變了人們的日常生活習慣，對娛樂上的要求也日漸提高，因此只是活動增加早已不能滿足人們的需求，活動的精緻化則是此時期另一個特徵。如嘉隆年間常見的戲曲演出形式——堂會演劇，其展現風格不同於高臺廣場的熱鬧紛華，就是明顯的例子。所謂「堂會」，據《崑曲辭典》之解釋爲：

戲劇演出方式之一，與在舞臺上演出之「臺戲」相對。堂會之堂，指官府、巨第或民宅之廳堂、畫堂、門軒、園亭，包括畫舫、樓船等，在以上等處演出稱「堂會」或「做堂會」。……家班一般只作堂會演出；民間戲班則往往需名班或一班中之名演員方能得召去做堂會，所得賞金較臺戲演出爲豐。堂會演出，一般時間較短，多演折子戲或短劇，常由主人點戲、演員應召；多係文戲，輕吹輕打；或有僅作「坐唱」或「清唱」；故應召堂會演員要在聲口下工夫，做堂會亦稱「唱堂會」。舊時，做堂會演員（旦腳及生腳）常需陪席侑飲、應酬。〔註60〕

豪門貴客、文人士紳等上層社會之流，其喜慶宴集多在自家宅第舉行，此時往往藉唱堂戲以侍宴娛賓。或由家樂獻藝、或由與會賓客攜其家班同往、或是聘請職業名班，當然也有教坊司之樂工應官身者。而此種私宅性質的堂會

〔註59〕詳見廖奔〈晉東南祭神儀式抄本的戲曲史價值〉，收於《中華戲曲》第13輯，（山西：山西師範大學戲曲文物研究所），1993年8月，頁134～138、149～150、155～165。

〔註60〕詳見洪惟助主編《崑曲辭典》（宜蘭縣五結鄉：國立傳統藝術中心，民國91年5月出版），頁9。

演出，甚至在戲臺還沒有正式出現，就已經開始了。〔註61〕

　　此時期，人們舉辦宴會的名目非常多，如「私家的壽誕婚宴、生子滿月、娛老酬神，官場上的送往迎來、恭賀升遷，商業圈中的生意往來」〔註62〕等都是常見的情況，爲了賓主盡歡，助興活動自然不可少，於是，戲劇演出成了一個重要媒介。李靜《明清堂會演劇史》〈晚明的堂會演劇〉將當時的演出分爲：慶典型、交際型與玩賞型三種類型。不僅豐富了戲劇的演出形式，也在一次次的演出中，提昇的戲劇的藝術表現。

　　此處以描寫明代嘉靖年間社會風尚之《金瓶梅詞話》爲例〔註63〕，即可略見當時堂會演出之規模。

　　《金瓶梅詞話》〔註64〕中提到之家樂有四，分別是：西門慶、何太監、

〔註61〕詳見廖奔《中國古代劇場史》第六章〈堂會演劇〉第一節〈歷代堂會演劇述例〉，該書言：堂會演出文獻記載的最早實例可以追溯到漢代桓寬《鹽鐵論·散不足》篇所說：「夫民家有客，尚有倡優奇變之樂。」又列舉唐、宋、金、元代所見資料，而論此種演出方式其來已久，明清之際，城鄉富家大戶更爲喜好堂會演出，且以之爲餬師之據，甚至官吏爲在衙門裡也是慣於看堂會戲的。（河南：中州古籍出版社，1997年5月第1版），頁61～63。

〔註62〕詳見李靜《明清堂會演劇史》上編第二章〈明代的堂會演劇〉第二節〈晚明的堂會演劇〉（上海：上海古籍出版社，2011年8月第1版），頁63。
　　　　下文所述慶典型、交際型與玩賞型三種演出類型同出此書，其言：「慶典型的堂會演劇一般是指婚喪嫁娶等紅白喜事以及酬神還願等祭典活動中的演劇。」、「交際型的堂會演劇是指出於某種目的而結交、聯絡某些人物或社團的宴飲觀劇活動。」、「玩賞型的堂會演劇包括了娛親、娛老演劇及文人的藝術鑑賞演劇兩種。」見頁64、65、69。

〔註63〕主張《金瓶梅詞話》所描寫爲明代嘉靖年間社會風尚之說者，如：馮沅君《古劇說彙》〈五、《金瓶梅詞話》中的文學史料〉一文之〈六、清唱的曲辭與唱法〉中考證書中所見曲子，而得三種提示，其言：「1、《雍熙樂府》與《詞林摘豔》都是嘉靖時編成的，而在《金瓶梅詞話》所引的八九十條中，見於《雍熙樂府》者凡六十條，見於《詞林摘豔》者凡四十六條。這種現象很可以證明《金瓶梅詞話》與這兩部曲選縱非同時的產品，其年代當相去不遠。……《金瓶梅詞話》跋稱此書是『世廟時一鉅公寓言』，此說大約是可信的。2、如果我們要做校曲的工作時，《金瓶梅詞話》應該是種重要的參考書，它代表著嘉靖的一種本子。」（北京：作家出版社，1955年出版），頁203。
　　　　劉輝〈論小說史即活的劇曲史——中國小說與戲曲比較研究之三〉一文之〈二、戲曲時代風貌的忠實反映〉中說：「一部小說史就是一部活的戲曲史……《金瓶梅》所描寫的是明代嘉靖及其之前的戲曲史。」此文收於劉輝《小說戲曲論集》，前指書，頁88。

〔註64〕筆者本文引用《金瓶梅詞話》，據魏子雲註釋《金瓶梅詞話》（臺北：增你智文化事業有限公司，民國69年12月出版），僅此說明，不再作註。

王皇親及蔡太師家樂。〔註65〕職業戲班書中所見者有：蘇州戲子、海鹽戲子。前者可見於第三十六回〈翟謙寄書尋女子　西門慶結交蔡狀元〉：西門慶在李知縣衙內吃酒，見一起蘇州戲子唱得好，遂於招待蔡狀元及安進士時找其侍宴：

> 蔡狀元問道：「那兩個是生旦？叫甚名字？」于是向前說道：「小的是裝生的，叫苟子孝；那一個裝旦的，叫周順；一個貼旦，叫袁琰；那一個裝小生的，叫胡慥。」……在席上先唱《香囊記》。……安進士令苟子孝：「你每可記得《玉環記》「恩德浩無邊」？」苟子孝答道：「此是【畫眉序】，小的記得。」

後者海鹽班則屢見於西門慶招待達官貴人的場面，如第四十九回〈西門慶迎請宋巡按　永福寺餞行遇胡僧〉，陝西巡按御史宋盤與巡鹽蔡御史同到西門慶家，西門慶知了此消息：

> 門首搭照山綵棚，兩院樂人奏樂，叫海鹽戲并雜耍應承。

第六十四回〈玉簫跪央潘金蓮　合衛官祭富室娘〉，薛內相祭拜李瓶兒之後，西門慶言其預備了一起戲子：

> 薛內相問：「是那裡戲子？」西門慶道：「是一班海鹽戲子。」

皆為明顯的例子。

　　至於教坊司之樂工應官身者，如書中第三十一回〈琴童藏壺觀玉簫　西門慶開宴吃喜酒〉：

> 教坊司俳官跪呈上大紅紙手本，下邊簇擁一段笑樂院本。

第三十二回〈李桂姐拜娘認女　應伯爵打渾趨時〉：

> 少頃，階下鼓樂響動，笙歌擁奏，遞酒上坐，教坊跪呈上揭帖，薛內相揀了四摺《韓湘子昇仙記》，又陳舞數回，十分齊整。

第七十五回〈春梅毀罵申二姐　玉簫愬言潘金蓮〉中描寫宋巡按在西門慶家設席招待巡撫侯蒙之規模尤大：

〔註65〕 此處論述參見：劉輝〈論小說史即活的戲曲史——中國小說與戲曲比較研究之三〉一文之〈三、豐富多采的演出實錄〉部份。文中考述《金瓶梅詞話》出現的四個家班，人數、性別、專長皆各有不同，如西門慶在其尚未依附蔡太師時，僅是清河縣的一個豪紳，因此家班規模較小，專供清唱之用；何太監家樂為十二名小廝，可見為男班，除清唱外，尚可演奏銅鑼銅鼓等打擊樂器；王皇親家班有二十名小廝，亦為男班，能演《西廂記》，可知擅長北雜劇；蔡太師家為二十四名女樂，除了唱曲，還會天魔舞、霓裳舞、觀音舞等舞蹈表演。此文收於劉輝《小說戲曲論集》，前揭書，頁95～108。

大清早晨，本府出票撥了兩院三十名官身樂人，兩名伶官，四名排
長領著，來西門慶宅中答應。

由書中所述可見嘉靖年間堂會演出之流行。

　　至於堂會的演出情形，可以顧起元《客座贅語》「戲劇」條下所說爲例：

南都萬曆以前，公侯與縉紳及富家，凡有讌會小集，多用散樂；或
三四人，或多人唱大套北曲……若大席，則用教坊打院本：乃北曲
大四套者。……後乃變而用南唱。……大會則用南戲：其始止二腔，
一爲弋陽，一爲海鹽。……後則又有四平……今又有崑山。〔註66〕

由文中所述可知宴會有大、小之分，小集多用散樂清唱，大會則爲大套戲曲
之搬演。萬曆以前，演北曲大四套，其後多演南戲，聲腔亦由弋陽腔、海鹽
腔轉而爲四平腔、崑山腔。如《金瓶梅詞話》第四十一回〈西門慶與喬大戶
結親　潘金蓮共李瓶兒鬥氣〉所述：

席前兩個妓女，啓朱唇，露皓齒，輕撥玉阮，斜把琵琶，唱一套【鬥
鵪鶉】。

第七十回〈西門慶工完陞級　群僚庭參朱太尉〉：

一班兒五個俳優，朝上箏簒琵琶，方響笙篌，紅牙象板，唱了一套
【正宮端正好】，端的餘音遶梁，聲清韻美。

所唱即爲顧起元所謂「大套北曲」。此外，第五十八回〈懷妒忌金蓮打秋菊　乞
臈肉磨鏡叟訴冤〉，西門慶生日：

四個唱的彈著樂器，在旁唱了一套壽詞。西門慶令上席，各分投遞
酒。下邊樂工呈上揭帖，到薛、劉二內相席前。揀令一段《韓湘子
度陳半街升仙會雜劇》。〔註67〕

應是顧起元所說的大席用「北曲大四套」。至於第六十三回〈親朋祭奠開筵席
西門慶觀戲感李瓶〉，李瓶兒死後，西門慶：

叫了一起海鹽子弟搬演戲文。廳上垂下簾，堂客便在靈前圍著圍屏，

〔註66〕　詳見明・顧起元《客座贅語》卷9「戲劇」條，此書收於《元明史料筆記叢
　　　　　刊》，前揭書，頁303。

〔註67〕　據馮沅君《古劇說彙》〈五、《金瓶梅詞話》中的文學史料〉一文之〈五、演
　　　　　劇描寫的啓示〉中寫到：《金瓶梅詞話》曾提十種劇曲：《韓湘子升仙記》、《西
　　　　　廂記》……等，其中有兩種確是雜劇，用北曲所寫的雜劇，《韓湘子度陳半街
　　　　　升仙會雜劇》與《小天香半夜朝元》。兩種應該是存疑：《西廂記》與《留鞋
　　　　　記》，前揭書，頁194。

放桌席，往外觀戲。當時眾人祭奠畢……下邊戲子大打動鑼鼓，搬

演的是韋皋、玉簫女《兩世姻緣玉環記》。

所演即為「南戲」。

堂會演出場所最常見的是在廳堂，亦有在書齋或花園中擺宴觀劇者〔註68〕。
廳堂中間鋪上地毯作為表演區，賓主於前方或兩旁飲酒觀戲，女眷則以簾幕
為隔。在《崑曲辭典》「紅氍毹」條下則言：

在明代，一般家庭戲班在私邸廳堂中演出多為崑劇，演出時先在廳

堂中鋪上氍毹（多用紅色），確定表演區，表示這是演出的舞臺。由

於毛織氍毹有一定厚度，也便於演員演出。明清兩代許多詩文筆記

中，把這種演出用的地毯稱為「氍毹」，在廳堂平地上鋪紅地毯演出

稱為「紅氍毹」演出。……「氍毹」用以表示演劇，主要形成於私

〔註68〕 堂會演出最常見之場地，為主人家之廳堂。如鄒迪光《始青閣稿》卷9：「立
秋後二日，集客鴻寶堂，演《蕉帕》傳奇，和錢徵榮韻。」「周承明有端午
前一日蔚藍堂觀演裝航傳奇之作，余於午日集客觀劇，就其韻和之。」《石
語齋》卷9：「正月十六夜，集友人於一指堂，觀演崑崙奴、紅線故事，分得
十四寒。」祁彪佳《祁忠敏公日記》「崇禎十年九月十八日」：「更舉酌於四負
堂，觀《千金記》。」「崇禎十一年二月十二日」：「舉酌於四負堂，……同看
戲數齣。」「崇禎十七年一月十三日」：「士女遊者駢集，舉酌四負堂，觀止祥
兄小優演戲。」文中提及之「鴻寶堂」、「蔚藍堂」、「一指堂」、「四負堂」等
處，即為演劇之廳堂。轉引自王安祈《明代傳奇之劇場及其藝術》，前揭書，
頁169。
為了演出之方便，有的主人在設計房屋時就已根據演出需要事先作了安排，
如：明・張岱《陶庵憶夢》卷3「包涵所」條：「客至則歌童演劇，隊舞鼓
吹，無不絕倫。……大廳以斗拱抬樑，偷其中間四柱，隊舞獅子甚暢。」前
揭書，頁27。亦有用四合院建築的整體布局作為劇場的，通常是主人坐正
廳，而把正廳前的對廳拆去格子牆板，作為戲臺。如：清・李綠園《岐路燈》
第十九回〈紹聞詭謀狎婢女　王中危言杜匪朋〉盛希僑家演戲，端雲班早將
戲箱送到其中寫道：「把箱筒抬到東院對廳，滿相公叫把格子去了，果然只像
現成戲臺。」（三重：世新出版社，民國72年9月出版），頁210。
至於在書齋觀劇者，如：《祁忠敏公日記》「崇禎五年十二月二十五日」：「再
於書齋觀馬陵道劇，三鼓余歸。」在花園觀劇者，如：袁中道《遊居柿錄》：
「萬曆丙辰正月二十九日……晚赴李開先府，約於魏戚畹園，封公在焉。招
名劇，演《珊瑚記》。」鄒迪光《始青閣稿》卷六：「鴻寶堂秋蘭花下，留錢
徵榮小集，看演藍橋傳奇。錢有作，和韻。」
此部分可參看王安祈《明代傳奇之劇場及其藝術》第二章〈明傳奇的演出場
合及劇場形製〉第五節〈家宅演劇〉，前揭書，頁157～170。廖奔《中國古代
劇場史》第六章〈堂會演劇〉第二節〈演出場所〉，前揭書，頁63～67。齊森
華〈試論明代家樂〉一文之〈以廳堂演出為主〉之部份，前揭文，頁6～7。

家戲班在廳堂上的崑劇演出。〔註69〕

如《金瓶梅詞話》第三十六回〈翟謙寄書尋女子　西門慶結交蔡狀元〉，西門慶找來蘇州戲子於席中演出：

> 三個旦、兩個生，在席上先唱《香囊記》。大廳正面設兩席，蔡狀元、安進士居上，西門慶下邊主位相陪。飲酒中間，唱了一摺下來。

焦循《劇說》引王載揚《書陳優事》：

> 陳優者，名明智……爲村優淨色。居常演劇村里，無由至士大夫前，以故城中人罕知之。……會有召寒香部演劇者，至期而淨色偶闕。……而陳適在城中，相識者因以陳薦。……至演劇家，則衣笥俱舁列兩廂……少頃，群優飯於廂。……主人安席訖，請首席者點戲，則《千金記》也。淨色當演項王，爲《千金》要色，……即名儓頗難之……（陳明智）既而卿鬈繡鎧，橫稍以出，升氍毹，演《起霸》齣。起霸者，項羽以八千子弟渡江故事也。陳振臂登場，龍跳虎躍，傍執旗幟者咸手足忙蹇而勿能從；聳喉高歌，聲出征鼓鉦角上，梁上塵土簌簌墮肴饌中。座客皆屏息，顏如灰，靜觀寂聽，俟其齣竟，乃更闐堂笑語，嗟歎以爲絕技不可得。陳至廂，眾方驚謝，忽以盥水去粉墨，……陳乃竟其劇。〔註70〕

趙翼《甌北詩鈔·絕句一》〈席散偶作〉：

> 小部梨園夜讌圖，千枝畫燭照氍毹。笙歌散後虛堂靜，危坐依然一老儒。〔註71〕

所述皆爲氍毹演出之例。

至於堂會演出時，女眷以簾幕爲隔〔註72〕，在劉宗周《人譜類記》〈記警

〔註69〕詳見洪惟助主編《崑曲辭典》，前揭書，頁837。

〔註70〕詳見清·焦循《劇說》卷6引史承謙《菊莊新話》中所記王載揚《書陳優事》，收於《中國古典戲曲論著集成》八，前揭書，頁200。

〔註71〕詳見清·趙翼《甌北詩鈔·絕句一》〈席散偶作〉（臺北：臺灣商務印書館股份有限公司，民國57年12月臺1版），頁469。

〔註72〕清·李斗《揚州畫舫錄》卷11〈虹橋錄下〉第十一條：「畫舫有堂客、官客之分。堂客爲婦女之稱，婦女上船，四面垂簾，屏後另設小室如巷，香奩廁籌，位置潔淨，船頂皆方，可載女輿，家人挨排於船首，以多爲勝，稱爲堂客船。……迨至燈船夜歸，香輿候久，棄舟登岸，火色行聲，天寧寺前，拱宸門外，高捲珠簾，暗飄安息，此堂客歸也。」（臺北：世界書局，民國52年5月初版），頁255。筆者按：此例寫婦女垂簾出游，亦可作爲婦女觀戲垂簾之佐證。

觀戲劇第四十一〉條下說：

> 近時所撰院本，多是男女私媒之事，深可痛恨。而世人喜爲搬演，
> 聚父子兄弟並惟其婦人而觀之。見其淫謔褻穢，備極醜態，恬不知
> 愧，此與昔人使婦女裸逐何異。〔註73〕

余懷《板橋雜記》記載尙書龔芝麓，因其夫人生日，遂張燈開宴，命老梨園
郭長春等演劇之事：

> 串王母瑤池宴。夫人垂珠簾，召舊日同居南曲呼姐妹行者與燕，李
> 六娘、十娘、王節娘皆在焉。時尚書門人楚嚴某，赴浙監司任，逗
> 遛居樽下，褰簾長跪，奉巵稱賤子上壽，坐者皆離席伏。夫人欣然
> 爲罄三爵，尚書意甚得也。〔註74〕

由二人所述「惟其婦人」、「垂珠簾」及「褰簾長跪」觀之，正爲婦女垂簾觀
劇之明證，而劉宗周以之爲當警惕之事，更見此風之盛行。見諸小說戲曲中
之記載者，如《金瓶梅詞話》第六十三回〈親朋祭奠開筵席　西門慶觀戲感
李瓶〉，李瓶兒死後，西門慶叫了一起海鹽子弟搬演戲文：

> 廳上垂下簾，堂客便在靈前圍著圍屏，放桌席，往外觀戲。……下
> 邊戲子打動鑼鼓，搬演的是韋皋、玉簫女《兩世姻緣玉環記》。……
> 這裡廳內左邊吊簾子看戲的，大嬸子、二嬸子、楊姑娘……右邊吊
> 簾子看戲的，是春梅、玉簫……。

配合此回文前插圖，更可清楚所述。此外，《盛明雜劇二集》許潮《同甲會》
之插圖，所述爲文彥博、程珦、司馬旦和席汝言等四人，以其同年遂創同甲
會，每遇節候伏臘，集會宴飲以樂天年，插圖所示即爲當時藉劇侍宴之例。
又如富春堂本鄭若庸《王商忠節癸靈廟玉玦記》第八折之插圖，題爲「王商
嫖衍遇妓李娟奴」，亦可作爲氍毹演出之一例。〔註75〕

　　堂會於廳堂演出，既以氍毹爲舞臺，則兩旁之廂房便往往當作「戲房」，
演員於此化妝、休息、吃飯。如《金瓶梅詞話》第四十二回〈豪家攔門玩煙

〔註73〕詳見明・劉宗周《人譜類記》卷 5〈記警觀戲劇第四十一〉條，前揭書，頁
　　　　87。

〔註74〕詳見明・余懷《板橋雜記》中卷〈麗品・珠市名姬附見〉「顧媚」條，收於《叢
　　　　書集成初編》（2732～38），前揭書，頁 8～9。

〔註75〕關於家宅堂會之演出，在王安祈《明代傳奇之劇場及其藝術》第二章〈明傳
　　　　奇的演出場合及劇場形製〉第五節〈家宅演劇〉中有更多例證說明氍毹演出
　　　　之情況，可參看之。前揭書，頁 157～162。惟其書以明代爲範圍，而筆者此
　　　　節僅論嘉隆年間所見之情況。

火　貴家高樓醉賞燈〉，西門慶與李瓶兒過生日：

> 前廳有王皇親家二十名小廝唱戲，挑了箱子來，有兩名師父領
> 著……西門慶吩咐西廂房作戲房，管待酒飯。

同書七十五回〈春梅毀罵申二姐　玉簫愬言潘金蓮〉，宋巡按在西門慶家設席
招待巡撫侯蒙：

> 本府出票撥了兩院三十名官身樂人，兩名伶官，四名排長領著，來
> 西門慶宅中答應。西門慶分付前廳儀門裡，東廂房那裡聽候，中廳
> 西廂房與海鹽子弟做戲房。

又如前引王載揚《書陳優事》：「衣笥俱异列兩廂」、「群優飯於廂」、「既而兜
鍪繡鎧，橫矟以出，升氍毹，演《起霸》齣」、「陳至廂，眾方驚謝，忽以鹽
水去粉墨」等，則清楚地敍述了廂房的作用：放置演員衣笥、吃飯、化妝卸
妝乃至上下場，其作用正與「戲房」無異。〔註 76〕證之以明代建築，如：蘇
州市博物館所寫〈拙政園〉一文，介紹嘉靖年間王獻臣所建之名園，文中說：
「沿廊西進是『十八曼陀羅花館』和『三十六鴛鴦館』，這是西園的主要建築
物……兩館內設書畫挂屏，古木家俱，布置極為精緻，這裏是過大園主宴會
和聽唱看戲的地方，廳四角各設耳室暖閣，是僕役們聽候使喚和演唱時作為
後臺用的地方。」〔註 77〕可知在堂會演出盛行的情況下，為了便於演出，於
是離舞臺最近的廂房或耳室（耳房），便自然而然地成為後臺了。

　　堂會演出除了在廳堂，有時為了鋪張排場講究氣派，或遇重大事件，也
會在庭院中扎綵棚，或是在門口搭戲臺。〔註 78〕如《金瓶梅詞話》第四十九

〔註76〕關於「戲房」之考述，可參見周貽白《中國劇場史》第一章〈劇場的形式〉
　　　　第四節〈後臺〉，其言：「後臺俗稱戲房……後臺為劇中腳色們登場以前，從
　　　　事準備的地方。凡化妝、紮扮，都包括在內。……後臺卻很充實地安置著一
　　　　切戲劇裏所用的東西，如服裝、把子……之類，都有規律地各有其定所。」
　　　　（臺北：長安出版社，民國 65 年元月初版），頁 30～31。
〔註77〕〈拙政園〉，收於《文物》，1978 年第 6 期（總 265 期），頁 86～87。
〔註78〕在清・李綠園《岐路燈》中亦有類似之描述，書前〈校本序〉言：「《岐路燈》
　　　　鋪演的故事，是發生在一個中等城市——那時的河南省會祥府（今開封
　　　　市）。……作者雖把故事托於明代嘉靖年間，描寫的實為清代康、雍、乾間的
　　　　社會生活。」筆者僅列於此，作為堂會演出既有廳堂之內的崑班演出，也有
　　　　在門口搭設戲臺的情況的另一輔證。
　　　　書中第七十七回〈巧門客代籌慶賀名目　老學究自敍學問根源〉，描寫主腳譚
　　　　紹聞添子，盛希僑欲於其子滿月日，以戲為賀禮，於是對滿相公言道：「我如
　　　　今叫譚賢弟做滿月，就唱這新戲。……到明日紮彩臺子，院裏簽棚，張燈掛

回〈西門慶迎請宋巡按　永福寺餞行遇胡僧〉，陝西巡按御史宋盤與巡鹽蔡御
史同到西門慶家：

> 西門慶知了此消息，與來保、賁四騎快馬先奔回家，預備酒席。門
> 首搭照山綵棚，兩院樂人奏樂，叫海鹽戲并雜耍應承。

第六十三回〈親朋祭奠開筵席　西門慶觀戲感李瓶〉，李瓶兒死後，西門慶：

> 分付搭採匠，把棚起脊搭大著些，留兩個門走，把影壁夾在中間。
> 前廚房內還搭三間罩棚，大門首紥七間榜棚。……官客祭畢……然
> 後喬大戶娘子、崔親家母、朱堂官娘子、尚舉人娘子、段大姐眾堂
> 家女眷祭奠地弔，鑼鼓靈前，弔鬼判隊舞，戟將響樂。……晚夕親
> 朋夥計來伴宿，叫了一起海鹽子弟搬演戲文。……晚夕西門慶在大
> 棚內放十五張桌席，為首的就是喬大戶……點起十數枝高檠大燭
> 來。廳上垂下簾，堂客便在靈前圍著圍屏，放桌席，往外觀戲。

由文中所述可知此棚極大，宴客、觀劇皆在其中。〔註79〕

第四節　勾欄演劇

　　明代戲曲的演出場合，宮廷之中由鐘鼓司與教坊司負責，在賀壽節慶之
時，作各種應景演出，屬內廷演出，為了烘托喜慶氣氛，或渲染皇家氣勢，
往往訴諸熱鬧的舞臺氛圍，因此排場的熱鬧紛華與行頭砌末之講究自是可想
而知〔註80〕；他們不僅提供了帝王聲色視聽的享受，對戲曲之發展也有著相

彩，都是你老滿的事。」第七十八回〈錦屏風辦理文靖祠　慶賀禮排滿蕭墻
街〉接著敘述此事：「滿相公心中有搭棚一事，前五日到譚宅。……整整的三
天工夫，把譚宅打扮的如錦屋繡窩一般。門前一座戲臺，布欄干，錦牌坊，
懸掛奇巧帳幔，排列蔥翠盆景。……本街馮健到姚杏庵舖內，商量出一樁事
體來。姚杏庵道：『譚宅這宗大喜，我們一街上人都是沾光的。但戲是堂戲，
侍候席面，把街心戲臺閒空了。本街老老幼幼以及堂眷，看見這樣花彩臺子，
卻沒戲看，只聽院裏鑼鼓笙管，未免有些索然減興。我們何不公送一班戲在
臺上唱？盛宅崑班專在廳前扮演，豈不互濟其美，各擅其妙？』」結果當日，
門口戲臺上唱的是街坊合送的民間戲班，名叫梆鑼卷；廳堂之上唱的是盛宅
崑班。前揭書，頁793、804～805。

〔註79〕明・張岱《陶庵夢憶》卷1〈天台牡丹〉中說：「天台多牡丹，……某村中有
鵝黃牡丹，一株三幹，其大如小斗，植五勝祠前，枝葉批離，……土人於其
外搭棚演戲四五臺，婆娑樂神。」此亦為搭臺演戲之例。前揭書，頁2。

〔註80〕詳見拙文〈論明代宮廷演劇──以《脈望館鈔校本古今雜劇》教坊劇為討論
範圍〉，其中〈五、教坊劇之舞臺藝術〉從「排場熱鬧、砌末繁複、穿插歌舞

當的影響。至於民間，農閒之際的演出活動，結合著秋收年節或神祇聖誕的賽社活動，「百日之勞，一日之樂」，在敬神娛人活動中，許多習俗、技藝、百戲因之流傳下來，高臺廣場中的演出是熱鬧的，是帶著濃厚的民間氣息的。相對於此，還有所謂的堂會演出，官府富豪或文人士夫召戲班至廳堂、花園等處演出，因為對象不同，欣賞的角度亦不同，因此紅氍毹上的演出，演員們通常會更注意唱工的技巧，於是這類演出也易於趨向精緻化。還有另外一種典型的演出方式，就是在瓦舍勾欄之類的場所進行的商業性演出，它與商業發達、經濟繁榮等客觀環境有著密切的關係。

　　古代戲班，除了宮廷戲班、私人家樂之外，還有職業戲班。職業戲班是以營利為目的，他們除了迎神賽會及應貴族縉紳、文人士夫之召喚堂會演出之外，經常性的公開演出，當然是不可或缺的活動。馮沅君在〈古劇四考〉、〈古劇四考跋〉中對於「勾欄」、「路歧」、「才人」及「做場」等有關元代藝人公演的情形已有詳盡之考證。〔註 81〕曾師永義於〈元人雜劇的搬演〉一文中則就「戲劇要素」和「搬演過程」兩方面加以探索，其中「搬演過程」又分「搬演前、搬演形式、收場與打散」二方面敘述。〔註 82〕王安祈在《明代傳奇之劇場及其藝術》〈勾闌、廣場演劇〉中進一步說：

> 若以明初周憲王在宣德年間所作的誠齋樂府《復落娼》、《桃源景》、《香囊怨》、《煙花夢》等劇中的劇場資料與，《藍采和》相較，可以說是若合符節的，甚至與《莊家不識構闌》和宋元戲文等所述的演劇情形亦無差異。由此可見，至少明代初期演員營利公演的狀況與元代並沒有什麼出入。〔註83〕

明代戲劇演出的相關資料中，對於勾欄演劇的記載似乎並不多見，甚至勾欄一詞已逐漸轉為妓院之意。宋代藝人作場的地方，多圍以低矮的欄杆，因此稱作場之處為勾欄，一直到元代還沿用其名稱。而元代之戲劇演員多由妓女兼任，勾欄便逐漸與妓院界線不清。明代仍沿宋代之舊，以勾欄為劇場，但

百戲」論其舞臺藝術之成就。收於《通識教育學報》第 2 期，民國 103 年 12 月，頁 145～151。
〔註81〕〈古劇四考〉、〈古劇四考跋〉，收於馮沅君《古劇說彙》，前揭書，頁 1～120。
〔註82〕詳見曾師永義於〈元人雜劇的搬演〉「搬演過程」，收於曾師永義《說俗文學》（臺北：聯經出版事業公司，民國 69 年 4 月初版），頁 371～384。
〔註83〕詳見王安祈《明代傳奇之劇場及其藝術》上編第二章〈明代傳奇的演出場合及劇場形製〉第三節〈勾闌、廣場演劇〉，前揭書，頁 146～154。

後來妓院之義反倒更流行了。〔註84〕

在《水滸傳》第五十一回〈插翅虎枷打白秀英　美髯公誤失小衙內〉中有一段勾欄演出的描寫，補充說明於此，以補戲曲史料不足之憾：

> 雷橫答道：「我卻才前日來家。」李小二道：「都頭出去了許多時，不知此處近日有個東京新來打踅的行院，色藝雙絕，叫做白秀英。那妮子來參都頭，卻值公差出外不在，如今現在勾欄裡說唱諸般品調，每日有那一般打散，或是戲舞，或是吹彈，或是歌唱，賺得那人山人海價看。都頭如何不去睃一睃？端的是好個粉頭！」雷橫聽了，又遇心閒，便和那李小二徑到勾欄裡來看，只見門首掛著許多金字帳額，旗桿吊著等身靠背。入到裡面，便去青龍頭上第一位坐了。看戲臺上，卻做笑樂院本。……院本下來，只見一個老兒，裹著磕腦兒頭巾，穿著一領茶褐羅衫，繫一條皂條，拿把扇子，上來開呵道：「老漢是東京人氏，白玉喬的便是。如今年邁，只憑女兒秀英歌舞吹彈，普天下伏侍看官。」鑼聲響起，那白秀英早上戲臺。……念了四句七言詩，便說道：「今日秀英招牌上明寫著這場話本，是一段風流蘊藉的格範，喚做《豫章城雙漸趕蘇卿》。」說了，開話又唱，唱了又說，合棚價眾人喝采不絕。雷橫坐在下面看那那婦人時，果然是色藝雙絕。……那白秀英唱到務頭，這白玉喬按喝道：「雖無買馬博金藝，要動聰明鑒事人。看官喝采道是去過了，我兒且回一回，下來便是觀交鼓兒的院本。」

從這段敘述中，可以看到勾欄演出之一些現象，如：白秀英出場之前，其父白玉喬「開呵」，開呵亦有稱開和或開喝〔註85〕，在金元時它是用來做伎樂人在演唱前自我介紹之類的說明語言，當然也有自我宣傳、自提身價之目的〔註86〕。在徐渭《南詞敘錄》「開場」條下言：

〔註84〕 同前註，頁150。

〔註85〕 關於院本演出前「開呵」之運用，及其名義之考述，詳見胡忌《宋金雜劇考》第二章〈淵源與發展〉六〈明代院本概況〉，前揭書，頁100～103。

〔註86〕 勾欄演出中「開呵」之形式，與戲文之「開場」作用相似，今日所見南戲、傳奇，首齣由末腳（副末）上場，唸詞兩闋，一則虛籠大意，一則櫽括本事。但就早期之南戲而言，則更有如徐渭所言「夸說大意以求賞」之意。如《永樂大典戲文三種》中，《張協狀元》末白【滿庭芳】：「教坊格範，緋綠可全聲。酬酢詞源譚砌，聽談論四座皆驚。渾不比，乍生後學，謾自逞虛名。……這番書會，要奪魁名，占斷東甌盛事，諸宮調唱出來因。」《小孫屠》末白【滿

　　開場　宋人凡勾欄未出，一老者先出，夸説大意以求賞，謂之「開
　　呵」。今戲文首一出，謂之「開場」，亦遺意也。〔註87〕

上段引文又寫道「白秀英唱到務頭，這白玉喬按喝道」，則「按喝」即爲「收
住」、「收呵」之意，於緊要處或最精彩處收住，留待下回再唱再講，自是生
意人吸引聽眾之手段。

　　庭芳】：「想像梨園格範，編撰出樂府新聲。」言下自誇之意皆顯而易見。引
　　文見錢南揚校注《永樂大典戲文三種校注》（臺北：華正書局有限公司，民國
　　74 年 3 月出版），頁 2、257。
〔註87〕詳見明・徐渭《南詞敘錄》「開場」條，收於《中國古典戲曲論著集成》三，
　　前揭書，頁 246。

【中編】
嘉隆年間南戲四大聲腔考述

第壹章　明代南戲四大聲腔發展概述

　　南戲，從「鶻伶聲嗽」的小戲型態，發展到「永嘉雜劇」，又壯大為大戲「永嘉戲曲」，因其生命力強而開始向外流播，在南宋度宗咸淳年間（西元1265～1274 年），已由永嘉流傳到杭州和江西南豐一帶﹝註1﹞，南宋建都杭州，杭州經濟、文化等方面的條件，必然超過溫州，南戲在此有了更大的發展，也有書會之成立，如《永樂大典戲文三種》中之《錯立身》，其下署「古杭才人新編」，《小孫屠》下署「古杭書會編撰」，即為明顯之例；又從朱熹、陳淳等人主張禁戲的資料推測﹝註2﹞，福建閩南地區的莆田、泉州和漳

──────────

〔註1〕　詳見元·劉壎《水雲村稾》卷4〈傳·詞人吳用章傳〉：「吳用章，名康，南豐（今江西南豐）人，生宋紹興間。敏博逸群，課舉子業，擅能名而試不利。乃留情樂府，以抒憤鬱。當是時，去南渡未遠，汴都正音教坊遺曲猶流播江南。用章博采精探，悟徹音律，……不知又踰幾年而終。子孫無述焉。悲哉！用章歿，詞盛行于時；不惟伶工歌妓以為首唱，士大夫風流文雅者酒酣興發輒歌之。由是與姜堯章之暗香、疏影，李漢老之漢宮春，劉行簡之夜行船，並喧競麗者殆百十年。至咸淳（宋度宗年號，西元 1265～1274 年），永嘉戲曲出，潑少年化之；而後淫哇盛、正音歇。然州里遺老猶歌用章詞不置也。其苦心蓋無負矣。」收於王雲五主持《四庫全書珍本四集》第 289 冊，（臺北：臺灣商務印書館股份有限公司，民國 63 年出版），頁 11～12。
　　　　元·劉一清《錢塘遺事》卷6「戲文誨淫」條云：「湖山歌舞，沈酣百年。賈似道少時，佻達尤甚。自入相後，猶微服閒行，或飲於伎家。至戊辰、己巳（宋度宗咸淳四、五年，1268、1269 年）間，《王煥戲文》盛行於都下，始自太學有黃可道者為之。一倉官諸妾見之，至於群奔，遂以言去。」轉引曾師永義《戲曲源流新論》〈也談「南戲」的名稱、淵源；形成和流播〉，前揭書，頁 148。
〔註2〕　清·薛凝度主修《雲霄廳志》卷46〈藝文六〉引宋·陳淳《朱子守漳實蹟記》：「朱先生守臨漳，未至之始，闔郡吏民得於所素，竦然望之如神明，俗之淫

──131──

州也應在南宋光宗紹熙年間（西元 1190～1194 年）已有流入戲文；而廣東潮州由後來的戲文傳本觀察，也應當是戲文流播的地方，只是時間未必在南宋。〔註3〕

　　元末明初，溫州人高明寫作《琵琶記》，文詞清麗典雅，極獲文人學士推崇，而譽之爲「詞曲之祖」〔註4〕，劇中教忠教孝，更爲明太祖朱元璋所喜，即位之初，日令優人演出。南戲由此漸趨發展，流傳日廣，在其流播的過程中，或調適各地不同的方言、民歌，以滿足觀眾的視聽需求；或因演唱方式的改變，而有所變化成長；或藉由精通音律的藝術家改良唱腔，使舞臺演出更臻完美。在不同的時空背景下，各種聲腔逐漸形成，其中又以「海鹽腔」、「餘姚腔」、「弋陽腔」、「崑山腔」影響最大，遂有南戲四大聲腔之稱。

蕩於優戲者在悉屏戢奔遁。及下班蒞政，究嚴合宜，不事小惠。」朱先生即朱熹，宋光宗紹熙元年（西元 1190 年）知漳州事，三年後去任。由文中所述，顯然朱熹不喜優戲，而加以禁絕。轉引曾師永義《戲曲源流新論》〈也談「南戲」的名稱、淵源；形成和流播〉，前揭書，頁 154。

宋・陳淳《北溪大全集》卷 47〈上傅寺丞論淫戲〉：「某竊以此邦陋俗，當秋收之後，優人互湊諸鄉保作淫戲，號『乞冬』。群不逞少年，遂結集浮浪無賴數十輩，共相唱率，號曰『戲頭』。逐家裒斂錢物，豢優人作戲，或弄傀儡，築棚於居民叢聚之地，四通八達之郊，以廣會觀者；至市廛近地，四門之外，亦爭爲之，不顧忌。……其名若曰戲樂，其實所關利害甚大：一、無故剝民膏爲妄費；二、荒民本業事遊觀；三、鼓簧人家子弟，玩物喪恭謹之志；四、誘惑深閨婦女，出外動邪僻之思；五、貪夫萌搶奪之姦；六、後生逞鬥毆之忿；七、曠夫怨女邂逅爲淫奔之醜；八、州縣一庭紛紛起獄訟之繁，甚至有假託報私仇，擊殺人無所憚者。其胎殃產禍如此，若漠然不之禁，則人心波流風靡，無由而止，豈不爲仁人君子德政之累。謹具申聞，欲望台判案榜市曹，明示約禁。……如此，……闔郡四境，皆實被賢侯安靜和平之福，甚大幸也。」此書收於王雲五主持《四庫全書珍本四集》第 277 冊，（臺北：臺灣商務印書館股份有限公司，民國 63 年出版）。

陳淳在宋寧宗慶元三年（西元 1197 年）知漳州，從他這封上書，可以看出慶元間漳州「優戲」和「傀儡」極爲盛行。再從其中所言優戲之對當地民風的影響，如「四、誘惑深閨婦女，出外動邪僻之思」、「七、曠夫怨女邂逅爲淫奔之醜」，也可看出當時戲文多演男女情愛之內容，與之前所引元・劉一清《錢塘遺事》卷 6「戲文誨淫」條所述內容，正可相互印證。

〔註3〕　關於南戲的流播，參見曾師永義〈也談「南戲」的名稱、淵源；形成和流播〉一文之〈四、南戲的流播分派：從福建古劇到南戲諸腔劇種〉，此文收於曾師永義《戲曲源流新論》，前揭書，頁 152～172。

〔註4〕　詳見清・焦循《劇說》卷 2 引《道聽錄》云：「《琵琶》乃詞曲之祖。」此書收於《中國古典戲曲論著集成》八，前揭書，頁 108。

以下先就「腔調」、「聲腔」、「唱腔」與「劇種」之關係作釐清，再論南戲四大聲腔之發展。

第一節　「腔調」、「聲腔」、「唱腔」與「劇種」之關係

中國幅員遼闊，不同的地區，不同的民族，各有其方言土語，因此樂曲風格不同，亦是自然之理；不同風格的音樂，演諸舞臺，自然產生不同的品味。中國戲曲，既以「曲」為名，則知歌唱、音樂為其重要之構成因素，在歌舞樂的密切結合下，一齣齣描寫人生百態的戲曲，娓娓道出了作者情志，反映了庶民心聲，看到了時代風貌，展現了多元的藝術風格，正像長江大河綿延千里。

曾師永義〈中國地方戲曲形成與發展的徑路〉一文中說：

> 所謂「聲腔」、「腔調」、「曲調」都屬於戲曲音樂的範疇，中國戲曲音樂是建立在宮調、曲牌、腔調、板眼四個基礎之上。……聲腔或腔調乃因為各地方言都有各自的語言旋律，將此各自特殊的語言旋律予以音樂化，於是就產生各自不同的韻味。也因此原始聲腔或腔調莫不以地域名，如海鹽腔、餘姚腔、弋陽腔、崑山腔等。……「腔調」和「聲腔」其實是一事異名，所以要作分別的緣故是因為「腔調」流傳到某地以後，往往受當地語言的影響而產生某種程度的變化，如果仍以此為劇種的基礎腔調，那麼便會產生另一新腔調劇種。……也就是說，「腔調」是戲曲歌唱時所以顯現方言旋律特殊韻味的基礎，而「聲腔」則是對於那些流播廣遠具有豐富生命力的腔調而言。所以「梆子腔」如在陝西的發祥地而言，就是「腔調」，但一經流布加入流布地的語言因素後，就會略有變化，然因本身強勢，百變不離其宗，自成體系，就稱之為「聲腔」而為「梆子腔系」。〔註5〕

可見「腔調」（或「聲腔」）是以語言為基礎，不同的語言呈現不同韻味的「腔

〔註 5〕詳見曾師永義〈中國地方戲曲形成與發展的徑路〉一文之〈緒言〉，此文收於曾師永義《詩歌與戲曲》（臺北：聯經出版事業公司，民國 77 年 4 月初版），頁 115～117。亦見於〈論說「腔調」〉之〈（三）余從和筆者的看法〉，收於曾師永義《從腔調說到崑劇》（臺北：國家出版社，2002 年 12 月初版），頁 34～35。

調」，也影響著各地方戲曲的音樂內涵，施諸舞臺演出，憑藉著演員、歌者的歌唱藝術展現出不同的音樂特色。〔註6〕因此，原始腔調多以地名為命名依據，其理由即在藉此強調地方化之特色。「腔調」不同，劇種的演唱方式乃至劇本的體製規律都會有不同的面貌。「腔調」也會因各種因素流播各地，隨著時空環境的改變，而產生變化，形成「系統性腔調」，即所謂「聲腔」。

因此，要釐清南戲四大聲腔之淵源、發展和流播的狀況，則清楚地探討「腔調」、「聲腔」、「唱腔」與「劇種」之間的關係是很重要的。

一、「腔調」、「聲腔」、「唱腔」之命義

何謂「腔調」？

在許多辭典中都提出了解釋。如：王沛綸編著《戲曲辭典》「腔調」：

> 歌調曰腔。樂律曰調。今統稱樂曲之聲律曰腔調。〔註7〕

《中國戲曲曲藝詞典》「腔調」：

> 戲曲名詞。我國各種地方戲曲的音樂組成部分。如京劇的西皮、二黃，徽劇的吹腔、高撥子，川劇的崑（腔）、高（腔）、胡（琴），彈（戲）、燈（戲）等。每種腔調都包括許多曲調，如西皮中的慢板、原板、快板等板腔，崑腔中【點絳唇】、【新水令】、【醉花陰】等曲牌。許多劇種所共有的、出於一源的腔調，如高腔、梆子腔等，則總稱為「聲腔」。〔註8〕

《中國音樂詞典》「腔調」：

> 在戲曲、曲藝音樂中，由某一地區或某些地區廣泛傳唱的基礎上逐

〔註6〕 「腔調」不同，戲曲之韻味亦不同，如明・王驥德《曲律》卷1〈總論南北曲第二〉條中言：「曲之有南、北，非始今日也。……北主勁切雄麗，南主清峭柔遠。北字多而調促，促處見筋；南字少而調緩，緩處見眼。北辭情少而聲情多，南聲情少而辭情多。北力在弦，南力在板。北宜和歌，南宜獨奏。北氣易粗，南氣易弱。此其大較。」此書收於《中國古典戲曲論著集成》四，前揭書，頁56。王驥德此說，亦見於魏良輔《曲律》，唯文字略有小異，此書收於《中國古典戲曲論著集成》五，（北京：中國戲劇出版社，1982年11月第4次印刷），頁7。

〔註7〕 詳見王沛綸編著《戲曲辭典》「腔調」條，（臺北：臺灣中華書局股份有限公司，民國64年4月2版），頁447。

〔註8〕 詳見《中國戲曲曲藝詞典》「腔調」條，（上海：上海藝術研究所、中國戲劇家協會上海分會編，上海辭書出版社出版，1981年9月第1版，1985年2月第3次印刷），頁104。

漸形成的一種特定音調體系，「二黃」、「西皮」、「苦音」、「花音」、
「柳枝腔」、「雲蘇調」等。腔調與聲腔的涵義不同，聲腔具有更廣
泛的意義，一種聲腔可以包括若干種腔調。如作為聲腔的梆子腔，
包括苦音、花音；如作為聲腔的皮黃腔，包括西皮、二黃等。〔註9〕

各家之說大抵相似，都認為「腔調」是中國各種地方戲曲、曲藝之音樂組成
部分。但此說僅就所見現象立論，卻未能深入探討「腔調」究竟建立在何種
基礎之上？據此，曾師永義〈論說「腔調」〉一文針對此一命題作全面性之探
討，文中清楚解釋「腔調」的基礎命義，亦關涉到「腔調」內在構成的因素、
外在用以依存的載體以及人為運轉所呈現之「唱腔」，就此三方面之論述而為
「腔調」定義如下：

> 若給「腔調」下個簡明的定義，可以說就是「語言的旋律」。各地方
> 的「語言旋律」各自不同，所以就會有獨具特色的｜腔調」。又因為
> 語言和歌謠、說唱、戲曲均有密切之關係，亦即語言和其所衍生的
> 「腔調」以之為載體。所以對於「腔調」之提升與流播發展，亦自
> 然產生影響，而既言「腔調」就不能不連類相及。而「腔調」又必
> 須由人口腔之運轉乃能表現出來，即所謂「唱腔」。至於所謂「聲
> 腔」，視之為「腔系」或自成系統之腔調，應當是較接近當前學界的
> 共識。

> 腔指人的口腔，調指聲音的旋律。……腔調的根本基礎，就是方音
> 憑藉方言所產生的語言旋律。而方音方言既然各有殊異，也自然各
> 有特質。……腔調在源生地只稱「土腔」，其載體稱「土曲」、「土
> 戲」；其根源之方音、方言則稱「土音」、「土語」。「土腔」一經流傳
> 便會冠上源生地作為名稱，同時產生種種現象。

> 如果要說明「腔調」、「聲腔」和「唱腔」的關係，則「腔調系統」
> 亦即「腔系」或形成系統的腔調則謂之「聲腔」，經由歌者運轉的腔
> 調謂之「唱腔」；而「腔調」的基礎既建立在方音方言的語言旋律之
> 上，則在任何時空裡，只要有一群人聚居就會存在，它必須經由流

〔註9〕　詳見《中國音樂詞典》「腔調」條，（臺北：丹青公司有限公司，民國75年5
月臺1版），頁445。張月中主編《中國古代戲劇辭典》〈名詞術語〉下有「腔
調」條，說解同此，不再贅引。（哈爾濱：黑龍江人民出版社，1993年1月第
1版），頁267。

播至他方，才會被冠上原生地作爲名稱；而一旦見諸記載，則往往是已經流播的重要腔調。〔註10〕

至此「腔調」的概念應已清晰。

何謂「聲腔」？

前段所引諸說在行文之際，都關注到了與「腔調」有密切關係、且更具廣泛意義的「聲腔」。他們的解釋如下：《中國戲曲曲藝詞典》「聲腔」條說：

> 戲曲名詞。我國某些悠久的戲曲劇種的腔調和演唱方式，在發展過程中往往對其他劇種產生影響，或同其他地區語言、民間曲調結合而產生新的劇種，因而使得這些劇種在腔調和演唱方式上具有共同或相似的特點，形成相互間的血緣關係。一般把具有這種關係的劇種統稱爲一種聲腔系統。如秦腔（陝西梆子）曾對蒲劇（蒲州梆子）、豫劇（河南梆子）、晉劇（中路梆子）、河北梆子、山東梆子等劇種產生直接或間接的影響，因此，這些劇種就被歸入梆子腔的聲腔系統。明清以來影響廣泛的聲腔系統有崑腔、高腔、梆子腔、皮黃等。〔註11〕

《中國音樂詞典》「聲腔」條說：

> 戲曲音樂名詞。通常指有著淵源關係的某些劇種所具有的共同音樂特徵的腔調而言，包括與腔調密切相關的唱法、演唱形式、使用的樂器和伴奏手法等因素在內。在我國戲曲音樂的發展歷史中，曾經產生過多種聲腔，它們多以產生和流傳的地區命名，如海鹽腔、崑山腔等。也有以其音樂特徵來命名的，如梆子腔、高腔等。某些劇種或腔調在發展和流傳過程中，常互相交流、互相吸收、互相影響。又，某些腔調流傳到其他地區，與該地區的民間音樂或其他音樂相結合，派生出若干種新的戲曲腔調；這些新的戲曲音樂（其中最主要的是腔調），雖然各自具有不同風格，卻又保留著原先腔調的某些基本特徵。原先的腔調和這些派生的各種腔調便成爲一種聲腔系統。〔註12〕

〔註10〕 詳見曾師永義〈論說「腔調」〉一文，〈一、腔調的命義・（四）從文獻印證「腔調」的命義〉、〈結論〉，此文收於《從腔調說到崑劇》，前揭書，頁036、176～180。

〔註11〕 詳見《中國戲曲曲藝詞典》「聲腔」條，前揭書，頁104。

〔註12〕 詳見《中國音樂詞典》「聲腔」條，前揭書，頁445。又，張月中主編《中國

以上二說見解相同，都認為「腔調」在流播過程中，會與當地語言、曲調相互交流、吸收、影響，而產生新的腔調，但彼此之間仍具有原先腔調的某些基本特徵。因此，稱這些具有淵源關係的「腔調」為「聲腔系統」。余從《戲曲聲腔劇種研究》〈戲曲聲腔・戲曲聲腔的概念〉中亦說：

> 在戲曲史上，元、明至清前期，各地形成的地方戲曲，大都採用
> 「腔」或「調」名稱命名。……因為腔調及其自身俱有的特點，最
> 能夠反映出地方戲曲之間的差別。戲曲所採用的腔調，就是戲曲聲
> 腔，崑山腔、弋陽腔、梆子腔等等，各自也就是一種戲曲聲腔。……
> 腔調在戲曲綜合藝術中，是作為表現戲劇內容的音樂手段而存在
> 的，不是孤立的曲調或曲牌，它是在舞臺藝術中，以聽覺形象給觀
> 眾強烈的感受，並與其他藝術手段一起來完成戲劇表演的。因此，
> 人們在習慣上提到崑山腔、梆子腔、皮黃腔等腔調時，並不僅指其
> 腔調本身，而是涵蓋了腔調及其演出的劇目的，也就是整個包括文
> 學和舞臺藝術在內的戲劇演出，所以稱之為崑山腔、梆子腔、皮簧
> 腔，但卻代表了它這種地方戲，也就是地方戲的名稱。〔註13〕

余從之意，亦贊成「腔調」是戲曲音樂的基礎，而「腔調」因其自身所具之特點，亦能呈現各地方戲曲之差別；而這些「腔調」一旦為戲曲所採用便叫做「聲腔」，也成為各地方戲曲的名稱，進而成為戲曲劇種之名。因此，余從文中，又從狹義、廣義兩方面論述「聲腔」之概念：

> 我認為元、明至清中葉，各種戲曲聲腔的名稱，其概念的內涵，是
> 包括兩層意思的，既指腔調本身，又指演唱這種腔調的地方戲，這
> 裡有狹義和廣義之分，而並不相互排斥，而且在一定意義上由當時
> 聲腔名稱以地域命名者居多，就自然成為區分地方戲曲品種的標
> 誌。簡而言之，一種聲腔，在幾個不同地區因當地語音而引起地方
> 化的衍變，就使同一聲腔在不同地區俱有了各地的地方特色，有了
> 差別。但他們各自又都保持著原有聲腔在腔調、演唱特點及固有劇
> 目上的共同特徵，……我們稱之為聲腔系統，簡稱腔系。明、清以

古代戲劇辭典》〈名詞術語〉下有「聲腔」條，前揭書，頁 304，說解同此，
不再贅引。

〔註13〕詳見余從《戲曲聲腔劇種研究》〈戲曲聲腔・戲曲聲腔的概念〉（北京：人民
音樂出版社，1994 年 4 月第 2 次印刷），頁 103～105。下段引文同此，不再
作註。

來，眾所周知的崑腔腔系、高腔腔系、梆子腔系、皮簧腔系，就是明顯的例證。

綜合上述各家說法可知，在論及戲曲劇種之際，有「聲腔（腔調）劇種」之名（詳後），是因爲某些生命力強的「腔調」，可能隨著戲班或家班之遷徙而流播四方，或者影響當地之腔調，或者受當地之語言、民歌影響，於是產生變化，繁衍出新的腔調，流播範圍愈廣，其產生之變化愈顯複雜。〔註14〕這些新腔調雖各具特色，但彼此之間又有其共性存在，這種系統性之腔調，就是所謂「聲腔」。

如南戲四大聲腔，海鹽腔、餘姚腔、弋陽腔、崑山腔等，都是外地人的稱呼，是海鹽、餘姚、弋陽、崑山等地的南戲戲班在外地演出，有較大的影響，又有文人加以記載的緣故。它們在當地一般只稱「土曲」、「土腔」或「土戲」。〔註15〕

〔註14〕 腔調流播外地的原因，和促使其產生變化的緣故，在余從《戲曲聲腔劇種研究》〈戲曲聲腔·戲曲聲腔的概念〉提出四種原因：「一種是由於人口的遷徙，戲班和藝人也隨之遷往新的地區。……二、明清兩代工商業城市的出現，以及貿易集散地的城鎮、碼頭，爲各種地方聲腔的薈聚、交流、融合創造了條件。各地商幫要用本鄉戲班應酬交往，戲班、藝人也要賴此賣藝維生。……藝人相傳『戲路隨商路』道出了其間的奧妙。三、明至清初葉，官員縉紳常有設家班自娛和娛客的。官員因『避籍』而在外地任職，以及不斷的調遷，家班也隨往別地。崑腔在外地流布，大多與此有關。四、民族民間傳統習俗，給戲班和藝人提供在農村活動的廣闊天地。各種節令的酬神演戲，紳民百姓的喜慶娛樂都成爲民間職業戲班賴以存在和發展的條件。」前揭書，頁 164～165。
曾師永義〈論說「腔調」〉之〈六、促使腔調變化的緣故〉認爲余氏腔調流布外地落地生根的四種促成因素，雖然有其共性的看法，但是腔調流播後所產生的現象，和促使腔調變化的緣故，尚有許多種情況卻是余氏所未暇顧及的。如以下四種情況：（一）腔調因演唱方式而變化成長。（二）腔調由鄉村進入城市而發生變化。（三）腔調因藝術家唱腔改良而變化提昇。（四）腔調也有由曲牌逐漸發展蛻化而形成者。前揭書，頁 154～162。
〔註15〕 在文獻中可見「土曲」、「土腔」、「土戲」之例，如明·凌濛初《譚曲雜箚》：「江西弋陽土曲，句調長短，聲音高下，可以隨心入腔，故總不必合調。」收於《中國古典戲曲論著集成》四，（北京：中國戲劇出版社，1982 年 11 月第 4 次印刷），頁 254。
如明·傅一臣《蘇門嘯》卷 2《賣情箚囮》第三折〈阻約〉，有一段對白：「（丑）柏亭兄，我和你各把土腔唱一曲，滿浮大白而散如何？」收於陳萬鼐主編《全明雜劇》（八），（臺北：鼎文書局，民國 68 年 6 月初版），頁 4650。
如明·范濂《雲間據目抄》卷 2〈記風俗〉：「戲子在嘉隆交會時，有弋陽人入郡（松江）爲戲。一時翕然崇高，弋陽人遂有家於松者。其後漸覺醜惡，弋

何謂「唱腔」？

它與戲曲構成因素中的「歌唱」部分是否相同？《中國古代戲劇辭典》〈名詞術語〉下「唱腔」條說：

> 戲曲、曲藝中念（說）白之外的人聲歌唱部分稱爲唱腔。戲曲、曲藝音樂中佔有重要地位，對於人物思想情感的抒發、人物性格的刻劃、戲劇矛盾的展開、戲劇高潮的形成，以及對整個節目的佈局都起著重要的作用。唱腔的結構主要有曲牌體和板腔體兩種形式。唱腔的演唱形式，主要是獨唱還有用以表現交談或爭辯的對唱，以及用來表現群眾場面或特定情緒和環境的合唱（即齊唱，包括群唱、幫腔等）。一般的唱腔均有樂器伴奏，有些劇種或曲種則只用打擊樂器和人聲幫腔，有時則爲突出唱腔的特殊效果而無任何伴奏的乾唱（或稱「清板」）。傳統戲曲、曲藝唱腔的創作（一般稱「創腔」），主要是在該劇種或曲種既有唱腔曲調基礎上，通過不同程度的再創造來完成，演員、樂師是主要的再創造者。〔註16〕

此處雖標示「唱腔」之名，但其文中所述「戲曲、曲藝中念（說）白之外的人聲歌唱部分稱爲唱腔。」似指戲曲藝術中之「歌唱」成分，尤其之後所述唱腔之作用、唱法……等，更令人有此感覺。此文作者似乎未能察覺「唱腔」應著重探討演員、歌者個人之藝術修爲，或對演出作品的詮釋能力，進而呈現其獨特之藝術特色。因此，就意義上來說，「唱腔」實不同於戲曲構成因素中之「歌唱」。

《中國戲曲曲藝詞典》「唱腔」條說：

> 戲曲、曲藝名詞。戲曲、曲藝音樂的主要組成部分。指人聲歌唱的部分，是樂器伴奏的部分相對而言。每個劇種都有一定的唱腔，同一唱腔又因演員具體行腔的不同，而形成各種流派，如京劇中有譚派、汪派、孫派等。〔註17〕

余從《戲曲聲腔劇種研究》〈戲曲聲腔・戲曲聲腔的概念〉中說：

陽人復學爲太平腔、海鹽腔以求佳，而聽者越覺惡俗。故萬曆四、五年（1576、1577）末，遂屏跡，仍尚土戲。」收於《筆記小說大觀二十二編》第 5 冊，前揭書，頁 2629。

〔註16〕詳見張月中主編《中國古代戲劇辭典》〈名詞術語〉下「唱腔」條，前揭書，頁 33。

〔註17〕詳見《中國戲曲曲藝詞典》「唱腔」條，前揭書，頁 104。

戲曲的聲腔概念，也不能和唱腔概念混同使用。劇種採用的聲腔，並不就等於該劇演員用以表達人物情感和情緒的唱腔曲調，彼此的涵蓋和所指示有所區別的。……演員的唱腔藝術應該是指他們在運用原有唱腔曲調的基礎上爲使之恰當表現劇中人物的情感和情緒，在豐富和發展唱腔上的創造性成果，這裡面自然是體現了或者展示出演員的才華和技巧的了。演員所要取得的創造性成果，總是表現在具體的唱腔方面，因此稱作唱腔藝術要比稱爲聲腔藝術更加確當。〔註18〕

俞爲民〈南戲四大唱腔考述〉一文之〈唱腔與劇種考辨〉中說：

唱腔是屬於表演的範疇，它所涵蓋的範圍小，祇指演唱而言，不涉及劇本體制。〔註19〕

曾師永義〈論說「腔調」〉一文中說：

「腔調」既然是方言的語言旋律，則共同使用某一方言的人，便也有共同的「腔調」；但「腔調」一經某人通過載體運轉，便有其人修爲與情感思想的色彩，此謂之「唱腔」。所以「腔調」與「唱腔」之間關係密切，不過仍有共性與個性的分別。

影響「唱腔」的因素，除了運轉者先天的音色和後天的運轉能力外，最主要的是載體語言所呈現的意象情趣對運轉者所產生的感染力之深淺厚薄，從而呈現於其運轉方法之中。所以「唱腔」就會有個人特色，其高明者因之產生流派，因之提昇腔調的藝術水準，亦即可以對腔調進行改良。〔註20〕

綜上所述，我們可以知道「唱腔」不同於戲曲、曲藝中的「歌唱」概念，也不同於「腔調」或「聲腔」，此二者在語言旋律、音樂特色上，都有清楚的地方性或共同性，而「唱腔」所強調者更在於演員、歌者之個人色彩，即所謂的個別性了。

〔註18〕 詳見余從《戲曲聲腔劇種研究》〈戲曲聲腔・戲曲聲腔的概念〉，前揭書，頁107～109。

〔註19〕 詳見俞爲民〈南戲四大唱腔考述〉一文之〈唱腔與劇種考辨〉，收於《宋元南戲考論》（臺北：臺灣商務印書館股份有限公司，1994年9月初版），頁16。

〔註20〕 詳見曾師永義〈論說「腔調」〉一文之〈五、歌者如何運轉載體產生「唱腔」〉、〈結論〉，此文收於《從腔調說到崑劇》，前揭書，頁133、178。

二、「劇種」之命義

何謂「劇種」？《中國戲曲曲藝詞典》「劇種」條說：

> 戲曲名詞。指戲劇藝術的種類。根據不同藝術形式而分話劇、戲
> 曲、歌劇、舞劇等，或根據不同表現手段而分木偶戲、皮影戲等。
> 戲曲又根據起源地點、流行地區、藝術特色和民族特點之不同，再
> 分爲許多地方戲曲劇種和民族戲曲劇種，如越劇、黃梅戲、川戲、
> 秦腔、藏劇、壯劇等。三種不同涵義中，目前用的最廣泛的是第三
> 種，一般稱爲「戲曲劇種」。〔註21〕

《中國大百科全書·戲曲曲藝》「中國戲曲劇種」條：

> 根據各地方言語音、音樂曲調的異同及流布地區的不同而形成的中
> 國戲曲藝術品種的統稱。有以民族語言和音樂爲特色的戲曲劇種，
> 如漢族的京戲及其他地方戲，藏族的藏戲……；有以地域語音和音
> 樂爲特色的地方戲曲劇種，如川、劇秦腔……等。〔註22〕

同書「戲曲聲腔劇種」條：

> 區分中國戲曲藝術中不同品種的稱謂。中國幅員遼闊，民族眾多，
> 存在著語言及音樂的民族性和地域性區別，因而從戲曲形成之始，
> 就有民族戲曲和地方戲曲之分。其中以演員的腔調加以區分，稱
> 「腔」或「調」的，如弋陽腔、梆子腔、徽調、拉魂腔等謂之「戲
> 曲聲腔」；以民族或地域的藝術特色相區別，稱「戲」或「劇」的，
> 如傣劇、京劇、柳子戲等，謂之「戲曲劇種」。每個戲曲品種無論稱
> 「腔」或「調」，「戲」或「劇」，往往冠以民族的、地域的、樂器的，
> 或足以表示其特徵的詞彙，作爲區別於其他聲腔、劇種的名稱。戲
> 曲不同品種之間的差別，體現在文學形式和舞臺藝術的各方面，但
> 主要表現爲演唱腔調的不同。……元代至清初，各種地方戲曲大多
> 以「腔」、「調」命名，劇種名稱與聲腔名稱相互通用。……明末以
> 來，由於各種聲腔的長期流布、交流，以及由此而形成的多聲腔戲
> 曲品種的出現，如婺劇前身的「三合班」、「二合半」，遂使聲腔與劇

〔註21〕詳見《中國戲曲曲藝詞典》前揭書，頁104。又，張月中主編《中國古代戲劇
辭典》〈名詞術語〉「劇種」條，說解同此，不再贅引，前揭書，頁180。

〔註22〕詳見《中國大百科全書·戲曲曲藝》「中國戲曲劇種」條，（北京：中國大百
科全書出版社，1998年第2次印刷），頁587～588。下段「戲曲聲腔劇種」
引文同出此書，頁465～467。

種的概念發生了變化。聲腔，除指腔調及其演唱特點外，還包括由這一聲腔流布各地繁衍而成的聲腔系統，簡稱「腔系」。如崑山腔及地方化了的崑腔所構成的崑腔腔系。劇種指在不同地區形成的單聲腔或多聲腔的地方戲曲和民族戲曲，……聲腔與劇種的關係，則表現爲聲腔是指戲曲劇種所使用的腔調，劇種所採用的特種腔調均可以歸屬於一定的聲腔系統，除單聲腔的劇種尚可採用聲腔名稱代表劇種外，凡屬由幾種聲腔組成的劇種，大多不再以聲腔命名，而改稱「戲」或「劇」。中華人民共和國成立後，「戲曲劇種」的概念被確定下來，同時，「戲曲聲腔」也成爲從腔調或演唱特點區別戲曲類型的一種概念，並以此劃分各種不同的戲曲聲腔系統。

以上各家說法，皆以「戲劇藝術的種類」或「品種」作爲「劇種」之釋義。行文雖有繁簡之別，但可以清楚看出，諸說論者在述及劇種之分類時，大抵是以「聲腔」爲依據的，如《中國大百科全書》「戲曲聲腔劇種」條所謂：「戲曲不同品種之間的差別，體現在文學形式和舞臺藝術的各方面，但主要表現爲演唱腔調的不同。……元代至清初，各種地方戲曲大多以『腔』、『調』命名，劇種名稱與聲腔名稱相互通用。」即爲明顯之例。

但劇種之分類是否僅止於「聲腔」一端呢？雖然《中國戲曲曲藝詞典》「劇種」條中提出了依據藝術形式、表現手段及起源地點、流行地區、藝術特色和民族特點等不同的層面作爲劇種分類之依據，但在論及地方戲曲劇種，如粵劇、黃梅戲、川戲等，亦僅止於「聲腔」之觀念。曾師永義〈論說「戲曲劇種」〉之〈「戲曲劇種」的命義〉中說：

> 單從「戲曲劇種」立論，因其體製規律不同，也就會有「體製劇種」；因其起源地點不同腔調有異，也就會有「腔調劇種」；因其民族不同各具特色，也就會有「民族劇種」；決不能只用「腔調」（或「聲腔」）作爲分別「戲曲劇種」的唯一基準。但因爲「民族劇種」較爲遙遠和生疏，所以目前受重視和討論的偏向於漢文化的「體製劇種」和「腔調劇種」。

> 筆者認爲中國「戲曲劇種」應從三方面加以考察：其一就藝術形式的性質來分野，而有小戲系統、大戲系統和偶戲系統之別。前二者爲眞人所扮演，後者操作偶人來表演。……其二就體製規律的不同而有「體製劇種」。體製劇種中，若單就唱詞形式的類型而分則有

「詞曲系」和「詩讚系」之別，前者爲長短句，後者爲整齊的七言
與十言句，七言稱詩，十言爲讚。……詞曲系或曲牌系中所以又有
南戲、北劇、傳奇、南雜劇、短劇之分，乃因其體製規律又有不
同。……其三以用來演唱之腔調爲基準而命名的劇種謂之「腔調劇
種」或「聲腔劇種」。元明早期腔調莫不以地域名，如中州調、冀州
調、黃州調、海鹽腔、餘姚腔……等。……「腔調」是戲曲歌唱時
所以顯現方言旋律特殊韻味的基礎，而「聲腔」則是對於那些流播
廣遠具有豐富生命力的腔調而言。〔註23〕

文中以「體製劇種」和「腔調劇種」爲立論基礎，相同的體製劇種可以用不
同的腔調演唱，反之，同一腔調亦可演唱不同體製規律之劇本。如此一來，
自可解決許多因劇種名義混淆而產生之糾葛了。〔註24〕

三、「腔調」、「聲腔」、「唱腔」與「劇種」之關係

　　中國戲曲的發展過程中，不同「腔調」的形成，都與當地的方言土語、
地理環境、風土人情……等因素有著密切的關聯。各地方言不同，風俗民情
不同，人民的情感基調與表現方式也不同，自然形成了不同的「腔調」與不
同的表演風格。如徐渭《南詞敘錄》中說：

聽北曲使人神氣鷹揚，毛髮灑淅，足以作人勇往之志，信胡人之善
於鼓怒也，所謂「其聲嘄殺以立怨」是已；南曲則紆徐綿眇，流麗
婉轉，使人飄飄然喪其所守而不自覺，信南方之柔媚也，所謂「亡

〔註23〕 詳見曾師永義〈論說「戲曲劇種」〉之〈一、「戲曲劇種」的命義‧（三）筆者
　　　　對「戲曲劇種」的看法〉，此文收於《從腔調說到崑劇》，前揭書，頁243～244、
　　　　247～251。

〔註24〕 因劇種名義混淆而產生糾葛，如：金寧芬《南戲研究變遷》上編〈七、南戲
　　　　的聲腔〉之〈（三）弋陽腔〉論及弋陽腔之滾唱淵源，作者言道：「其實，有
　　　　些腔調，如青陽腔，既與餘姚腔有淵源關係，又接受弋陽腔的影響，在餘姚
　　　　腔尚未消亡之時，便將它劃歸弋陽腔系統，是否妥當？值得考慮。我以爲，
　　　　對於明代的戲曲作品，與其從聲腔分類，不如按文人的作品和民間作品分述，
　　　　來得簡單可行。」文中又引二文佐證：俞爲民〈唱腔還是劇種？——爲弋陽
　　　　腔正名〉，俞氏以弋陽腔爲唱腔而非劇種；張新建〈關於弋陽腔問題——與《中
　　　　國戲曲通史》編者商榷〉，也不同意把弋陽腔說成劇種，他認爲四大聲腔在戲
　　　　劇體製和製曲格律上沒有什麼不同。（天津：天津教育出版社，1992年5月第
　　　　1版），頁71～73。
　　　　此處對於劇種之觀念，若能區分爲體製劇種及腔調劇種來討論，則諸人之困
　　　　惑當可迎刃而解。

國之音哀以思」是已。〔註25〕

徐渭此處所說正是北曲和南曲所呈現的不同音樂審美情調，而這種差異性，歸根究柢正是不同地區文化傳統和人們生活習性的不同所造成的。

「腔調」流播四方，形成「聲腔」，戲曲中的不同「聲腔」，主要的區別在於語言和音樂旋律上的不同。每一種「聲腔」在長期的發展過程中，都會有特別適合它演出的經典劇目，或稱保留劇目，藉之呈現該「聲腔劇種」之特色。一般而言，可以用某一種「聲腔」演出的劇目，同樣也可以用其它「聲腔」來演出。在中國戲曲發展史上，很少有戲曲聲腔，能像崑山水磨調那樣受到文人士夫的青睞，而專門用崑山水磨調來寫劇本。通常演員都會將劇本稍加改動，就可以用多種不同聲腔來演出。如弋陽腔「改調歌之」的演出方式，即為明顯之例。

論及「腔調」、「聲腔」與「劇種」之關係，余從《戲曲聲腔劇種研究》〈戲曲劇種・劇種概況〉中說：

> 劇種這個概念，是約定俗成的。……各種各樣的地方戲，都帶有地方語言、音樂和習尚的特點。這些特點，成為識別劇種、區分劇種的標誌。劇種概念的約定俗成，有其歷史過程。宋、金、元時期，形成在南方、北方不同地域的戲曲，稱南戲和北雜劇。他們既有戲曲的基本特徵，又有其各自的特點。……元末明初，南北戲曲相互交流、融合，以戲文為基礎吸收雜劇奠定了戲曲的傳奇體製，出現了體製相同、地域不同、腔調有別的地方戲，如海鹽腔、餘姚腔、弋陽腔、崑山腔……等。……明清兩代，地方戲曲的不同品種，主要是用腔調來命名，並加以區分。……因此，方言語音和音樂也成為識別、區分他們的標誌。……後來由於這種地方戲，流傳外地，發生了音隨地改的演變，吸收外地音樂的因素，在新的地域發生了聲腔地方化的現象，它就成了既保持原來同一聲腔的共性，又具有當地語言、音樂個性的新的當地戲曲。……清代中葉以來，由二合班、三合班等發展為多聲腔地方戲，已逐步成為一種普遍的現象，這也是群眾習尚使然。〔註26〕

〔註25〕 詳見明・徐渭《南詞敘錄》，此書收於《中國古典戲曲論著集成》三，前揭書，頁245。

〔註26〕 詳見余從《戲曲聲腔劇種研究》〈戲曲劇種・劇種概況〉，前揭書，頁167～169。

余從文中說明了「腔調」、「聲腔」與「劇種」之關係，提到「腔調劇種」有地方語言、音樂特色之個性；「聲腔劇種」則有同一聲腔的共性，又具有當地語言、音樂的個別性，分析可謂清楚。雖然其文中提及「體製」，卻未有「體製劇種」之觀念，因此，仍以「腔調」、「聲腔」為區別「劇種」之唯一標準。事實上，在面對「劇種」這個複雜的問題，不應拘泥於「體製劇種」或「聲腔劇種」之中，二者應相互為用，自可遊刃有餘。林鶴宜《晚明戲曲劇種及聲腔研究》中有一段清楚之論述可供參考：

> 「戲曲劇種」的概念是約定俗成的，最先僅依戲曲「體製」分為南戲文和北雜劇兩大類，而隨著南戲和北劇的流播，主要由於語言因素，產生了許多地方腔調，進而發展出各腔調專有的劇目和藝術特質，於是遂採取腔調為劇種命名。其中生命力較強的腔調，往往透過流傳的過程，形成了音樂特質和演唱方式都一致的「腔調系統」，亦即所謂「聲腔」，此時劇種的命名遂由「體製」進入了「聲腔」的階段。爾後又因為劇種的交流，產生了包含多種腔調的綜合性劇種，地方語言和地方藝術特色成了區分彼此的標誌，於是又改以「地方」為劇種命名。由「體製」、「聲腔」到「地方」，「戲曲劇種」先是從體製中解脫而出，形成了聲腔，逐漸又超越聲腔，最後突顯了地方性，完成了它的內涵。〔註27〕

舞臺演出是戲劇藝術具體展現的場所，演員運轉其「唱腔」詮釋劇作，在「聲腔」的基本特色之外，更可見其個人風采，影響所及遂有流派產生，其意不同於「聲腔」明矣！同一「聲腔劇種」，也可能因眾多出色的演員而產生不同的「唱腔」流派。總之，「聲腔」可以看到「腔調」本身和演唱時之特點，但絕不同於演員用以表達劇作思想情感之「唱腔」，二者之間自有清楚之名義，不能混為一談。〔註28〕

〔註27〕詳見林鶴宜《晚明戲曲劇種及聲腔研究》〈緒論〉（臺北：學海出版社，民國83年10月初版），頁2～3。

〔註28〕俞為民〈南戲四大唱腔考述〉一文中〈唱腔與劇種考辨〉中說：「唱腔與劇種實是兩種不同的概念。南戲的海鹽、餘姚、弋陽、崑山四大唱腔，雖然在演唱方法和風格上有所不同，但都屬於同一個劇種，即同屬南戲系統。……而且弋陽腔、餘姚腔、海鹽腔和崑山腔都是根據其演唱上的不同特點來命名的，如弋陽腔有幫唱，餘姚腔有滾唱，海鹽和崑山腔婉轉細膩，並不是因為它們的格律而被命名為不同的唱腔。……可見，唱腔與劇種是兩種不同的概念，海鹽、餘姚、弋陽、崑山是南戲的四種具有不同風格的唱腔。」收於《宋元

第二節　明代南戲四大聲腔演變略述

　　明初北雜劇盛行，太祖深喜《琵琶記》，然以其不可入弦索，遂令教坊改編，使之可以北曲曲調、樂器演唱南曲戲文〔註29〕；朱權（西元 1378～1448 年）《太和正音譜》所論亦以北曲爲主。而元代雜劇的聲腔，據魏良輔《南詞引正》中說：

> 北曲與南曲大相懸絕，……五方言語不一，有中州調、冀州調、黃州調、有磨調、弦索調。……唱北曲，宗中州調者佳。伎人將南曲配弦索，眞爲方底圓蓋也。關漢卿云：以小冀州調按拍傳弦最妙。〔註30〕

魏良輔所論雖爲北曲所見之聲腔，自應包括元雜劇。

　　到了世宗嘉靖年間，北曲雜劇漸趨式微，如何良俊《四友齋叢說》中所言：

> 元人樂府，稱馬東籬、鄭德輝、關漢卿、白仁甫爲四大家……當以鄭爲第一。鄭德輝雜劇，《太和正音譜》所載總十八本，然入弦索者惟《㑳梅香》、《倩女離魂》、《王粲登樓》三本。今教坊所唱，率多時曲，此等雜劇古詞，皆不傳習。〔註31〕

同書又言：

> 余家小鬟記五十餘曲，而散套不過四、五段，其餘皆金元人雜劇詞

南戲考論》，前揭書，頁 16～20。

筆者按：俞爲民此說即是混淆「聲腔」與「唱腔」之觀念，又無「體製劇種」或「聲腔劇種」之觀念，不免糾葛。尤其說四大聲腔是根據其演唱上的不同特點來命名的，更爲錯誤。因爲南戲四大聲腔很明顯就是以地名爲命名依據的。

〔註29〕　詳見明·徐渭《南詞敘錄》：「時有以《琵琶記》進呈者，高皇笑曰：『五經四書，布帛菽粟也，家家皆有；高明《琵琶記》，如山珍海錯，富貴家不可無。』既而曰：『惜哉！以宮錦製韈也！』由是日令優人進演。尋患其不可入弦索，命教坊奉鑾史忠計之。色長劉杲者，遂撰腔以獻，南曲北調，可於箏琶被之；然終柔緩散戾，不若北之鏗鏘入耳也。」此書收於《中國古典戲曲論著集成》三，前揭書，頁 240。

〔註30〕　詳見明·魏良輔《南詞引正》，此爲金壇曹含齋於嘉靖丁未（二十六年，西元 1547 年）所敍，今見於路工《訪書見聞錄》之〈附錄〉（上海：上海古籍出版社，1985 年 8 月第 1 版），頁 240。

〔註31〕　詳見明·何良俊《四友齋叢說》卷 37〈詞曲〉，此書收於《元明史料筆記叢刊》，前揭書，頁 337。下段引文見頁 340。

也，南京教坊人所不能知。老頓言：「頓仁在正德爺爺時，隨駕至北京，在教坊學得，懷之五十年。供筵所唱，皆是時曲，此等辭並無人問及，不意垂死遇一知音。」是雖曲藝，然可不謂之一遭遇哉。

可知當時教坊早已不唱「雜劇古詞」，一般民間宴會侑觴之際，亦多改唱「時曲」，只有像何良俊這樣的士大夫還對北曲戀戀不忘。如沈德符（西元 1578～1642 年）在《萬曆野獲篇》〈詞曲〉之「弦索入曲」條中言：

> 嘉、隆間度曲知音者，有松江何元朗，畜家僮習唱，一時優人俱避舍。然所唱北詞，尚得金元蒜酪遺風。予幼時，猶見老樂工二三人，其歌童也，俱善絃索，今絕響矣。何又教女鬟數人，俱善北曲，為南教坊頓仁所賞。頓曾隨武宗入京，盡傳北方遺音，獨步東南，暮年流落，無復知其技者，正如李龜年江南晚景。〔註32〕

上文所謂「時曲」，即當時流行之南曲戲文，就那時聲腔流行之概況而言，應指海鹽腔〔註33〕。沈德符同書「北詞傳授」條，更清楚地說出北曲的衰頹，而有不勝唏噓之歎：

> 自吳人重南曲，皆祖崑山魏良輔，而北調幾廢，今惟金陵停此調。然北派亦不同，有金陵，有汴梁，有雲中。而吳中以北曲擅場者，僅見張野塘一人，故壽州產也，與金陵小有異同處。頃甲辰年（萬曆三十二年，西元 1604 年）馬四娘以生平不識金閶為恨，因挈其家女郎十五六人，來吳中唱《北西廂》全本。其中有巧孫者，故馬氏粗婢，貌奇醜而聲遏雲，於北詞關捩妙處，備得真傳，為一時獨步。他姬曾不得其十一也。四娘還曲中即病亡，諸妓星散，巧孫亦去為市嫗，不理歌譜矣。今南教坊有傳壽者，字靈修，工北曲，其親生父家傳，誓不教一人。……若壽復嫁以去，北詞真同廣陵散矣。〔註34〕

顧起元（西元 1565～1628 年）《客座贅語》卷九「戲劇」條中說：

〔註32〕詳見明·沈德符《萬曆野獲篇》卷 25〈詞曲〉之「絃索入曲」條，前揭書，頁 685。

〔註33〕詳見明·何良俊《四友齋叢說》卷 37〈詞曲〉中說：「近日多尚海鹽南曲，士夫稟心房之精，從婉孌之習者，風靡如一，甚者北土亦移而耽之。更數世後，北曲亦失傳矣。」前揭書，頁 336。

〔註34〕詳見明·沈德符《萬曆野獲篇》卷 25〈詞曲〉之「北詞傳授」條，前揭書，頁 691～692。

南都萬曆以前，公侯與縉紳及富家，凡有讌會小集，多用散樂；或
三四人，或多人唱大套北曲；……若大席，則用教坊打院本：乃北
曲大四套者，……後乃變而用南唱：歌者祇用一小拍板，或以扇子
代之，間有用鼓板者。今則吳人益以洞簫及月琴，聲調屢變，益發
悽惋，聽者殆欲墮淚矣。大會則用南戲：其始止二腔，一爲弋陽，
一爲海鹽。弋陽則錯用鄉語，四方士客喜閱之；海鹽多官語，兩京
人用之。後則又有四平，乃稍變弋陽，而令人可通者。今又有崑山，
校（當作較）海鹽又爲輕柔而婉折，一字之長，延至數息。士大夫
稟心房之精，靡然從好，見海鹽等腔，已白日欲睡，至院本北曲，
不啻吹篪擊缶，甚且厭而唾之矣。〔註35〕

這段資料清楚地描述了南京戲劇流行風尙的轉變。在萬曆以前，公侯、縉紳
及富家用以侍宴娛賓的是北曲，或爲散套，或爲雜劇；萬曆之後，在崑山腔
盛行以前，是以海鹽和弋陽二腔爲主，但較海鹽腔更爲「輕柔婉折」的崑山
腔興起後，海鹽腔已令人「白日欲睡」，弋陽腔也蛻變爲四平腔。院本、北曲
呢？一句「不啻吹篪擊缶，甚且厭而唾之矣。」已清楚道出了北曲衰微的景
況。甚至在北方，北曲亦不敵南曲之盛，如王驥德（約西元 1560～1623 年）
《曲律》〈論曲源第一〉中言：

迺年以來，燕、趙之歌童、舞女，咸棄其捍撥，盡效南聲，而北詞
幾廢。何元朗謂「更數世後，北曲必且失傳。」宇宙氣數，於此可
覘。〔註36〕

王驥德萬曆間人，所謂「燕、趙之歌童、舞女」，指北方之歌者、舞者，「捍
撥」指北曲的彈撥樂器，可見此時南曲聲勢已擴及北方燕、趙地區，北方也
成爲南曲的天下了。

至於南戲聲腔的情況，正好與北曲相反。關於明代南戲聲腔的記載，最
早見於祝允明（西元 1460～1526 年）《猥談》「歌曲」條云：

自國初來，公私尙用優伶供事，數十年來，所謂南戲盛行，更爲無
端，於是聲樂大亂。南戲出於宣和（宋徽宗年號，西元 1119～1125
年）之後，南渡（西元 1127 年）之際，謂之「溫州雜劇」。予見舊

〔註35〕 詳見明・顧起元《客座贅語》卷9「戲劇」條，此書收於《元明史料筆記叢
刊》，前揭書，頁 303。
〔註36〕 詳見明・王驥德《曲律》卷1〈論曲源第一〉，此書收於《中國古典戲曲論著
集成》四，前揭書，頁 55～56。

牒，其時有趙閎夫榜禁，頗述名目，如《趙貞女》、《蔡二郎》等，
亦不甚多。以後日增，今遍滿四方，輾轉改益，又不如舊，而歌唱
愈謬，極厭觀聽，蓋已略無音律腔調。愚人蠢工徇意變更，妄名「餘
姚腔」、「海鹽腔」、「弋陽腔」、「崑山腔」之類，變易喉舌，趁逐抑
揚，杜撰百端，眞胡說耳。若以被之管絃，必至失笑，而昧士傾喜
之，互爲自謾爾。〔註37〕

雖然祝允明對南戲抱著鄙夷的態度，把南戲聲腔的興起，視之爲「愚人蠢工
徇意變更」的杜撰妄作；但這段資料卻是值得重視的，因爲它明確地記載了
在孝宗弘治（西元 1488～1505 年）及武宗正德（西元 1506～1521 年）年間，
由文中所說「今遍滿四方」，可見南戲盛行之狀況，四大聲腔日趨興起已是不
爭的事實。到了明中葉世宗嘉靖年間（西元 1522～1566 年），魏良輔《南詞
引正》中說：

腔有數樣，紛紜不類。各方風氣所限，有崑山、海鹽、餘姚、杭州、
弋陽。〔註38〕

可見南戲聲腔的發展，除了溫州腔之外，至少還有崑山、海鹽、餘姚、杭州
〔註39〕、弋陽等五種不同聲腔。稍後，徐渭（西元 1521～1593 年）在嘉靖三

〔註37〕　詳見明・祝允明《猥談》「歌曲」條，前揭書，頁 2099。
　　　　　雖然在明・陸容《菽園雜記》卷 10：「嘉興之海鹽，紹興之餘姚，寧波之慈谿，
　　　　　臺州之黃巖，溫州之永嘉，皆有習爲倡優者，名曰『戲文子弟』，雖良家子不
　　　　　恥爲之。」文中已見海鹽、餘姚之名，但未以聲腔稱之，故取祝允明《猥談》，
　　　　　作爲最早出現南戲四大聲腔之記載。明・陸容《菽園雜記》，收於《元明史料
　　　　　筆記叢刊》，前揭書，頁 337。
〔註38〕　詳見明・魏良輔《南詞引正》，前揭書，頁 128～129。
〔註39〕　關於杭州腔，據廖奔《中國戲曲聲腔源流史》第二章〈南曲單腔變體勃興〉
　　　　　第二節〈南戲諸腔調述略・三、嘉靖隆慶年間產生的腔調〉「1、杭州腔」中，
　　　　　引魏良輔《南詞引正》此則，並說：「杭州腔當出現於嘉靖前期。杭州腔之名
　　　　　僅此一見，大概屬於一種過度性的腔調。前面講過，約在嘉靖中期海鹽腔已
　　　　　在士大夫圈裡『風靡如一』，連北方都靡然崇尚。杭州與海鹽僅一望之遙，是
　　　　　離海鹽最近的一個大都市，又是文人薈集的衣冠文物故都，可能就是海鹽腔
　　　　　征服的第一個目標。海鹽腔一侵入，因其有文人士夫的提倡，杭州腔就被摧
　　　　　殘於襁褓之中。待隆慶、萬曆年間，崑山腔勃興，佔領杭州，連海鹽腔都被
　　　　　排擠出去，杭州腔大概這時就已滅絕了。」（臺北：貫雅文化事業有限公司，
　　　　　民國 81 年 7 月初版），頁 76。
　　　　　又見《中國戲曲志・浙江卷》〈綜述・明代的戲曲〉中說：「杭州腔，僅見明・
　　　　　魏良輔《南詞引正》……，後即無記載。」（中國戲曲志編輯委員會，北京：
　　　　　中國 ISBN 中心出版，1997 年 12 月北京第 1 版），頁 12。

十八年（西元 1559 年）寫成的《南詞敘錄》中說：

> 南戲……其曲，則宋人詞而益以里巷歌謠，不協宮調，故士夫罕有
> 留意者。……「永嘉雜劇」興，則又即村坊小曲而爲之，本無宮調，
> 亦罕節奏，徒取其畸農、市女順口可歌而已，諺所謂「隨心令」者，
> 即其技歟？〔註40〕

徐渭之意，早期南戲，即「永嘉雜劇」，以「村坊小曲」、「里巷歌謠」演出，
在音樂上沒有嚴格的規律，因而有極大之可塑性，當它在不同的地區流播，
自然吸收當地的語言、民歌、小調和演唱方式，遂有各種聲腔產生。徐渭
又說：

> 今唱家稱「弋陽腔」，則出於江西、兩京、湖南、閩、廣用之。稱「餘
> 姚腔」者，出於會稽（紹興，今浙江省紹興縣）、常（常州，今江蘇
> 省武進縣）、潤（潤州，今江蘇省鎮江縣）、池（池州，今安徽省貴
> 池縣）、太（太平，今安徽省當塗縣）、揚（揚州，今江蘇省江都縣）、
> 徐（徐州，今江蘇省銅山縣）用之。稱「海鹽腔」者，嘉（嘉興，
> 今浙江省嘉興縣）、湖（湖州，今浙江省吳興縣）、溫（溫州，今浙
> 江省永嘉縣）、臺（臺州，今浙江省臨海縣）用之。惟「崑山腔」止
> 行於吳中，流麗悠遠，出乎三腔之上，聽之最足蕩人，妓女尤妙此。
> 如宋之嘌唱，即舊聲而加以泛豔者也。

文中清楚地敘述了弋陽、餘姚、海鹽、崑山諸腔的發源地和流播狀況，說明
它們是當時最具代表性的南戲聲腔。

可見，在嘉靖年間，南戲四大聲腔不僅形成，且已流播四方。祝允明所
謂「遍滿四方，輾轉改益」、「變易喉舌，趁逐抑揚」和魏良輔所說「腔有數
樣，紛紜不類，各方風氣所限。」正是這種現象。其中，海鹽腔因其清柔婉
折的風格及以官話演唱的方式，最爲文人士夫所喜，弋陽腔、餘姚腔則盛行
於民間，崑山腔只在吳中蘇州一帶流行。

今人論述明代南戲聲腔，大抵皆以海鹽腔、餘姚腔、弋陽腔、崑山腔等
四大聲腔爲範圍。而葉德均《戲曲小說叢考》〈明代南戲五大腔調及其支流〉
一文則在此四大聲腔之前列「溫州腔」，文中說：

> 宋代產生的南戲最初只是流行於溫州的地方戲。它最初當是用溫州
> 地方的腔調來演唱的。到了明代成化間溫州的永嘉還有「習爲優

〔註40〕 詳見明·徐渭《南詞敘錄》，前揭書，頁 239、240。下段引文見頁 242。

者」，至少那時溫州腔還在當地流行。⋯⋯到了嘉靖間各種腔調盛行以後，溫州腔就湮沒無聞，連溫州當地也唱海鹽腔了。〔註41〕

　　此外，劉念茲在《南戲新證》〈幾種聲腔的流變〉中說，南戲在元末明初發展很快，流傳區域很廣，在它發展的過程中，隨地區語言的不同，也出現了許多聲腔，因而提出「長江流域」、「福建沿海及海外」兩大聲腔系統：

　　　　一、長江流域的聲腔系統以海鹽、弋陽、餘姚以及後來的崑山等聲
　　　　　　腔為主。

　　　　二、沿海的聲腔系統：北宋以後，南戲在東南沿海地區形成、壯大，
　　　　　　成為具有獨特地方色彩的戲曲藝術。到了元末明初，在這個基
　　　　　　礎上逐漸形成幾個聲腔，如：下南腔或稱泉腔、潮調，又有興
　　　　　　化腔。這些劇種在福建、廣東沿海地區生根發展，至今仍保有
　　　　　　特色，並流傳到海外地區。〔註42〕

劉念茲文中以明嘉靖年間《荔鏡記》刻本中，提到此劇是根據泉、潮二部《荔枝記》新改的；明刻本南戲《摘錦潮調金花女大全》，明確提出有潮調之名，遂以二劇作為支援其論點之依據，並說：

　　　　關於南戲的流變，過去記載只提長江流域的聲腔系統，對於福建沿
　　　　海的南戲聲腔系統沒有提到，而事實是存在的，至今還保留在梨園
　　　　戲、南音、潮劇、竹馬戲和蒲仙戲裡，同時還很完整地保留下來。
　　　　從現存的明版劇本、古代文人筆記、詩詞、府志、縣志等記載看，
　　　　南戲在福建形成了獨特的聲腔系統，是南戲流變上的兩大系統之
　　　　一，這是值得研究的。

劉念茲此說得到趙景深之認同，在其所寫之〈序〉中說：

　　　　南戲的發展，除了四大聲腔之外，應該加泉潮腔。這一大聲腔系統，
　　　　有很多劇作和作品，在以往被史家們忽略了，徐文長就忽略了，但
　　　　卻是存在的事實。這一聲腔或可稱南音、閩南腔、泉腔、潮腔。因
　　　　之，念茲先生提出南戲五大聲腔之說，用以補證過去說法不足，我
　　　　認為事實俱在，是無可辯駁的。〔註43〕

〔註41〕詳見葉德均《戲曲小說叢考》〈明代南戲五大腔調及其支流〉〈一、溫州腔〉
　　　　（臺北：文史哲出版社，民國78年3月出版），頁6～16。
〔註42〕詳見劉念茲《南戲新證》第四章〈南戲的流變〉第二節〈幾種聲腔的流變〉（北
　　　　京：中華書局，1986年11月第1版），頁48～58。
〔註43〕趙景深〈序〉，見於劉念茲《南戲新證》卷首，前揭書，頁7。

劉念茲從現存之劇目加以論證，又據陳懋仁所記泉州以方言演唱地方戲〔註44〕、何良俊《四友齋叢說》中提到潮調小曲〔註45〕……等資料，而以泉潮腔為一聲腔系統，與我們熟悉的四大聲腔並列成為「長江流域」、「福建沿海及海外」兩大聲腔系統。

此說筆者實覺有待商榷。首先，各地皆有其流行之方言，有土腔、土戲，乃是平常之事，因此將閩南和廣東流行的地方腔調，如泉腔、潮腔即歸之為腔調劇種（甚至是腔系），是否誇大了泉腔、潮腔在戲曲聲腔史上的地位？再者，趙景深說：「泉潮腔，這一大聲腔系統，有很多劇作和作品，在以往被史家們忽略了，徐文長就忽略了。」今就徐渭所寫《南詞敘錄》中明白地記錄著：「今唱家稱弋陽腔，則出於江西，兩京、湖南、閩、廣用之。」可見他並未忽略福建、廣東沿海地區所用聲腔；且徐渭撰寫《南詞敘錄》之時，正是他在福建為胡宗憲幕府之時，應該不至於不瞭解當時福建流行的聲腔。〔註46〕或許泉腔、潮腔本是存在於當地之地方腔調，並非是流播廣遠之聲腔，因此徐渭未加紀錄。若如此，劉念茲以泉潮腔為一聲腔系統的說法，實溢美二腔之成就了。

總之，明代中葉，各種聲腔的紛陳競奏、文人士夫的大量創作，劇壇呈現一片繁榮景象，這些因素對於南戲藝術的發展都起了積極的作用，及至魏良輔等人成功改革崑山腔成為崑山水磨調，梁辰魚《浣紗記》又成功地將水磨調運用於舞臺演出之上。於是體製劇種中的「傳奇」遂從「南戲」中脫胎換骨而出，為晚明劇壇的鼎盛奠下了不可抹滅的基礎。

〔註44〕詳見明・陳懋仁《泉南雜志》卷下：「優童媚趣者，不吝高價，豪奢家攘而有之；蟬鬢傳粉，日以為常。然皆土腔，不曉所謂。余嘗戲譯之而不存也。」陳懋仁字無功，浙江嘉興人，明萬曆間為泉州府幕，文中所述，應是在泉州用方言演唱的地方戲，而所謂「土腔」，正是「泉腔」。此書見於《說郛續四十六卷》卷25，收於明陶宗儀等編《說郛三種》第10冊，（上海：上海古籍出版社，1988年10月第1版），頁1235。

〔註45〕詳見明・何良俊《四友齋叢說》卷37〈詞曲〉：「南都自徐髯仙後，惟金在衡（鸞）最為知音，善填詞，其嘲調小曲極妙。每誦一篇令人絕倒。」嘲調即潮調。前揭書，頁341。

〔註46〕詳見洪惟助主編《崑曲辭典》「徐渭」條言：「徐渭嘉靖三十七年（西元1558年）應聘到浙江總督胡宗憲幕府作書記協助抗倭屢出奇謀建立戰功。四十二年，宗憲被捕入獄，遂佯狂而去。」前揭書，頁359。